豆豆一个人

〔日〕黑柳彻子 著 孙雅甜 译

トットひとり

南海出版公司

新经典文化股份有限公司
www.readinglife.com
出　品

谨以本书献给

喜欢我的人

理解我的人

以及

和我有相同气息的人们

目录

Contents

我姗姗来迟的青春

二〇一三年夏天，八月二十八日，山田修尔先生去世了，享年六十七岁。他曾是TBS电视台的导演和制作人，制作了《The Best Ten》这个节目。修尔先生还和我们这些节目组的朋友们约好在九月一起吃饭。

我的生日是八月九日，这一天也是长崎遭受原子弹轰炸的日子，所以我从来没有热闹地庆祝过生日。要么像往常一样工作，要么静静地祈祷、许愿，因此知道我生日的人很少。

可是修尔先生每年都会和几位朋友一起出现在我面前，送我一束鲜花。那一年的八月八日深夜，我收到了修尔先生发来的邮件。后来我才知道，其实他原本想等到八月九号再发给我的，可是当时他已经住院了，无奈之下，只能在八号深夜给我发了一封带有可爱表情符号的邮件。

“还有几个小时就是你的生日了，提前祝你生日快乐。想必你过得很好。这个时候本该抱着花束去看你的，可惜我上周末又住院了。

还是老毛病，肺的问题。这次住院可能会持续很长时间。不过，应该来得及参加我们约好的聚餐，还请再耐心等一等。我会努力，争取早日出院。”

修尔先生患的是相当棘手的间质性肺炎。看了这封邮件，得知他住院的消息，我很想去医院探望他，就去征询阿部龙二郎的意见。阿部先生是约好吃饭的人之一，曾经以《The Best Ten》最后一任助理导演的身份在修尔先生麾下工作，如今已经是 TBS 的大人物了。

“如果时间不长的话，可以。”

他回复说。看来并没有完全答应啊，我心想，最后还是决定把探望的事先缓一缓了。

既然人到不了，我就给修尔先生发了封邮件，告诉他会去观看他制作的将于九月上演的音乐剧《千畝——日本的辛德勒》。修尔先生回信说："首演当天，我在剧场门口等你。”这的确是他的风格。然而，仅仅过了十天，我就接到了他的讣告。实在是太突然了。恐怕修尔住院的时候，也没想到自己会这么快离开这个世界。我十分悲伤。

我问久米宏先生要不要去参加修尔的葬礼。他说："嗯，我开车去接你，一起去。你没有搬家吧？”就这样，他亲自来我家接我一同前往葬礼场地。到了青山殡仪场，我们一下子被一大群记者围住，接受了采访。

摄像机摆在我们面前，我不想先开口，就推了一下久米，让他先说。看到这一幕的野村正浩后来对我说："你推久米的样子和当年一模一样，当年你就是这样提醒他，‘喂，该你啦！’实在太好笑了。虽然知道那样的场合不该如此，我还是忍不住笑了。”野村正浩也曾是《The Best Ten》的助理导演，如今已经是广播电视策划人了。

“山田君刚进入TBS的时候，最开始是做播音员。虽说他是我的后辈，当播音员可真不行啊。他这个人太认真了，简直像个银行的会计。从某种意义上来说，就成了一个无趣的、糟糕的播音员。”

久米唠叨起来真是没完没了，我忍不住插嘴：“请不要‘糟糕’、‘糟糕’地说个没完！”结果又被大家取笑了：“果然和当年一模一样啊。”

修尔先生的灵堂设在巨大的白色环形墙壁之中。这是TBS的工作人员精心布置的，让来的人一眼就能看出——“啊，这不是《The Best Ten》的乐池吗？”

我一面钦佩不已，一面却心生纳闷：在遗像前念经的和尚是怎么进到环形墙里面去的呢？仔细一看，原来是殡仪馆的女职员负责打开墙上的门，让和尚们进出。

“咦？那扇门不是电动门？”

我随口嘟囔了一句，一旁的阿部先生听到了，哭笑不得。

“黑柳女士，我们再怎么有能耐，也做不到这一点。”

然后，阿部先生自言自语似的说了起来：

“其实还想放一扇镜子门（歌手会从里面走出来）和黑色的得分板（记录歌曲得分的板子，上面的数字可以咕噜咕噜地旋转，就像机场通知旅客航班起飞和抵达时间的看板），可是那样《The Best Ten》的味道就太浓了，未免有些喧宾夺主。”

遗像里，修尔先生的姿容像往常一样端正。我和吉川晃司在遗像前朗读了悼词。

“我从未遇到过像修尔先生这般廉洁正直的人。和他相识，是我从事电视工作六十年来收获的最宝贵的财富。”

这是我的真心话。许多事情是在他去世后才知道的。他清正廉洁，有很强的反抗精神，称得上真正的男子汉，在工作上也对我无条件地信任。我一直觉得能遇上这样的人，实在是难得。

我曾和修尔约好要去看他制作的最后一部舞台剧《千畝》，吉川晃司在里面饰演主角。这部剧的主角是日本外交官杉原千畝，他拯救了千万犹太人的生命，被称作“日本的辛德勒”。修尔的葬礼就安排在演出前一天。吉川先生对着修尔的遗像倾诉：“山田先生，您让我怎么办？”

葬礼前一天的灵前守夜，南天群星的桑田佳祐和TUBE的前田亘辉等许多歌手都来了。桑田先生凭借一曲《率性辛巴达》首次登上《The Best Ten》的舞台，自那以后便成了节目的常客。一开始他是在“聚光灯”这个版块出场的。

我记得当时是从Live House进行现场直播。那个时候Live House还不为人们熟知，我想得稍微说明一下，于是问桑田先生：

“Live House是怎样的一个地方呢？是像‘大合唱茶馆’那样的地方吗？”

结果桑田回答道：“你这个说法早就过时啦，黑柳女士。”

桑田先生上节目之后，连续好几周都稳居前十名，后来他带着自己推出的所有歌曲参加了《The Best Ten》。

前田亘辉在守夜时来到我身边，对我说：

“如果没有黑柳女士和山田先生，就没有今天的我。”

我非常惊讶。前田解释说，有一段时间，他曾经很认真地考虑过放弃歌手事业，但当时有两个人写信劝阻过他，这两个人就是我和修尔。我竟然做过这种事？我心中仍然很震惊。幸亏当初没放弃啊，我对前田说。

许多歌手和节目组工作人员都赶来和修尔先生告别。

终于到了出殡的时候，阿部先生忽然说："黑柳女士，我想播放那首曲子，没问题吧？"就在灵车开动的瞬间（这真是一个绝妙的时机），节目主题曲响起来了。我和久米一起说出的那句"The Best Ten"也在里面。若是平时的节目录播，我们会在这个时候一起说："大家晚上好！"然后曲子随即被掐断。今天这首曲子终于播完了。曲风华丽欢快，令人想起往日的时光，真是一首好曲子。

我恰巧和这首曲子的创作者服部克久并排站着，就对他说：

"这首歌原来这么长啊，我还是第一次从头听到尾呢。"

话音未落，万千思绪涌起，心口顿时酸楚难耐。听着这熟悉的旋律，现场所有与《The Best Ten》相关的人都哭了。太多的往事一一浮现在眼前，大家终于清楚地意识到，修尔先生这次是真的离开我们了。不过，我也觉得，能听着这首曲子去火葬场，修尔先生一定心满意足了。因为曾几何时，每到周四晚上九点，正是在这首主题曲渲染的欢快昂扬的气氛中，我们打起精神、并肩作战，共同完成一个小时的现场直播。

久米先生曾经说过：

"在《The Best Ten》练就的高昂情绪和快速的节奏，后来也被我用在《新闻站》中。能在那么短的时间内传递如此庞大的信息量，装进海量的内容，一个节目下来要说那么多话，都是因为我之前主持过《The Best Ten》。"

他平时不是那种情绪高昂的人，这番话应该是他的真心话（不过他的内心也可能比任何人都亢奋）。

我记得，修尔先生拿着《The Best Ten》的企划案来找我，是在一九七七年的秋天。

当年，我从纽约留学一年归来，从一九七三年开始担任TBS音乐节目《星期二歌曲大比拼》的主持人。就是在这个节目上，我与修尔先生相识了。当时他还是个面色红润的美少年，是节目的编导。后来修尔跟我说："当时我只是个跑腿的，兼任助理导演。我负责去后台叫你，说：'黑柳女士，正式拍摄就要开始了。'"

《大比拼》大概播了两年就结束了。没多久，修尔先生出现了，问我想不想再做一次歌唱节目的主持人。

"节目的信息量之大前所未有，每周一个小时的现场直播，参演嘉宾也非常多，而且是黄金时段的娱乐节目。我想来想去，能将这个节目撑起来的主持人，只有黑柳女士你了。"

他又向我详细说明了节目的内容。我一路听下来，发觉这个节目的制作方法与此前的歌唱类节目完全不同，相当大胆，是一种前所未有的崭新风格。

我想了想，说："我可以做。不过——有一个条件。我对歌唱界的事情不太了解，但是，请一定不要让我作假。既然要采用排行榜的形式（不是事先决定参演者，而是按照每周的歌曲排名来决定谁上节目），就绝对不要操作排名。别让我把不是排名第一的人说成本周第一名。你能答应我吗？"

"我答应你。"

面对我的请求，修尔先生毫不犹豫地应承下来。而且，他的的确确遵守了这个约定。可以想象得出，音乐界少不了各种人情羁绊、诱惑和恳求，可是修尔先生从未动摇过。节目播出的十二年间，每个星期，他都把从第一名到第一百名的艺人的四个数据输入计算机，将统计出来的最后结果给我看。而且，他从未向我抱怨过，也从未向我透露过任何内情。

也正因如此，第一次直播时，当时人气极高的山口百惠女士并未出演，因为她的《红色羁绊》是第十一名，《秋樱》是第十二名。

第一次节目中，中岛美雪的《离别之歌》是第四名，然而中岛女士当时是不在电视上唱歌的，所以并未登场。在公布第四名时，镜头里只出现了镜子门，久米面向观众深鞠一躬，致歉说："我们没能邀请到中岛美雪女士。"修尔先生的上司自然不满意，怒道："既然有人不愿意出场，正好把百惠女士放进来，何必要道歉呢。没有山口百惠的歌唱节目像话吗！"可是修尔先生当场拒绝了："我和黑柳女士有过约定，不能做那种事。"对于一个公司职员来说，这样做需要相当大的勇气。然而，修尔先生一直瞒着我，我也是后来才知道的。

像这样的事情还有许多。在节目开播前就有诸多争论，不过最终还是定下来——如果有歌手不愿意登台，就用道歉的方式给观众一个交代。没想到，这样的做法带来了意想不到的结果。因为节目组清楚地告诉观众有的歌手决定"不登台"，而且堂堂正正地向观众道歉，反而激励了百惠女士的歌迷们。到了第二周，节目第二次播出时，《红色羁绊》就上升到第八位。到了第六次直播，百惠女士的新歌《处女座宫》是第七名，《红色羁绊》是第九名，于是请她唱了这两首歌。

这种“诚实做节目”的态度迅速被观众接受。因为这是货真价实、没有谎报也没有欺骗的、观众真正想听的“十大金曲”，才能获得观众的信任。收视率很快超过了百分之二十，最高达到过百分之四十一点九，平均收视率在百分之三十五到百分之四十间，一直保持这个收视率，一做就做了十二年。一台电视机同时有好几个人看，这意味着每周四有超过一半的日本人在看《The Best Ten》。

再回到节目推出前修尔找我商量的那件事上，我对流行音乐界和歌手界都不熟悉，独自主持节目恐怕有些困难，所以决定给我找一个搭档。

巧的是，在此之前，我刚刚参加了TBS广播的永六辅先生的《星期六WIDE[①]》。

我有时去做《星期六WIDE》的嘉宾。这个节目里有一个非常奇怪的外景主持人。这个人会大喊：“居民区的太太，如果您现在正在听《星期六WIDE》，请走到阳台上挥一挥手！啊，今天的收视率是百分之……”或者钻进隅田川上的船，跑到船员的房间里，说什么“啊，贴着裸体女人的画像呢”，又突然冒出一句：“那么我们来调查一下吃水线吧。”然后二话不说抱着麦克扑通一声跳进河里。“什么嘛，吃水线也没多深。”

这个人在各种地方大喊着各种莫名其妙的话。哇，这位外景主持人感觉好，头脑又灵活，说话相当有技巧，而且还是个很幽默的人——我曾经和永先生这样说过，但他一直出外景，坐在演播室里的我从来没见过他的脸。凭借他的声音和说话的内容，我武断地想，

①指wide节目，日本对播放时长超过一小时的节目的统称，现在多指超过九十分钟的节目。

这位姓久米的主持人应该是那种又圆又胖的身材，就像现在的伊集院光，外表大约是典型的喜剧演员的样子。

结果，后来有一天，永先生指着玻璃对面的副控制室对我说：

“喏，那个家伙就是久米。”

我顺着他指的方向看去，只见一个打扮入时、英俊潇洒的青年正在找什么。现场直播时滑稽搞笑的风格和眼前的巨大反差着实让我吃了一惊。后来，我一直觉得，这一刻的相遇仿佛是上天安排好的。平时，久米先生根本不会来演播室，偏偏那一天，本应放在转播车里的便当没有准备好，久米先生只好进来取便当。平常的日子里，外景报道结束后，他在车里吃完电视台准备的便当就离开了。不知为何，那天车里却没放便当，他只好来演播室取，这样的机缘下，我才看见了他。

缘分这个东西真是不可思议。如果没有一份便当的偶然缺席，在《The Best Ten》的事前碰头会上，我就不会对修尔先生说：“前些天我见到了一个叫久米的人，觉得他很不错。”

久米先生个子很高，和我组成搭档非常合适。我觉得，如果一个很能说的女主持人和一个身高差不多的男主持人搭档，观众们恐怕会有一种女人在欺负男人的感觉。但和比自己高大许多的男性组成搭档，有男搭档身高带来的威慑力，无论女主持人再怎么能说，观众们也不会觉得男人受到了欺负。因此我一直和高大的男性搭档主持，比如芥川也寸志，最好是一米八以上的男士。久米先生身高超过一米八，说起话来速度很快，也很能说，我们搭档的效果会更好。

久米先生在TBS是比修尔先生大两年的前辈，他们曾经一起共事，这件事谈起来很顺利。不过，久米先生以前和二谷英明一起主持过歌唱类节目《顶级明星秀》，当时深深地觉得自己不适合主持这类节目，要被迫说一些规定好的内容，也不符合自己的本性。不过这次是和我搭档，又是一个完全创新的节目，“感觉能自由发挥，貌似很有趣”。这些都是他后来告诉我的。

《The Best Ten》的确是个很自由的节目。节目刚播出不久，一次开场时，我忽然玩心大发，对久米说：

“晚上好，小岛一庆先生（播音员，久米先生当时的竞争对手，与他是同期生）！”

结果久米先生迅速还击道：

“什么事啊，里见京子女士？”

里见女士是我在NHK广播剧团的同期生，在我们一起配音的NHK广播剧《阿杨阿宁阿东》里面给大哥阿杨配音，我是三弟阿东，给二弟阿宁配音的是横山道代（现在改名为横山通乃）。当时我们三人被人们称为“NHK三姐妹”。可那已经是昭和二十九年，也就是一九五四年的事了，没想到年纪轻轻的久米竟然知道这段经历。

我认为，正是他这种机智的反应让《The Best Ten》变得非常有趣。有时候久米甚至会做出一些自由过头的举动，比如说，摸了他最喜欢的百惠小姐的屁股，嗯。

我和久米在节目开始前很少会商定什么。我只说过一点：“无论是多年轻的歌手来上节目，我都会使用敬语。”对歌手的访谈虽然有台本，但是我和久米都喜欢自由发挥，都是根据现场的情况说话，如果觉得歌手的服装漂亮，就坦率地夸赞：“好可爱的衣服！”如果觉得这首歌很感人，就诚实地告诉歌手：“你唱得很好。”我们只是忠实地把自己的感受表达出来。

“两个爱说段子的主持人凑到一起没问题吗？”在周围的一片担忧声中能把节目做得如此顺利，恐怕是因为我们的性格和价值观都非常接近。

一位女艺人曾经在电视上说，现任总理大臣出席了自己的结婚典礼，她感到十分荣幸。我听了不以为然：“哼，像婚礼这么珍贵而特别的人生时刻，把总理大臣请来，真的会开心吗？”但我并没有举行过婚礼，只能保持沉默。不过，当时久米表达了和我完全一致的意见，让我十分惊讶。

我们的价值观惊人地一致，在其他事情上也是如此，几乎方方面面的想法都很像。

两位主持人定下来后，《The Best Ten》终于启动了。这个节目的制作方法和以往那种依赖艺人事务所和唱片公司的歌唱类节目大不相同，所以从修尔提出策划到真正启动颇费了些时间。一开始制作局长是持反对意见的，后来换了一位新局长，认为“可以按照年轻人的想法执行”，这才开始启动。这时已经比原计划晚了三个月(节目开播并不是秋季，而是在一九七八年一月)。

修尔倾尽了全部的热情和心血来制作这个节目。当时，流行歌坛正迎来巨大的变革，活力四射。节目播出一段时间后，我才注意到，参加《The Best Ten》的歌手和三年前完结的《星期二歌曲大比拼》的歌手几乎完全不一样。

《The Best Ten》的出演嘉宾可谓涵盖了各种音乐风格，像是

TWIST、GODIEGO、南天群星等，还邀请到了中岛美雪这类新音乐[①]的代表歌手，虽然出场次数并不多。松山千春通过从演唱会现场转播的方式上节目的时候，足足花了八分钟来解释“为什么要上电视唱歌”，结果占用了要在演播室登台演唱的山口百惠的时间。此外，出演的歌手还有PINK LADY、近藤真彦、田原俊彦、松田圣子、中森明菜等众多新人偶像歌手。

这自然是好事，但对节目制作方来说十分辛苦。每星期的节目都是现场直播，我们要严格按照每周的排名，邀请从第一名到第十名的十位歌手登台（如果算上“聚光灯”这个环节，应该是十一位），这绝不是轻松的事。例如，一位歌手本周排名第六位，我们不能对他说“下周也拜托你了”，因为没人知道下周他能否进入前十名。我们也不知道该如何安排下周的日程。修尔先生的辛苦可想而知。

第二周的排名结果通常在星期二出来，排名定下来，接下来就是联系对方登台演出，采访出演的歌手，决定节目的构成，编写台本底稿，定导演，在星期六或星期日订购舞台布景，找外景地，进行转播的准备，确定摄像画面大小和拍摄角度，确定台本的最终稿。在这期间，星期四还有本周的直播要做，所以修尔先生从来没有休息过，每次都是在一周内承担两周的工作量。

歌手们都非常忙，为了尽可能让更多的歌手登台演出，节目组会追着歌手满世界跑，有时候还会进行现场直播。《The Best Ten》开创了音乐节目现场直播的先河。

---

① new music，在20世纪70年代至80年代盛行于日本的一种流行音乐，其诞生受到了欧美民谣和摇滚的影响。

松田圣子凭借《蓝色珊瑚礁》第一次参演《The Best Ten》时，正好赶上她坐飞机从札幌抵达羽田机场，飞机的着陆时间是九点过几分。这个时间别说是来演播室了，出机场都来不及。这种情况下，只能让她在飞机跑道上演唱了。

这下可好，酷爱飞机的修尔先生一下子来了劲头。他就是因为喜欢飞机，才把节目得分板设计成机场时刻表的样子。他绞尽脑汁思考，怎样才能在节目中营造出热烈的气氛，来烘托圣子这位正处在急速上升期的偶像歌手的耀眼光环。

如果只是在机场跑道演唱，那就没意思了。观众们会觉得："哦，看来是租了机场跑道啊。"她是从札幌坐飞机过来的，好不容易才赶上节目直播的时间——修尔认为应该好好利用这种难得的机会。

于是，修尔想出了下面的方案。圣子和其他乘客一起从舷梯上走下来，这时候把麦克风递给她，圣子开始演唱《蓝色珊瑚礁》，背景则是刚刚着陆的飞机和陆陆续续登上摆渡车的乘客。这样一来，就不会浪费时间了。

和航空公司、机场、政府机关都协调好了，一切准备就绪。飞机准点起飞，天气状况也非常好，整个飞行过程十分顺利。我们总算是松了口气。

然而，就在直播即将开始时，前方突然传来消息，不知是不是顺风的缘故，飞机将比预定时间早五分钟抵达。

如此一来，圣子唱歌的时候，其他乘客早就走光了，飞机跑道也会变得空空荡荡。这样的电视画面该是多么无趣啊！修尔顿时脸色大变，对航空公司的人说：

"请让飞机晚一些到达！不，不是说让你们晚点。请按照原定的时间准时到达！准点降落的话没问题吧？请务必慢一点飞！”

航空公司的人听了这话，想必是瞠目结舌，沉默了几秒后回答说：

“……请您好好想想，飞机若是减速的话会怎样？”

最后，飞机降落后在跑道上慢慢地滑行了一阵子，总算让我们拍到了乘客从舷梯上走下来的画面。真是赶上了好时代。圣子站在飞机前演唱，她的身后，乘客们正陆陆续续走下舷梯。

我们还邀请旅途中的圣子在新横滨站演唱过《红色香豌豆》。中山美穗也曾在乘坐新干线时出演节目，当时她是在名古屋站演唱《JINGI，请你爱我》，结果没在停车时间内唱完，只好拿着麦克风走进新干线车厢，直到车门关闭、列车发车还在演唱，就这样唱着歌被列车带走了……

演播室内，久米说了一句话：“麦克风被她拿走了啊……一会儿还能去收回来吗？”

乡裕美演唱的时候倒不是在新干线里，是在乡下的老铁路上。原计划是他在站台上唱完歌，走进电车，然后电车直接出发。直播时，乡先生按照原定时间唱完歌走进电车，然后边挥手边对观众们说“再见”，可是他已经挥了好几次手，电车却迟迟不发车。乡先生和直播间的我们都非常尴尬，后来才知道，当时站长光顾着看直播，忘记按发车信号铃了。

不过，之后发生的事才让人头疼。人们从电视上得知乡先生乘坐了这趟列车，而且列车还晚点了，都跑去下一站等着。列车到站后，一大群人呼啦一下涌进了车厢。

乡先生身上还发生过一件趣事。当时乡先生正在《The Best

Ten》的录播大楼里拍摄古装剧，结果那天收工比往常晚了一些。都在同一座大楼里，而且那一周他凭借《My Lady》登上了排行榜第一名，我想当然地认为他有充足的时间赶过来表演。然而，我们主持人却迟迟没收到他进入演播室的消息。排名第二的歌手已经开始演唱了。

终于，传来“乡先生跑进这边的演播室了”的消息，助理导演松了口气，说道：“乡先生进来了。”糟糕的是，大家把这句话理解成了“乡先生走进了镜子门”。久米迫不及待地高声宣布：“本周第一名是乡裕美的《My Lady》！得分是——几千几百几十几分！”镜子门打开了，里面空空如也。这下连一向沉着冷静、幽默洒脱的久米都不由得大惊失色，亲自到镜子门里找了一圈，然后又慢吞吞地走回我身边，一脸为难地说：“没有人。”

其实，当时乡先生还在摄影棚里穿着浅野长矩的行头，正忙着从拖地长裤换成唱歌的演出服。没办法，这种时候只能先进广告，接下来进入结尾部分，所有环节都走完了，才请乡先生出来演唱。在他演唱的时候，屏幕上打出了节目结束的演职员表，真是千钧一发。即便如此，乡先生唱完后还是赶上了和大家一起拍照留念的环节。

像这种在现场直播中发生的意外和麻烦，简直是家常便饭。所以在演播室里会有人用秒表计时，发出“快些进入下一个环节”或是“再多说一会儿”的指令，这就是时间管理者，起的作用相当重要。《The Best Ten》的时间管理者是一位叫阿绿的值得信赖的女士，她一般在楼上的副控制室里坐镇。

大多数时候，时间总是不够用。不过，我和久米私下里都觉得：

“阿绿肯定瞒着我们多留出了一点时间。”

刚开播那阵子，正赶上洛克希德事件[①]成为热点新闻，虽然我们是歌唱类节目，我和久米还是聊了不少这个话题。洛克希德一案的判决下来了，我们又在节目里大聊特聊了一番。最后连我自己都觉得这次占用的时间太多了。助理导演自然也发出了指令：“快进！（赶快进入下一个环节！）”我和久米看到指示后，连忙遵照指示拼命往前赶，可是“快进”的指示依旧不停地发出，我心里觉得有些奇怪，但当时仍然认为，阿绿那里肯定留出了富余。

等到歌手演唱时，我忍不住问了助理导演一句：“阿绿还好吧？”

结果对方说：“阿绿哭了。”

我一下慌了。

“久米先生，不得了啦！阿绿哭了！”

一向沉着冷静的阿绿竟然哭了，这说明事态已经非常严重了，搞不好这次要彻底出局。

节目的乐队指挥长洲忠彦是一位著名的指挥家，他有一项了不起的技能，可以在观众毫无察觉的情况下将歌曲的节奏调快，让歌曲早些结束，这样就能争取到时间了。那一天，他手中的指挥棒一定比往常快了不少。

《The Best Ten》最辛苦的地方在于，第一名是最后登场。不管我们如何往前赶，如果第一名的歌手无法登场，就没有意义了。因为是现场直播，状况不断，时间的掌控至关重要，但也能时时体会到随机应变的乐趣。它作为一档娱乐节目，却同时具备了纪实的性

---

①洛克希德公司是当时美国最大的飞机制造公司。1976年，该公司副董事长在听证会上证实为了让全日空进口该公司客机，向日本政界有关人物赠送巨款。

质，这也是一种独特的优点。

吉几三先生在节目上演唱《俺要去东京》时，最开始的歌词没提示出来。乐队只能一路往下演奏。“啊，歌词没出来。”我发现了问题，朝着长洲先生大喊：“对不起，请您再从头演奏一遍。”然后又问吉先生：“这下可以了吗？”“没问题了。”吉先生重新唱了一遍，这次堪称完美。这些在现场直播时发生的事情，都在电视上播出来了。

南野阳子女士演唱《秋天开始也请留在我身边》时忘记了歌词，我知道助理导演那里有歌词，就在他裤子后兜插着的厚厚的台本里，于是一把抽出台本，打算躲开镜头爬到南野女士身边给她看，结果被助理导演和其他人阻止了。最后我只好大声读出了那部分歌词。当时，南野女士流下了眼泪。后来我才知道，她哭不是因为自己忘词了，而是“没想到主持人竟然会做到这种程度，太感动了”。

“青涩少年队”来节目唱歌的时候，阿本（本木雅弘）的麦克风线缠在照明器械上了，当时我也是小心翼翼避开摄像机，趴在地板上把麦克风线解开了。可恶的是，还是全被镜头给拍了下来。看到这一幕的歌手也哭了。

一个小时的现场直播中，所有演职人员必须团结一心，克服各种困难。而离歌手最近的就是主持人，必须做到被摄像机拍到也不会露出破绽，所以我们主持人总是眼观六路耳听八方，随时准备救场。

不过，有时候连主持人也束手无策，比如歌手不小心笑场的时候。有一次直播，小泉今日子身穿公主服，正要开始演唱《完美小姐进化论》，突然，“小品红灯[1]”的渡边正行穿着一身武士的行头，猛地冲进了演播室。这滑稽的一幕加上绝妙的时机，让小泉女士一下子笑了出来，歌是唱不下去了。还有一次，也是小泉女士上节目，当时的舞台布景是秋天的公园，非常可爱。然而，不知是不是紧张的缘故，她牵的小狗突然在台上撒起尿来，结果可想而知，她笑得顾不上唱歌了。

荻野目洋子唱《六本木纯情派》的时候，一群浑身涂成白色、衣衫褴褛的暗黑舞踏[2]表演者，围着穿超短裙的她转来转去，一边抖动着四肢一边做出各种扭曲的舞蹈动作。后来荻野目女士告诉我们，她先是吃了一惊，然后强忍着想笑的冲动，带着一脸快要哭出来的表情唱完了那首歌。她完全无法理解导演的意图。这也成了笑谈。

节目的策划和舞台布景是由四位编导一起讨论，创作出来的，每周的责任编导由他们四人轮流担任。修尔的创意总是浪漫又温柔，我非常喜欢。

松任谷由实女士演唱《我想守护你》的时候，他安排了许多孩子登台，效果绝佳。松田圣子的《棕色美人鱼》和田原俊彦的《胡萝卜姑娘》相继登台的那次节目，修尔想出的舞台布景是一座宛若英式园林的巨大迷宫。他的设想是，圣子和阿俊分别从不同的入口进入，最后在迷宫的中央相会，交接麦克风。然而，圣子唱完后，本来阿俊应该立刻接上的，但也许做事专注的修尔设计的迷宫太复

---

①搞笑组合，成员有渡边正行、石井章雄、小宫孝泰三人。

②由大野一雄和土方巽于 1959 年开创的，结合传统日本舞蹈和西方现代舞的全新舞蹈形式。

杂，没想到两个人真的迷路了，怎么也走不到一起。最后圣子急得跳了起来，拼命地找阿俊，终于把麦克风交给了他。这件事让大家笑了好一阵子。

修尔还有过这样的创意。阿俊一边演唱《原宿之吻》，一边把飞过来的网球打回去。他出色地接完所有球之后，飞身越过球网，早已等在那里的圣子为他披上毛巾。如此浪漫的安排的确是修尔的风格。

我记得就是在这期节目前后，我们收到了许多狂热粉丝的来信，要求“不要让阿俊和圣子坐在一起”。于是有那么一阵子，在节目最后的合影留念环节，我一直十分小心，特意让两位分开来坐。

我最难忘的是杉村尚美的《落日回忆》。当时的舞台布景是一座像罗生门那样巨大的寺门，电闪雷鸣之间，从门里走出一位手持念珠的巨人和尚。那场景像极了黑泽明导演的电影。因为这实在是一出杰作，我狂笑一番之后问修尔：“你是怎么想到这个创意的？”

“这个嘛，听了这首歌，我的感想是，女人在恋爱中用情之深已经超过了宗教。我就绞尽脑汁地想，可以做这么一个布景，表达这种感情已经凌驾于和尚念经之上了。”

他有些不好意思地回答。我想这是他的真心话。总之，这件事让大家笑了很久——当然和歌曲无关。

就这样，我们的节目每周都从日本各地进行直播，每次演播室里的舞台布景也都是精心制作，预算自然相当庞大。节目的平均收视率很长一段时期都保持在百分之三十五上下，有一次修尔和TBS的社长开玩笑：“为什么还不给我颁发社长奖啊？”

结果社长回敬他：

“你知不知道，《The Best Ten》收视率虽然很高，可每年有一个亿的赤字。”

修尔从来没跟我提起过制作费的事情，这也是我后来听说的。

有一件修尔颇为自豪的事（我和久米也很自豪）。那就是八月六日这一天在广岛做了直播。

那次是岩崎宏美的《紫色眼泪》上榜，当天，岩崎女士在广岛开演唱会。各地的直播向来由 TBS 在各地的支局协助进行。然而别的日子都好说，唯独这一天，广岛支局表示无法进行直播。

八月六日对广岛而言是个特殊的日子。在这天，原子弹落在了广岛。广岛人无法忘记这一天，也将永远铭记下去。可是，为什么新闻节目可以直播，《The Best Ten》就不行呢？我们对原子弹爆炸和战争的看法，还有祈愿和平的心情，与新闻节目并没有区别啊。修尔亲自创作了台本，去广岛待了好几天，最后说服了支局。

修尔对我说：“黑柳女士，这次的周四正好是八月六日。我看了看日历，这样的重叠，将来很长一段时间都不会有。更别说是从广岛进行现场直播了，这样的机会怕是不会有第二次。我想在《The Best Ten》做一期关于原子弹爆炸的内容。”

“当然可以。我觉得很好啊。虽说有人不喜欢这种沉重的话题，但有些事情是电视人必须传达的。那么多年轻人在看我们的节目，一年有一两次这样的内容，我觉得完全可以。”

“是啊。虽然也有人质疑歌唱类节目做这样的主题是否合适……那就一起放手干吧。”

修尔从一开始就十分坚定。

节目当天，我拿出了两张照片，一张是现在热闹繁华的广岛，一张是一九四五年八月六日那天惨不忍睹的广岛，说道：

“也许你有着灿烂的梦想，也许你是个非常优秀的人，也许你有深爱的恋人，然而，一旦战争来临，一切美好都会在一瞬间变成这个样子。”

说着说着，我哽咽了。这时，我身旁的久米说：

“黑柳女士哭了。各位，请耐心听她讲完。”

在原子弹爆炸这件事上，久米和我的看法是一样的——就像后来他在《新闻站》中的发言展示的那样。当时他一定也有许多话想说，却只说了这一句，再也没有插话。这样的表现完全是出于对我的信任。

“黑柳女士哭了……”这样的话，久米还说过一次。

那是 RATS & STAR 乐队[①]还叫 CHANELS 这个名字的时候，他们凭借出道歌曲《私奔》入榜。在直播现场，有一个环节是观众提问，人群中一个少年发问道：

“你们明明是黑人，怎么取一个法国香水的名字？”

我听了这话，深受打击，几乎目瞪口呆。CHANELS 乐队的领队铃木雅之很认真地回答了这个问题。可是我一个字都没听进去。那个孩子也许不知道这句话充满了歧视的意味，或许他身边就有若无其事地说这种话的大人。他们唱完歌，“聚光灯”的环节结束后，播完了广告，我没有同任何人商量，说了下面这番话。

“刚才，有一位观众说了一句话，大意是‘黑人就没资格取法国

①日本乐队，曾用名 CHANELS，歌手铃木雅之曾为组合成员之一。四个担当主唱的成员都将皮肤涂成黑色，演唱都沃普音乐。

香水的名字'。也许你并没有意识到，这是一句很伤人的话。请不要根据肤色和国籍来判断一个人有没有资格做某件事，不要用这种居高临下的方式说话。这件事让我十分难受，难受到想哭。"

我说完后，久米说道："黑柳女士哭了，请不要再做这种事情了。"唱完歌的歌手们也鼓起了掌。

这期节目播出后，引起了巨大的反响。尤其是在日韩国人和朝鲜人，他们寄来了许多信，信上说："我们不知被人说过多少次'你有什么资格'，您的发言令人鼓舞。我们很欣慰。"

无论我在节目里说什么，修尔从来不会干涉。这是他信任我的方式，与久米的方式不同。他从来没对我说过"不许说某某话"，也没夸赞过我，但我完全明白他的想法。乍看之下，我们制作的是一档欢快的娱乐节目，但有时也要承担起成年人的社会责任。收视率越高，责任越大。

直到最近我才听说，修尔说过这样的话：

"其实，我心中有一个原则，绝不能制作让自己的孩子看了觉得耻辱的电视节目，不能让孩子觉得'爸爸做了这么奇怪的节目'，'全都是谎话'。要让孩子能自豪地说出：'看，这是我爸爸做的节目。'一直以来，是这个信念支撑着我做到现在。"

就像久米在葬礼上说的那样，修尔是一位"像银行会计一样认真"的电视人。

我踏入电视界的初衷是想给将来的孩子更好地朗读绘本，当时曾发誓："绝不参加那种羞于给孩子看的节目。也许孩子们看不懂，但我只想做孩子也能看的电视节目。"因此，我得知修尔的想法后十分欣喜，再次觉得"他果然是这样的人"。

收视率高，又是现场直播，所以我们的节目在拍摄地引起了各种各样的骚动。后来又策划了每年一次的《The Best Ten in××》（××可以换成冈山、鹿儿岛、仙台这类地名），去各地支局进行公开直播，每次都有大批观众涌到现场。

这么多人聚集在一起，一旦出现伤者，节目就到此为止了，所以我经常大喊："大家不要拥挤！要是有人受伤，这个节目就完了！"直播结束后，我心想，自己简直是训斥学生的宿管阿姨。十二年来，记不清有多少次被挤得东倒西歪，惊恐万分，但幸运的是，无论是歌手、乐迷还是工作人员，没有一个人受伤。直到今天，我都觉得这是天大的幸运。

在冈山做直播节目时，播出的第二天早上，THE CHECKERS的粉丝——一群女高中生骑着自行车，一直跟在我们开往机场的大巴后面疯狂追赶。她们也不管是机动车道还是人行道，只顾一路追赶，甚至连信号灯都不看，我实在觉得太危险，就问郁弥君①："你能去和她们说句话吗？"

大巴停下等红灯的时候，我打开车窗，把她们叫到窗前问道：

"你们想见CHECKERS？"

"想！"

"如果CHECKERS在这里和你们道别，你们会乖乖去上学吗？"

"会！"

"不再追我们了？"

---

①指日本歌手藤井郁弥。

“不再追了！”

于是我把郁弥君推到车窗那儿，让姑娘们看见他的脸。郁弥君对她们挥挥手：“谢谢大家，再见哦，记得要去学校！”

“好的！”姑娘们果真很听话。

哪怕是人山人海的直播地点，哪怕我每次都要像宿管阿姨一样大喊大叫，最终也没有任何人受伤。这也许是因为观众们真心喜爱我们的节目，大家心里都明白“绝对不能出事”。

说起来，修尔自己也曾被卷入追星族的狂热之中。

松坂庆子女士在札幌演唱完《爱的水中花》后，围上来的观众远远超出了预计人数，修尔使出浑身解数也无法脱身，情急之下，他拉着松坂女士的手逃进了学生宿舍。他们随意闯进了一间屋子，发现屋内有四个学生正在打麻将，看上去也不像是对流行歌曲和电视感兴趣的样子。

修尔一脸赴死的神情，央求道：

“请把我们藏起来。”

学生们十分镇静，立刻把两人藏进了壁橱里，然后又若无其事地搓起了麻将。

足足过了四十五分钟，四周才安静下来。整整四十五分钟，在壁橱那样一个狭小昏暗的空间里，和天下第一美女近距离接触，又充当了危险时刻的“保镖”，上哪里去找这样的美差。

竟然白白错过了这个千载难逢的机会，你这是慌张到何种地步啊！修尔回到东京后，大家如此揶揄他。我也嘲笑他：“对啊，反正也没人看见，你至少应该握着她的手，说一句‘我喜欢你’。”

节目组还追随着我的脚步进行过卫星转播。

每年夏天，我有三周的假期，一般会去海外旅行。然而修尔却对我说，第二周他要尝试卫星转播，让我无论如何都要上节目。

我回答说，休假的时候我还是想花自己的钱，去想去的地方，如果你能答应这个条件，我就上。修尔回复说：“以现在的技术，可以在任何地方进行卫星转播。这同时也是一次实验，验证一下卫星转播技术究竟能做到哪一步，请试一下吧。”

我记得有一年我在纽约，当时突然决定要在长崎做《The Best Ten》（这期节目是我们第一次在地方上公开直播），要求我通过电话参演，而不是转播。日本的晚上九点正好是纽约的早晨七点。要在平时，我还在呼呼大睡，这次却被工作人员的国际长途叫醒了：“已经接通了久米先生那边，请和他说句话。”

“久米啊，我是黑柳，你那边……”

话说到半截，久米突然打断我：

“我现在没时间和你说话！眼镜桥……”

话音未落，只听见话筒那边“咣当”一声巨响，不管我如何呼唤、如何等待，久米再也没出现过。他好像把话筒扔了。这是第一次做地方直播，现场来了两万名观众，当时还下着雨，歌手也没到齐，总之现场一片混乱。出乎意料的是，久米在演播室或者面对少数观众的时候没问题，却无法掌控人数如此庞大的现场。我回国后，修尔告诉我：“那天，久米君完全束手无策了。他说的眼镜桥，是当时五木宏演唱的地方。”

到了第二年，我说：“夏季休假我打算去列宁格勒（现在的圣彼得堡）的美术馆看画。”当时还是苏联时代，修尔听了，对我说：“估计很难拿到拍摄许可，实在对不住，能否请你换个地方休假？”于是我换成了德国，去看路德维希二世的新天鹅堡（新天鹅堡临近奥地利，所以打算从慕尼黑过去）。结果久米说："我也想去。"

既然如此，修尔召集了工作人员，宣布道，两位主持人将从慕尼黑采访日本的歌手，听歌手们唱歌。最后决定借此机会进行一场真正的卫星实况转播。这期节目中，中森明菜女士坐在按时驶进姬路站的新干线的靠窗坐席上，小声演唱了《十诫》（以免打扰其他乘客），然后列车开动，继续踏上旅途。工作人员从附近大厦的楼顶进行了直播。现场的实况画面从姬路传送到山口县，又经过世界上其他几个地方，传送到我和久米所在的慕尼黑，然后我和久米观看直播的画面又被传送回去，供日本国内的观众观看。这一次，我们成功地实现了如此复杂的卫星实况转播过程。我不禁感叹，技术已经进步到这种程度了啊。修尔在《The Best Ten》这个平台上，为了在困难的条件下实现实况转播，探索了种种方案，最终将技术大大地拓展了。这次慕尼黑直播是一九八四年夏天的事。

第二年春天，久米突然辞去了《The Best Ten》的工作。

后来我才知道，这个举动是为了半年后的《新闻站》作准备。可是当时久米和朝日电视台有约定，对于辞职的理由，他坚决不说。不仅仅是理由，就连辞职这件事，他也没对任何人提起。我们也是看新闻才知道的。

修尔、我和所有工作人员都大吃一惊。不管我们如何追问，即便问到了"你是不是有什么不满"，久米都只是回答"我想休息一阵子"，就是不说辞职的真正原因。修尔一副愤懑至极的样子，仰天长叹："那个家伙身上流的血是蓝色的。"

我倒是没觉得他身上流着蓝色的血，但震惊程度和修尔是一样的。久米真的和谁都没有言明。在那之前，我和久米虽然在碰头会上一起吃过便当，但几乎没有一起吃过饭（倒是在《The Best Ten》结束后，我们经常约着一起吃饭）。如果那个时候我也去打高尔夫（高尔夫是他喜欢的运动），或许结果又不一样了。

对了，有一次，久米去新西兰休假，在那边优哉游哉地打了好一阵子高尔夫，回来后对我说：

“实在太爽了。黑柳女士，退休后一起去新西兰吧。我觉得今后这个时代，在自己家里布置一个演播室，做做广播节目什么的，应该不难做到。所以咱们两个只要聊一聊每天发生的事情，做成节目，一定能养活自己。”

“可以倒是可以。不过，新西兰都有什么啊？”

“有超级棒的高尔夫球场。”

“还有呢？”

“羊。”

“呃，难道没有文化活动吗，比如戏剧和音乐会之类的？”

“没有。”

“那我去不了。对不住了。”

我记得我们曾有过这样的对话。

这次，因为久米要辞职，我破天荒地把他邀请到我家来。我们两个人彻夜长谈，聊了许多，谈到了各种事情，一直聊到第二天早晨，可是他仍然不肯说自己辞职的真正原因。他说：“我想休息一阵子，去乡下的温泉旅馆做个看鞋的。”我忽然想起以前他说过“不想再主持歌唱类节目了”，所以隐隐觉得，他或许是想做新闻类节目的主持人吧。

“你如果真做了看鞋人，客人们一定好奇你为什么会出现在这里，不停地问你。与其回答这些问题，不如索性去美国或其他国家，学点东西？”

我对他说。结果，他仍然支支吾吾，没说出什么像样的回答。我直接问他：“你不会是有女人的问题吧？”到头来，久米什么也没说，就辞了工作。许多年后，他才对我坦陈：“当时话已经到喉咙了，不，何止是喉咙，就挂在嘴边，随时都有可能冒出来。可我和朝日电视台有过约定，绝对不能向任何人提起这件事，所以不得不瞒着您。太痛苦了。”

就这样，一九八五年十月《新闻站》开播。第二年二月，菲律宾科拉松·阿基诺总统上台，十一月三原山火山爆发，这些都令这个新闻节目气势如虹。人们渐渐知道，原来除了NHK之外，还有人在做新闻节目。而且，久米在节目里说的都是发自内心的想法，他自己的风格也得到了体现。

后来，到了一九八九年，TBS这边也来找我了，说是要制作每晚播出的新闻节目，让我来做新闻主播。各色人等轮番上阵，游说我出山。一旦答应去那边，就意味着辞掉《The Best Ten》的工作。但因为是社里的命令，修尔竟然也来劝我了。我明白这不是他的本意。

一旦我当上新闻节目的主播，就会被拿来和久米比较，被一堆人评判孰优孰劣，这是毋庸置疑的。我不想助长这样的气焰。况且新闻报道本不是我擅长的，所以我立刻拒绝了。可还是有人来劝我，无奈之下，我只好说：“这种每晚都有的新闻直播，我做不了。这是需要赌上性命来做的工作，一旦我去做了，晚上直播的《The Best Ten》肯定做不了了，连《彻子的小屋》和《世界不可思议的发现》也得辞掉。不仅仅是钱，还有我充实的生活，以及为此牺牲掉的一切，你们能全部补偿给我吗？肯定不能吧？”

我连这种话都说了，可以说是断然拒绝，没有一丝犹豫。

不过，我曾经作为嘉宾多次出席久米的《新闻站》。有一年夏天，我去做嘉宾。在进广告之前，久米说：

“接下来，会有一只猫妖出现。”

其实是因为我会在广告播完后出现，他才说这句话的。可当时我只是傻傻地想：啊，看来今天广告之后会有猫妖啊。甚至还十分耿直地问久米：

“猫妖什么时候出来？”

前一阵子，我和久米见面时提起了这段往事，他却说：“咦？我说过‘猫妖’这种话吗？”真是个怪人。

久米从《The Best Ten》辞职时，我一度也想辞职不干了。但和修尔他们聊过后，决定继续做下去。之后，有很多人当过我的搭档，但终归没有我和久米之间长达八年的深厚积淀，主持的效果也不如从前。是久米给我起了“洋葱头大婶”这个外号，也只有他敢在我面前毫无顾忌地畅所欲言。其他搭档总会有所顾忌。从节目刚开播时起，遇上我和久米斗嘴的场面，收视率就会提高。

《The Best Ten》在一九八九年九月完结了。对亲身经历过黄金时期的我来说，它后来的样子的确令人遗憾。但是，当时的收视率并不差。终结这档节目的最大原因是歌曲越来越长，导致采访的时间越来越短。一开始，所有的歌都是两分半左右，后来出现了“最短也要五分钟才能唱完”的歌，有两三首这样的歌，就没办法让十位歌手都登台了。访谈的时间更是没有了，到最后我们只能说一句：“那么就请歌手演唱吧。”在久米离开前不久，就有这种倾向了。原本他的台词是：“让您久等了，下面请演唱吧。”为了节省时间，他甚至还说过“久等请唱”这种奇怪的话。《The Best Ten》刚开播的时候，日本的歌曲正处在一个更新换代的变革期，如今也像当年一样，流行歌曲又迎来了变化的季节。

现在，我写着回忆《The Best Ten》的文章，心中却在想，如果修尔还在身边该有多好啊。无论我问什么，他一定张口即来，完全不用查资料。

“广岛那次直播……”

“啊，那是一九八一年八月六日，岩崎宏美的《紫色眼泪》。”

“泽田研二降落伞那次是……”[①]

“那次是在死亡谷唱《TOKIO》。泽田拍广告去了死亡谷。”

当过他下属的阿部先生说过：“每个周四，山田先生都像身处台风之中。”修尔在这样的情况下工作，还能将这些细节记得如此清楚，是因为他从心底爱着《The Best Ten》，而且有与这份感情相称的责任感。

修尔出书的时候，我在推荐文章里写道：“周四晚九点，是我们姗姗来迟的青春。”我想，修尔他们也是同样的心情。如今，我见到小泉今日子女士，还是会喊着“哇，你好啊”，然后互相拥抱。桑田佳祐给我发短信的时候还是会称呼我“妈妈”。大家心里还留存着这

---

①指泽田研二身穿彩灯装饰的服饰，并背着红白条花纹的降落伞出现在电视节目中。

份亲近感，想必也是因为参加那个节目能收获满满的快乐，绝不是因为那是一份能拿到演出费的工作。

姗姗来迟的青春。真的，直到现在，我都找不出比这更合适的话，来形容那段无可替代的时光。

霞町公寓 B2 房间

就在我全心投入《The Best Ten》那段时期，发生了一件令人心痛至极、无可挽回的悲伤的事。向田邦子女士去台湾旅行时遭遇了空难。那是盛夏时节，一九八一年八月二十二日（离我们在广岛直播岩崎宏美的演唱刚过去半个月）。

如今，三十多年过去了，依然有许多年轻人为向田女士的作品倾倒，憧憬像她那样度过人生。我当年在纽约听到向田女士去世的消息，那种震惊的心情至今也难以忘怀，对她的思念之情常常如洪水般倾泻而出。

有一段时期，我和向田女士每天都会见面。这里的“每天”并不是夸张的修辞，而是真的每天都见面。

从头读一遍向田女士的随笔，就会发现，她从位于杉并的娘家搬出来，搬到麻布的霞町开始独自生活，是在一九六四年。搬家的那天，恰逢东京奥运会开幕。当时，向田女士是森繁久弥出演的电视剧《七个孙子》的编剧之一，人生刚刚开始变得忙碌起来。

在移居“最终的归宿”南青山之前，有整整六年，向田女士一直住在霞町。

我前面说和向田女士每天见面，其实准确地说，是我赖在向田女士的家里不肯走。那是在霞町公寓，名字听起来很气派，其实就是普通的公寓楼。从路边登上楼房外侧的楼梯，上到二层，一眼就能看见“B2”这个房间，这里便是她的住所。

即便是见面的日子，很多时候我们也说不上几句话。向田女士总是伏案读书，也可能是在写稿子，她总是拖稿，在当时就很有名。我则随意地躺在沙发上，翻开自己的台本背台词。我一直不明白，为什么当时忙得团团转的两个人，还能每天见面，并且丝毫不觉得厌倦。一到饭点，她就十分麻利地把发带往头上一系，去做饭了。

她做的大多是日式饭菜，炖菜比较多，她给我做过“飞鱼肉松”“热油浇生葱”“生姜拌扁豆”等。不仅是家常便饭，擅长烹饪的向田女士有时候还会把前一天在餐馆吃过的美味重做一遍，让我试吃。

她甚至发明了一种“魔法油”，满怀信心地宣传：“只要滴上一滴，普通的方便面就会变成薄野商业街名店的味道。”还分了我一瓶。那段时期，那些做得又快又好吃、在别处难得一见的美味料理不断出现在我们的餐桌上。

一直都热爱美食的我，每次吃向田女士做的饭菜，都忙不迭地说：“好吃，好吃。”向田女士从不说什么“哪里哪里”的客套话，总是一副有点得意的样子，反问道：“没想到吧？”我最喜欢她这种地方。

两个人都没有工作压在眼前时，会不停地聊天。有时我充当倾听的那个。怎么有那么多要说的话呢？那个时候究竟都聊了些什么？一定是些无关紧要的琐事吧，所以现在什么都不记得了。如果当时都记在日记里该多好啊。

向田女士永远地消失在台湾的天空中后，又过了四年，我终于能写一点回忆她的长文了。向田女士是位十分有趣的人，但我一直没有心情去回忆她那些趣事。下面就是我写的那篇随笔（个别地方有改动）。

“撒哈拉沙漠的沙子，就像是土黄色粉饼的颜色。沙粒特别细，抓在手里会沙沙滑落，有点潮湿，有点重。这种颜色有点像小麦色，微微发红，可漂亮了。”

这个夏天，我站在非洲尼日尔的沙漠里，想起了向田女士对我说过的话。撒哈拉的沙子果然和她说的一模一样。

“真是这样的。”我很想亲口告诉她。然而向田女士已经不在了。

四年前的八月二十二日，向田女士从我们面前永远消失了。这个噩耗令所有人猝不及防。我不止一次地回想起当天的情形，至今都觉得不可思议。那天正好是我出发去纽约度假的日子。我很早就收拾好了行李，这是非常少见的。这时，我接到消息，说乘坐的飞机会晚点两个小时。可是行李都收拾好了，我实在无事可做，就坐在梳妆台前发起呆来。忽然，毫无缘由地，我很想打电话给向田女士。以前我每天都去找她，几乎天天通电话，可是最近我们工作都很忙，半年前见了一次，就再也没见过面。

我看了看表，刚过十一点，估计她起床了，便拿起了话筒。很遗憾，向田女士不在家。电话留言里传来她的声音。

“我是向田，现在正在外面旅行，将在二十五日深夜返回。以下是我的住处和联系方式，如果有急事，请联系宾馆。台北国宾大饭店，电话是……”

当时我并不知道“大饭店”就是宾馆，一开始只觉得好笑：为什么要住在中国餐馆里呢？后来又一想，应该是宾馆吧，宾馆的话就讲得通了。为人亲切又认真的向田女士在留言中录入了十分详尽的信息：二十号、二十一号、二十四号，我都住在台北的国宾大饭店，二十二号和二十三号住在高雄的华王大饭店。饭店的电话也留了。我越听越高兴，心想，哇，我们两个人都出门旅行了！然后赶紧在向田女士的留言后面说：

“原来你去台湾了啊。我现在要去纽约。我记得你以前在随笔里写过一种糕点，是从驻日盟军那里流传出来的像口香糖一样黏糊糊的黑色糖果，说是特别怀念。如果我在纽约看见了就给你买。等我们两个人都回来了，一起聊一聊旅行的事吧。”

留完言，我挂了电话。

我们只相差四岁，但一个用又高又尖的声音像孩子般兴奋地谈论着糖果，一个声音中却透着成熟稳重，两个人的性格真是形成了鲜明对比。当时，我曾如此感慨。电话留言里向田女士的声音，既不是要出门旅行时特有的慌张语气，也不是那种“我去去就回”的开心活泼的口吻，只是她平时说话的调子，再平常不过了。甚至能从中听出一种歉意——“就我一个人出去玩，真是对不住大家”。

那天，我究竟为什么想给向田女士打电话呢？至今都百思不得其解。除了向田女士之外，还有好几位可以打电话的友人，可是我独独想到了向田女士。我并不是有心灵感应的超能力者，当时不知为何，只是突然想和向田女士说说话了。而就在我打电话的这个时间，十一点十分，向田女士乘坐的飞机在台湾上空解体了。

我出发前往纽约。十几个小时后，抵达纽约时，我接到了日本打来的电话，得知向田女士遭遇了事故。当时，我受杂志社之邀，写了一篇回忆向田女士的文章，从纽约寄了回去，但并没有关注事故的报道，不管是报纸上的还是电视新闻上的。今天，因为想写怀念向田女士的文章了，才第一次查阅了四年前的报纸。我做梦也没想到，自己听到的向田女士在电话里的留言“我现在在台湾”，竟然得到了媒体如此热切的关注和报道。“向田女士‘声音的遗书’令人悲切”、“电话留言里留下的声音”、“电话留言记录下最后的声音”……

从安装那天起，向田女士的电话留言机和我之间，就一直是一种很有趣的关系。

一天，我给向田女士打电话。只听电话那头说：“我是向田。”于是我接过话茬说：“你好。”然而向田女士也不回应，只是继续往下说：“我现在不在家，有事请留言。”我吓了一跳：“哎呀，原来你装了这么一个机器。”在我感叹的工夫，时间又过去了几十秒，电话自动切断了。我只好又拨过去，对着留言机说：“我说啊，对着机器说话，你难道不会觉得不好意思？”时间一到，电话又断了。没办法，只好重新再打过去：“别人都能在这么短的时间内把事情说完吗？大家可真聪明啊！”又断了，我不死心，又打了过去：“我现在是在NHK给你打电话，一直都是我一个人在自言自语，又接连打了好几遍，周围人全在看我，那眼神像是在说，恰克[1]是不是疯了。”最后，我一共打了九个电话。在第九个电话里，我说：“算了，还是见面再聊吧。”世界终于清净了。

向田女士回家后听了我的九通电话留言，觉得十分好笑，就没洗磁带，一直保存了好久。一有客人来，她就拿出我的留言放给大家听。后来，她又把这件事写进了随笔集《父亲的道歉信》。看来这件事在她眼中实在是滑稽。恰克是当时别人给我起的外号。至于原因嘛，一个说法是“要给每时每刻都说个不停的黑柳嘴上装上拉链”。但真相并非如此。我参加NHK广播剧团的考试时，朗读的是芥川龙之介的《河童》，很喜欢其中一个叫恰克的河童。再加上我练习朗读时一边高声大喊着“恰克、恰克、恰克”，一边在NHK的走廊里踱步，所以同期的考生都开始叫我“恰克”了，就这样渐渐流传开来。

又有一次，我给向田女士打电话，听筒那边传来“我是向田”的声音。我以为又是留言机，就等着磁带说那句“有事请留言”，结果只等来了奇怪的空白。然后，电话那边又说了一遍“我是向田”，我这才小心翼翼地问道：“你不是磁带吗？”“哎呀，真讨厌，我是向田本人。”

我母亲至今都在说：“你和向田啊，每天总有说不完的话。我记得很长一段时间里，你俩总是抱着电话聊个没完。”当初我们都说了些什么，现在早就不记得了。不过，我们确实特别能聊。我还在向

---

①英文中“拉链”之意。

田女士家里听过别人说的好玩的留言。一开始，大家都不习惯。有人只说了一句“那个……”就没下文了，还有人一直沉默不语，然后冒出一句“回头见”就挂了电话。曾经承载我们那么多欢乐回忆的电话留言机，如今竟然成了悲剧新闻的大字标题，刊登在无数媒体上。这是我无论如何也想不到的。还有向田女士各种各样的照片，然后是飞机残骸的照片。飞机在空中爆炸究竟是怎样一番惨状？那张照片远远超出我的想象。我多么希望没看过那张照片。泪水又涌了出来，仿佛永远停不下来。

向田女士的弟弟保雄曾去台湾接回她的遗体。保雄在著作《姐姐的尾巴》一书中写到过当时的情形。保雄与向田女士相差两岁。当时，一百一十位乘客家属全都陷入极度绝望之中，现场一片混乱。就在这时，保雄偶然遇到了亚洲航空的 K 先生。K 先生安慰完保雄，说了一番话。

> “在那种状态下，在飞机裂成两半的一瞬间，您的姐姐就过世了，连咽口唾沫的时间都没有。”
>
> K 先生这句话是最好的安慰。
>
> “姐姐，还好你没有受罪。”
>
> 我差点脱口而出。那一瞬间，她究竟承受了多大的痛苦？我害怕去想这个问题。害怕极了。如果她在离开人世的时候没有任何痛苦和恐惧，作为亲属，我应该为她感到高兴才是。

“祸福相依，譬如纠墨。”

这句话是向田女士教给我的。大约二十年前，我经常出演向田女士写的广播节目。那时，向田女士就以创作台本速度慢而闻名，经常赶不上直播，于是来到广播电台，和我隔着一层玻璃，在演播室对面赶稿子。但也正因如此，我们多了许多交流的机会。一次，我的台词里出现了“祸福相依，譬如纠墨”这句话。大体意思我是明白的，但还是去向田女士请教。那个时候，向田女士经常穿一身黑色的洋装，再加上本就比我年长，说话的语气像一位成熟稳重的姐姐。

“这句话说的是，人这一生中，如果发生了什么好事，那么之后一定会有不好的事情发生。换句话说，幸福和不幸就像两股缠绕在一起的绳子。你说对不对？”

“果真如此吗？难道就没有用两根幸福的绳子编织起来的人生？”我是个乐天派，当时也没有深想，只是随便问了一句。

后来，在向田女士获得直木奖的庆祝晚会上，我突然想起了这句话。向田女士向来不喜欢给人添麻烦，更是讨厌吵嚷喧闹的场合。这次的庆祝晚会是在人们的劝说下举办的，并且是第一次举办这么大的聚会。东京王子酒店的大厅转眼间座无虚席。工作领域像向田女士这样广泛的人恐怕没几个。衣着华丽的女演员和男演员，广播作家界的同行，像山口瞳这样的文人，还有众多电视、广播相关从业者，杂志社和出版社的朋友，记者，广告界的熟人……向田女士的人缘究竟有多好，只要看一看这热热闹闹的聚会就一目了然。

向田女士平时绝不会因为工作上的事情来麻烦我，这次却通过经纪人联络我，邀请我去做庆祝晚会的主持人。“我知道你很忙。不过这次你无论如何也要帮帮我。我知道这个要求很任性，仅此一次，拜托了。”

我心里乐开了花。我很高兴能为向田女士做些事情，也为能和她一起见证人生的重要时刻感到莫大的幸福。

当天，向田女士穿着一件微透的雪纺绸质地的灰黑渐变色上衣，下身是一条黑喇叭裤，与她的气质十分相称。

向田女士的头发总是精心打理。乌黑的秀发从中间分开，一丝不苟地挽到耳后。“再怎么忙也要做头发。”她定期去美容院护理头发。不过，她和别人说话时、写作时，总会随意把头发挽起来，有的人可能看不出她精心打理过。她留的发型很好地衬托出小巧的脸庞、知性的额头，以及那双时不时流露出凛然气质的、微微上翘的美丽丹凤眼。

森繁久弥先生是把做杂志编辑的向田女士拽进广播电视界的“始作俑者”。后来两人一同创作了《七个孙子》和《白萝卜之花》等名作。理所当然，森繁先生是第一个发言的。

“我和向田小姐算是认识最早、交情最久的朋友了。我们两个人之间呢，也发生了……（说到这里，他顿了一下）咳咳……许多事情。所以，由我来做第一个讲话的人再合适不过。我们已经相识三十年了。我们刚认识的时候，我觉得她应该还是处女，但并不确定。于是，只要一有空就央求她：‘你和我过一夜吧，一晚上就行。’啊，看我都说了什么，太下流了！怎么能对直木奖获奖人说这种话呢！向田小姐每次都轻描淡写地敷衍我：‘嗯，下次吧。’……”

会场上顿时一片哄堂大笑。向田女士掩着嘴巴，下颌微收，一双美目微微上挑，娇嗔地看着森繁先生，也忍不住大笑起来。不过，她笑得十分妩媚。森光子女士送给她的那束小小的粉色花束，与她一身低调内敛的礼服十分相配。接下来，又有许多人致辞，向向田女士道喜。

马上就要进入干杯环节了，我赶紧说：“接下来，我们请向田女士说两句。”在我的催促下，向田女士终于站在了麦克风前。她用那温柔而令人惬意的、语速稍快却又彬彬有礼的口吻，说了下面这番话，这是她的一贯风格。

“很长一段时间，我都觉得自己是个男人缘很差的女人，到了这个年纪，既没有丈夫也没有孩子。看到今天有这么多人前来为我祝贺，我终于明白，其实自己的男人缘也没那么差。我是个无欲无求的人，日子也过得迷迷糊糊。每到人生的重要节点，总会遇到意想不到的贵人，将我身体里沉睡的某种东西唤醒，或是给我鼓励和安慰。如果没有他们，如今我恐怕是个每天抱着猫发发呆，到哪里都没人要的老姑娘。我这个人没什么长处，就是人缘好。今天是十月十三日，这个日子对我而言很特殊。五年前的今天，我正在接受乳癌手术，躺在氧气帐里。我睁开眼，看见妹妹和泽地久枝女士正隔着塑料薄膜看着我，想对她们说‘我能行’，可是因为麻醉的关系，舌头不听使唤，根本说不出话来。当时我不知道还能不能快乐地度过余下的人生，还能不能写出令人捧腹大笑的作品，甚至连自己还能活多久都不知道。那时对未来完全没有信心。但后来我得到了许多人的帮助，托大家的福，还得了奖。所以现在，我有底气说这句话了：‘我能行！’今天这个庆祝晚会对我意义非同一般。谢谢大家！”

我站在舞台一侧，看着向田女士，跟随她的话语或开怀大笑，或感动落泪。听着听着，我突然想到了那句话。祸福相依，譬如纠墨。

晚会结束时，向田女士再次站到麦克风前，缓缓地说了一句：

“今天，是我一生中不会再来的光荣时刻。”

此后不到一年，向田女士就抛下家人、朋友、影迷和猫，永远离开了这个世界。

《姐姐的尾巴》出版后，恰逢向田女士去世三周年，我便邀请她的弟弟保雄做客《彻子的小屋》。因为我觉得保雄和大姐十分要好，他应该能为我们讲述向田女士不为人知的一面。

“是不是很想念大姐？”

面对我的提问，保雄说了下面一番话。

“看到某些情景时，会突然想起来。前些日子，《彻子的小屋》邀请很多制作家庭剧的兄弟姐妹来上节目。我看着看着，突然想到，要是大姐看了节目，肯定会兴奋地议论个不停。每当这种时候，我就想起她来，会很伤心。因为大姐在世时会给我打电话，说：‘你看了吗？没看的话到我家来看录像吧，给你录下来了。’……”

保雄的话，让我们深切地领会到亲人离世后的悲哀是何种滋味。弟弟保雄那丰富的感性像极了向田女士，这又勾起了我的悲伤。我忍住即将夺眶而出的泪水，匆忙转换了话题。

不过，另一方面，恐怕没有哪个名人像向田女士一样制造过那么多的爆笑话题。在那期节目里，保雄说了一个故事。在向田女士做完乳腺癌手术之后，杂志上刊登了一篇报道，标题是《向田邦子是家庭电视剧的“横纲[①]”》。向田女士看了以后调侃说：“我可成不了横纲，因为我是ONE CUP大关[②]啊。”保雄苦笑道：“大姐，这种话还是不要说了。”结果向田女士若无其事地回答：“对着你，我才

---

① “横纲”及下文“大关”皆为相扑力士的称号。

②一种装在玻璃杯中贩卖的日本酒。

说的。”像这种趣事多得数不过来。

我还听说过一件事。不知向田女士从哪里听说的，说是晚上坐出租车回家时，如果到了公寓门前，才埋头窸窸窣窣地掏钥匙，很容易被人袭击。人在拿钥匙开门的那一刻，是最没有防备的。所以那天晚上，她坐在出租车里，一手拿钥匙一手攥着钱，等到了家门口，她便付钱下车。结果司机却问她："我说，你是认真的吗？""请笑纳。不要客气。"向田女士一边回答一边悄悄地想：只不过给了点小费，这就吓着了？结果对方又问了一遍："太太，我可当真了？"向田女士这才觉得有些不对劲，仔细一看，原来错把公寓钥匙当成钱给司机了。而且不知何故，那位司机先生认定向田女士是宠物美容师，就是给狗剪毛的那种。如此一来，事情越发搞笑了。

向田女士获得直木奖的作品当中，有一篇叫《水獭》的短篇小说。她说："我这个人啊，不是一般的糊涂。有一次人家问我：你的获奖作品是什么？我竟然脱口而出——《黄鼠狼》！"

由于向田女士的稿子总是拖延，经常过了截稿日期还在拼命赶稿，她写的稿子还有一个众所周知的特点：打印出来的剧本经常有许多错误。有一次，池内淳子女士一脸认真地问导演："我应该做出怎样的表情呢？"向田女士听了，心里很纳闷：她为什么要这么问？我只不过是写了"池内女士一脸狼狈"啊。她再仔细一看剧本，发现上面印的是"池内女士，一脸裤衩[①]"。

"狼狈和猿股，写得太潦草的话，很像吗？"

向田女士快笑趴下了。所以，大家都说她：就算有一天你写了

①日语原文用了"猿股"，意为裤衩。

遗书，恐怕也会因为错误太多，没人能读懂。于是，向田女士半开玩笑地说：我心想，做成印刷品总该没问题了吧，所以写了《父亲的道歉信》这本书。

虽然大家平时七嘴八舌议论惯了，有的说她的字迹潦草难认，有的说她字很难看，还有人说她写字太狂野，但其实对于这些控诉，向田女士还是很介意的，因为她瞒着大家在偷偷地练字。有一次，弟弟来找她，她赶紧把什么东西藏到了桌子底下。藏的时候她用脚踢了一下，结果用力过猛，踢得飞起来，落到弟弟面前。弟弟定睛一看，原来是一本练字的册子，上面写着从一到十的数字。从一到十是练字的人都要练习的最基础的汉字。她发现被弟弟看到了，一下子羞红了脸，难为情地大喊："我这是活到老，学到老！"她的思路是这样的：想把字练好，但是练字的过程不想让别人看见。可是不小心一脚把练字本踢飞，让人发现了，真丢人。不过，这种经历应该早被她巧妙地写进小说或作品中了。弟弟保雄曾取笑向田女士"太能装了"，也许道出了向田女士性格中真实的一面。

回顾往昔，向田邦子从昭和三十四年前后开始写广播剧本，创作了超过一万集广播剧，以及至少一千个电视剧本。仅仅是森繁久弥的广播剧《重役读本》，就写了两千八百集。最忙的时候，每周要同时创作十一个不同节目的剧本，她不得不拼命赶进度。有一次，在家里写稿已经来不及了，她就来到印厂，站在角落里埋头赶稿。"抱歉，打扰一下。"她抬头一看，是印厂的人。"请您再稍等一会儿！""……抱歉。""还有一点就写完了！""可是……"向田女士觉得有点不对劲，终于发现自己正在印厂工人为熬夜赶工而叫的外卖便当上写稿子。那些便当装在一辆二轮拖车里。"怪不得我写字时感觉桌子总是摇摇晃晃的，稿纸还莫名其妙地变得温热起来。”她对我说话时一副事不关己的神情。

我第一次拜访向田女士的霞町公寓，是女演员加藤治子带我去的。治子女士几乎出演了向田女士的所有作品。自那以来，原本住在世田谷的我，不知怎的几乎每天都跑到向田女士家里，吃她亲手做的饭，和她的猫玩耍。向田女士写稿子的时候，我就读读书，或者也随便写点什么。我还向她学了好几道菜。向田女士做的菜以日本料理为主，都是能很快做好的、既好看又好吃的菜。她偶尔也做些颇费功夫的菜。有一次她买了飞鱼，说是要做上等鱼松。将飞鱼煮熟了，仔细地剥去鱼皮，剔去鱼骨，只留下鱼肉，然后倒入料酒和清酒翻炒。过了很久，我闻到了一阵诱人的香气，心中不禁雀跃起来。正在我满怀期待的时候，突然听见向田女士“啊”地大叫了一声。我赶紧跑到厨房一看，原来她把刚出锅的鱼松当成剥下来的鱼皮和鱼骨扔进了垃圾桶！唉，有时候她就是这么粗心大意，冒冒失失。

她写的剧本看上去像是随随便便写出来的，可是我知道事实并非如此。就像她上学时当排球选手和百米短跑选手，每次比赛都竭尽全力去拼搏一样，每一部剧本的创作都倾注了她的全部心血。她甚至会一边构思只有一两句词的演员的台词，一边喃喃自语：“一想到他们的父母兄弟都在看着，就不敢有半点马虎。”她的心思就细腻到这个地步，对人性可谓了如指掌。电视剧剧本的稿费一开始少得可怜。向田女士曾笑道：“最初的稿费和演播室舞台布景的盆栽一个价钱。”即便如此，她也一直坚持创作，直到人们认可剧本作家这个职业。后来，她开始创作小说。《小说新潮》的总编川野黎子和向田女士是实践女子专科学校的同学。在她的建议下，向田女士开始创作小说并连载，正是这连载的小说获得了直木奖。川野黎子至今也无法接受向田女士的死。这就是向田女士的人格魅力。

在向田女士去世半年前，我们曾一起吃过一顿中餐。餐馆是向田女士推荐的。我们刚刚落座，她就看着我说："怎么吃都吃不胖的人真好。"然后又笑着说："你看我，像不像个冰袋？"她的意思是自己"头很小，越往下越膨胀"，真是幽默又可爱的比喻。我从来没有出演过她写的电视剧。向田女士说，她在等我变成老太婆，说想写一个像我一样的老太太，"我很期待。"有时候她还会对我说："你快点变成老太婆吧。"我每次都点头："嗯，我抓紧。"可是现在，一心盼着我变成老太婆的那个人已经不在了。听说她从小就擅长模仿松鼠撒尿的样子，可惜一直无缘得见。

今后，无论再过多少年，我们都会像这样回忆着向田女士活下去吧，无比眷恋，又无比悲伤。

在文章的结尾，我写道："今后，无论再过多少年，我们都会像这样回忆着向田女士活下去吧，无比眷恋，又无比悲伤。"事实的确如此。

向田女士逝世二十五周年的时候，我和她的妹妹向田和子女士有一次对谈。这次对谈刊登在了《小说新潮》上，并没有收入任何一本书中。因此，我将它收录在这里。

黑柳：向田女士住在霞町时，我真的是每天都去她那里报到。现在想想，她的房子其实不算太宽敞，我随意躺着背台词，她呢，就在我身旁写剧本。肚子饿了，她下厨做饭给我吃，一有空，两个人就聊个不停，聊的都是些无关紧要的事。直到现在我都在想，那究竟是怎么回事呢？是因为我喜欢向田女士，还是因为霞町离电视台近，方便我上班？（笑）——大概两者都有吧。不过向田女士竟然就这么接受了我，连我自己都觉得不可思议。那段时光对我们而言究竟意味着什么呢？今天，我也想听听向田女士的妹妹——向田和子女士的想法。

向田：那段时期，我在姐姐家里只见过黑柳女士一次。您好像是因为要出演某部音乐剧来找姐姐的。

黑柳：是《屋顶上的小提琴手》吗？我参加了这部剧的首演(1967)。

向田：对对。我去的时候，你们好像正在讨论要不要参加演出。

黑柳：真的吗？看来当时我是去找向田女士商量了。

向田：你们两个人聊得十分火热，就像没有我这个人似的。（笑）姐姐说话的速度也快，再加上谈论的是工作上的事，我完全插不上话，所以中途就回家了。（笑）可能是这个原因，我记得后来和姐姐去看了您出演的《屋顶上的小提琴手》。您和姐姐是因为广播剧相识的吧？

黑柳：是的。TBS 广播公司的连续剧。那部剧的名字我忘记了，只记得剧中有狗出现。那个时候，向田女士就以写剧本速度慢而闻名。（笑）下一集马上要播出了，可剧本还没写出来，她来到我们收录节目的演播室对面，隔着玻璃赶稿子。当时我觉得她真漂亮啊。

第一次见面我们就成了好朋友。我看她的头发打理得特别好，于是说："你的头发真美。"她的回答我永远也忘不了，她说："不管什么时候，头发决不能马虎，别的姑且不论。"（笑）

向田：我明白。其实她不怎么化妆。

黑柳：是啊。倒不是那种刚刚洗完的头发，总之就是很美。

向田：她总是在唇上轻轻抹一点深色口红，仅此而已。

黑柳：穿的衣服也十分有品位，都是一些"特别能凸显向田风格"的女装，有一种独特的气质。她这种穿衣风格自始至终都没有变过。

在她说"头发绝不能马虎"那段时间，也就是我们第一次或第二次见面的时候，我向她询问"祸福相依，譬如纠墨"的意思。我记得当时她回答说："幸福和不幸是轮番降临的，人生是由幸福的绳子和不幸的绳子纠缠在一起组成的。"这句话是向田女士教给我的，所以印象特别深刻。后来她得了乳腺癌，然后获得了直木奖，最后又遭遇飞机事故，这一系列经历果真印证了那句"祸福相依，譬如纠墨"。我经常想，真被向田女士说中了。不过，有一件事到现在想起来还是想笑。向田女士解释完那句话的意思后，我竟然反问她："难道就没有用两根幸福的绳子编织起来的人生吗？"结果向田女士马上回答："没有。"（笑）

向田：询问有没有"两根幸福的绳子"，这的确是黑柳女士的风格。马上回答"没有"，也像是姐姐做的事。（笑）

黑柳：在你姐姐的家里，我和你只见过这一次面吗？

向田：是的。不过当时我几乎每天都去姐姐家玩。从霞町走十五分钟左右，在六本木的十字路口附近闲逛，或是去保龄球场，最后在“香妃园”喝啤酒吃中餐。

黑柳：看来咱们两个去的时间段不一样，才只见过一次面。晚上我回世田谷的娘家，所以去向田家时还是白天。那个时候，我在六本木的NET（现在的朝日电视台）、赤坂的TBS、涩谷的NHK都有许多工作，向田女士的家正好位于这些电视台的正中央。（笑）当时向民间播放的电视剧正值发展的高潮，我也被最大限度地利用起来，一周要出演六个节目。（笑）等待上节目的时间很长，回自己家又有些远，也没地方可去，不知不觉就跑到舒适的向田家去了。那是座小小的公寓，从大路上拐进来，没走几步就到了，相当方便。（笑）

向田：虽然名字叫“霞町公寓”，听上去很了不起，其实就是一座三层的木造砂浆建筑，姐姐的房间在二楼。

黑柳：对对。我总是一路小跑冲上二楼。走进玄关，右侧是一张书桌，向田女士就是在那张桌子边执笔写作。书桌旁边是沙发，我总是窝在沙发上，默默地记台词。沙发对面是书架，书架上蹲着猫咪。

向田：是有一只猫咪，伽里伽，从娘家带出来的暹罗猫。

黑柳：虽然是只猫，不过我总是团个纸团扔出去让它捡，还美其名曰“名犬游戏”，玩得不亦乐乎。向田女士的工作告一段落时，我们经常一起聊天，她最喜欢讲有趣的故事，屋子里总是充满了笑声。我们几乎每天谈笑风生，却记不起来都说了些什么，看来聊的是些没营养的话题。（笑）向田女士都做过哪些饭菜给我吃，我也记不得了。

向田：也就是说，没做过什么好菜。（笑）

黑柳：像是煎茄子啊，将腌渍许久的老咸菜细细切了做成的菜啊，总之我很喜欢。

向田：姐姐一般不做那种很费功夫的菜。她只做那种不费事的家常小菜。

黑柳：因为做起来很快。对了，我还向她学了一招把方便面变得更美味的小窍门。在热油里放入捣碎的姜末和蒜末，让调料的香味融进油里。过滤后，将油放入冰箱保存。吃方便面时，舀两勺油加上，顿时变得美味无比。还有一个秘方，把四季豆煮熟后，用姜泥凉拌会很好吃。另外，我不记得她做过味噌汤，也许是我不喜欢的缘故吧。向田女士是不是也不爱喝味噌汤？她似乎不怎么做。

向田：有可能。每次回娘家，我都央求她给我做裙带菜和土豆的味噌汤。不过，她似乎从来没主动做过味噌汤。

黑柳：家里常备有米饭，做的菜也是，冰箱里有什么就做什么。很少有"今天特意做某道菜"的感觉，比如为了做咖喱特地去采购之类的。没有那种兴师动众的感觉，我也很轻松，就像住在女生宿舍里一样。

等一下，我刚刚想起来，她做过飞鱼肉松。有一阵子她好像迷上做鱼松了。做的鱼松很美味。

向田：鱼松啊，的确迷过一阵子。（笑）她有时候会突然想下厨做自己喜欢的食物。

黑柳：那是从您母亲那里学来的味道吗？

向田：您也知道，我父亲爱喝酒，尤其喜欢晚上喝一盅。要是能多准备几碟下酒菜，他会非常高兴，哪怕只是简单的小菜。尤其喜欢那种稍微有些创新的菜式，比如将青紫苏叶子切碎拌进去之类的。而且，父亲还是个急性子，要是饭菜上得太慢，他会不高兴。（笑）母亲却是个慢性子，而且只会做一些传统的正餐。所以，这种时候都是姐姐出马，用冰箱里剩下的东西麻利地做几道菜端出来救场。

黑柳：原来是爱喝酒的向田叔叔爱吃的小菜。我都是当下饭菜来吃，也非常好吃。我家里没有人喝酒，平时也不怎么吃这种下酒小菜。

向田：刚才我也说了，那段时期，每天晚上都是姐姐请我吃饭。姐姐去世后我才知道，当时她几乎没接到什么工作，根本没钱。

黑柳：……真的吗?！好丢人。我每天都去她那里白吃白喝！

向田：可能是把钱都花在搬家之类的事情上了。我也是，都老大不小了，却对金钱没有概念，从未在钱的方面替姐姐考虑过。每天晚上都跑去找她玩，蹭吃蹭喝。爸爸甚至嘲笑过我，说“真不知道你究竟是谁家的孩子”。

黑柳：也许是因为当时她工作还不忙，才有时间招待我。你这么一说，当时确实没什么电话打过来，也没人来商量稿子。向田女士总是坐在书桌前写稿子，要不就是看书。

向田：那个时候还很清闲，主要是广播电台的工作，还不忙。

黑柳：应该是。我记得特别忙的时候，向田女士也会明确拒绝：“对不起，现在我没时间。”当时她并没有说这种话。我这个人再怎么迟钝，如果被拒绝个两三次，也不会再去打扰了。

向田：我们家的人，对于姐姐的收入一概不知情。姐姐对我们说：“写一部剧本能拿不少钱呢。我不缺钱。别担心。”我们都以为，啊，看来这一行就是这个行情。姐姐离世后，我们整理她的遗物，她不怎么爱收拾东西，以前的收据都堆成了山，上面写着一部剧本多少钱。母亲看了喃喃自语："邦子是不想让我担心啊，说什么不缺钱，原来工资这么低。"

黑柳： 一想到那段时间，我每天在收入微薄的向田女士家里吃白饭，就觉得愧疚万分。不过，她一点都不像是没有钱的样子，从来都没给人很穷的感觉。再加上我当时觉得独自生活的人应该不缺钱。我那时还是NHK的专属职员，刚开始参演民营电视台的节目，薪水少得可怜。穷得叮当响的NHK又被称为"日本薄薪协会"。已经三十好几的人了，还要从母亲那里领零花钱。不过，向田女士在搬去南青山之前，买过中川一政的画作，还对我说："中川一政的字不错吧？"所以说，她住在霞町那段日子，后来工作越来越多，应该也是存了一些钱的。

向田： 到了霞町时代的后半段，她似乎终于能"靠写剧本养活自己"了。不过，刚搬去南青山公寓的时候还是"听天由命"的状态。她还说过"女人换个地方住，说不定工作就来了"之类的话，甚至说："存款为零未尝不是好事，这样就有奋斗的动力了。"

黑柳： 能说出这样的话，也非等闲之辈了。啊啊，无论如何，当初自己没心没肺地去蹭吃蹭喝，实在是太过意不去了，想起来就难受。对了，母亲曾经让我把家里收到的礼物拿去送给向田女士。前一阵子，母亲还提起当年的事情。她说："你和向田的关系真是好得很。"我问："为什么这么说？""白天你们刚见过面，晚上回到家，你继续抱着电话和向田聊个不停。休息日也聊。我当时想，看来你有很多话想和向田说。"可是，刚才我也说了，其实我们并没有聊什么要紧的事。

向田：应该是这样的。姐姐不喜欢聊太私人的话题。

黑柳：我们两个从来不谈论那些麻烦的话题，比如男朋友怎样怎样，说的都是世间万物的趣事糗事，或是无伤大雅的传言传闻。向田写稿子的时候，我记台词的时候，我们两人都沉默不语，谁也不理谁。即便如此，也不觉得尴尬。我当时在拍好几部电视剧，经常出去一趟后再回向田家。（笑）“抱歉，这部演完了还得回来一趟。”“哦。”我们之间就是这种感觉。向田女士丝毫没表现出厌烦的样子，所以我把向田家当成了自己家，出入自由。不过，我们绝不会触碰对方的隐私，一直很默契地避开那些复杂的问题。我记得那段时期，您父亲过世了？

向田：是的（一九六九年二月，向田敏雄逝世）。

黑柳：我对此毫不知情。

向田：那个时候父亲还没有退休，我们操办葬礼时并没有通知姐姐的同事。一旦扯上姐姐那边的关系，媒体界和电视界的做派通常都很高调。所以，家里人决定只通知父亲这边的亲朋好友。想必姐姐自始至终都没有告诉演艺界的朋友。

黑柳：向田女士开始独自生活的契机是什么？

向田：是因为和父亲吵架了……不过，我觉得她一直在等待这样一个机会。那一年姐姐三十五岁。

黑柳：三十五岁？那我们两个在广播节目相识，我开始出入向田的公寓，都是她刚刚独立的时候啊。

向田：所以说，姐姐当时一定也很寂寞。盼望很久的独身生活终于开始了，但其实很无聊。剧本作家都是独自在家工作，姐姐也非常需要黑柳女士这样推心置腹、无话不谈的朋友。

黑柳：我对霞町公寓只有一个疑问。房间里有一张向田女士戴着帽子的照片，照片上的她明艳动人。我一直觉得纳闷，她为什么会有这种照片呢？我们演艺界的人总会被媒体拍很多照片，但除非提出“照片洗出来请给我一张”，否则是不会给我们的。我的照片出现在报纸和杂志上，但是我一张也没有。现在也是如此。总有人对我说“请把某个时候的照片借给我们用一下吧”，可是我真的没有。所以，我看到向田女士那张照片，那明显是专业人士拍摄的，便忍不住羡慕：能有这么美的照片真好。心中也曾闪过一个疑问，这究竟是谁拍的呢？

向田：是啊。她又不是演员。

黑柳：然后，和子女士您最近写了《向田邦子的情书》。读了您写的书，我才知道，原来向田女士曾经有一位摄影师恋人。多年的疑问终于解开了。所以说，我们两个真的是从来不谈论男人。她住在霞町的时候，就已经……

向田：那个时候，她的恋人已经过世了。那段时期，姐姐十分迷茫。作为剧本作家，她还不算很忙，但也不是接不到工作，还处在成长期。所以她才开始尝试独自生活，也是一种探索。

黑柳：明白了。向田女士不介意我每天都去打扰她，是因为那段日子正好是她人生中难得的空白期。失去了恋人，心中有伤痕，但待在身边的人是我这么个没心没肺的小妹妹——静静地背台词，讲话还算有趣，偶尔能逗个乐子——也许对她来说恰到好处。

不过，以前我就觉得向田女士多少有些忧郁的气质。并不是说她是个阴暗的人，而是有一种万事皆空的虚无感，这样说也许有些夸张，总之，她的性格中有达观的一面，像什么都看开了。两个人在一起时总是欢声笑语，爱说逗乐的话，但我偶尔还是有这样的感觉。向田女士比我年长，自然要成熟一些，但我时常想，她为什么那么成熟稳重呢？所以，我读了《向田邦子的情书》，终于释然了。正因为有过那样的经历，她从不谈论男朋友的话题，也从未问过我有没有男朋友。

向田：如果对方主动说起来，她会倾听，但绝不刨根问底地打探。她就是这样的人，连我们兄弟姐妹之间也是如此。

黑柳：有一个女演员曾经来找向田女士商量和男友分手的事情，发了很多牢骚。向田女士和我说起过这件事。她说："那个人跑到我这里哭诉，每天晚上都来。真头疼。"一想到她是独自一人熬过了失去爱人的痛苦时期，就能理解她的态度了。向田女士如此坚强——她的恋人可是自杀了啊，对于经历过"死别"的人来说，"生离"也许真的不算什么。和子女士，您如何评价他的自杀行为？是因为身体状况恶化，不想给向田女士添麻烦？

向田：是精神上太脆弱了吧。

黑柳：可是，向田女士对他全心全意，付出了一切。

向田：对。我甚至惊讶姐姐竟然能做到这个份上。我这个人，最大的优点是在很多事情上都迷迷糊糊的。我从不多嘴，对许多事情都视而不见，这对姐姐来说恰恰是一种慰藉。邦子下面那位姐姐，从小就是个非常敏感的人。现在想来，邦子姐姐其实一直在躲着她。而我比较迟钝，所以姐姐才放松了警惕。（笑）当年，很多场合她都带着我。

黑柳：也带你去见过她那位恋人？

向田：的确见过。没去过他家，不过，他们一起买东西的时候带我去过几次。姐姐曾经说我“总是迷迷糊糊的”，可我再怎么迷糊，也明白那几次见的人是姐姐的恋人。（笑）

黑柳：那你会问吗，比如那个人是谁之类？

向田：不会。

黑柳：也不会问“你喜欢他吗”？

向田：从来不问，只会在心里“哦”一声，但记得他对我特别温柔。

刚才黑柳女士您说过姐姐非常成熟稳重，或许家里人这样说有些奇怪，但我认为您说得非常对。我们的母亲从小没吃过什么苦，也算是养尊处优，后来嫁给了父亲这样的人，在各种事情上很不适应。有一次她因为什么事对姐姐发牢骚，姐姐给她的建议是：“妈妈，人从呱呱坠地开始，不幸就始终伴随左右，所以遇到不幸是理所当然的。”

黑柳：和她教给我的“祸福相依，譬如纠墨”是一个道理。

向田：没错。“不幸是与生俱来的，所有人都是背负着不幸降生的，关键是如何处理这个包袱。”母亲听了姐姐的话，曾经说过：“别看邦子不爱学习，这孩子的见识真是非同一般。”

黑柳：她不爱学习吗？我还真不知道。（笑）……那恋人去世的时候，向田女士是什么反应？很痛苦吧？她是怎么熬过来的？

向田：没看出她有多痛苦。

黑柳：是吗？真厉害。

向田：恋人去世对她肯定是个很大的打击，可是“再怎么痛苦也无济于事”——我觉得姐姐当时就是这么想的。看姐姐的样子，像是在说“我还有许多事情要做”，接着便全身心地投入到工作中去了。我的记忆大概是这样的。

黑柳：那个时候向田女士多大了？

向田：三十四岁吧。

黑柳：那就是搬到霞町公寓之前的事了。

向田：在霞町公寓，姐姐和黑柳女士从不谈论男人，那都谈了些什么呢？

黑柳：说起来，我完全不记得了，记性也是差得可以。有一件事情特别搞笑。《父亲的道歉信》里面也写到了。一天晚上，向田女士写完稿子后坐出租车回家，因为心情很好，就想着不要零钱了，当是给司机小费。“不用找了，拿着吧。”“这位太太，您是认真的吗？”“让你拿着你就拿着。”“我可当真了？”向田女士觉得纳闷，不就是几块钱零钱吗，这是在啰唆什么呢？仔细一看，才发现自己把公寓的钥匙给人家了。（笑）

向田：姐姐是个急性子，还没下车就把公寓的钥匙攥在手里了。（笑）

黑柳：还有一件事。她每次写稿都特别慢，有一次跑到印厂去赶稿，写着写着，突然发现：咦，桌子怎么摇摇晃晃的。她也顾不上那么多了，便继续埋头写稿。可是，怎么觉得桌子越来越热呢。即便如此，她仍然拼命写啊写。“对不起。”“怎么了？”“那张桌子……”“来不及了！今天就是截稿日期，桌子就借我用一下吧！”“不好意思，那张桌子是我们的宵夜。”（笑）后来向田对我说：“原来我一直在人家的便当上面赶稿呢。”

向田：这应该是真事。姐姐就是这样一个冒失鬼，她无论在哪里都能写稿子。我曾经见过她坐在车里，把稿纸放在膝盖上写稿子。

黑柳：她似乎每次总是拖到最后才交稿。

向田：我曾经问过她："姐姐，你为什么不早点开始写？"你猜她怎么说？"如果稿子交得太早，演员们会想得太多。电视剧这种东西，没必要想那么多，啪啪几下拍出来就行。"

黑柳：能说出这样一番话来替自己打圆场，也是天才了。久世光彦曾经说她是"稀世撒谎精"。

向田：确实，她在撒谎方面的确是天才。(笑)

黑柳：以前我也在随笔中提到过，向田女士对我说："我写的这些剧本里，并没有你这种性格的人物。不过，你适合演绎那种有意思的老太太，就是那种外国电影里的老太太，所以你快点变老吧，我给你写剧本。"她这些话，我至今都记忆犹新。

向田：是吗？住在霞町的时候，你们都还年轻呢，当时她就这么想了？

黑柳：是啊。我当时就答应她了："嗯，我会赶快变成老太太的。"后来，我看了《到时间了》《寺内贯太郎一家》等电视剧，发现确实没有适合我的角色。到头来，我唯一出演过的向田女士的作品是最初让我们结识的那部广播剧。如今，我就算变成老太太，也没有盼头了。不过，向田女士去世后，连续二十年，我一直担任久世光彦导演的《向田邦子新春电视剧特别节目》的旁白解说。到今年八月，向田女士就离开我们二十五年了吧。

向田：是的。

黑柳：那天，我正要出发去纽约。所有行李都收拾好了，就差出门了。可是突然来电话通知我，飞机因为检修会延误两个小时。我一下子变得无事可做，也不知为何，突然想给向田女士打电话。打过去发现是留言机，里面录的是向田女士的声音："有急事请打台湾电话 ×××，更紧急时请打 ×××。""向田女士，你去台湾了？我现在要去纽约，等我给你带大黄糖啊（向田女士喜欢吃大黄糖）。等我们回来了，再一起聊一聊彼此的旅行吧。"说完，我就去纽约了。

后来我算了一下，这真是个巧合——我想给向田女士打电话的时间，正好是事故发生的时间。我并没有什么心灵感应，不信这些，也没有类似的经历。可是我真的闪过一个念头——也许向田女士在告别人世的一刹那，她的能量瞬间散开，飞向了她的亲朋好友。我这个人平时迟钝得很，很多事情都察觉不到。可偏偏就是那天，正闲得发呆，突然接收到了某种能量，才想给向田女士打电话。当时我完全可以给其他人打，为什么偏偏想和向田女士说话呢？这无论如何也讲不通。

不过，当时向田女士其实打算去丝绸之路的，对吧？我听她在电话里留言说去了台湾，还有些吃惊。

向田：是的。好像是出了一点问题，就没去成。既然如此，就别去旅行了，好不容易才有时间休假……姐姐在电话留言机里的声音，听上去是不是很忧郁？

黑柳：嗯。现在想来的确很忧郁，或许应该说很落寞。

向田：在我听来，那声音透着一种无法形容的阴郁。她和当时的旅伴也不认识。我觉得，那个时候一定是按错了开关。我原以为姐姐是个有动物般敏锐直觉的人，可是我错了。以前，不管是国内旅行还是海外旅行，她从来没有从旅行地打过电话。但是抵达台湾的第二天早上，还没到八点，家里就接到了她的电话。

黑柳：太奇怪了。

向田：电话里，她一直在说那边的中国菜又便宜又好吃之类的。平时，就算她从南青山打电话来，如果我们说话稍微慢了点，她都要生气的。可是那天她竟然不慌不忙，说起话来慢悠悠的，还说“下次一家人一起去台湾吧”。我说：“平时都是姐姐请客，到时候可得让我来招待大家，说好了。”然后，我刚想挂，就听电话里问“妈妈在吗”，于是又换母亲接电话。母亲也是被姐姐训练出来了，急着想挂电话，可是姐姐在那头说个没完，电话就是挂不了。等到两人的谈话终于结束，母亲放下电话，说：“邦子这是怎么了，和从前判若两人。”现在想想，那个时候我为什么没问一句：“怎么了，姐姐？要是不开心的话就回来吧。”到现在仍然很……

黑柳：后悔？

向田：那个时候，如果我问一句“怎么了”，说不定就启动了别的开关。这样的悔恨，不管经过多少年都不会消失。姐姐年轻时还在当编辑，曾经阴差阳错地避开一场重大交通事故。我还记得她打电话说：“因为有点事，就没坐那趟车。”从那以后，我自以为是地觉得姐姐的直觉很敏锐，肯定不会遇到事故。所以说，单方面的臆想并不是什么好事。我算是得到教训了。如果你发现一个人和平时不太一样，最好询问一句：“你最近有些奇怪啊，发生什么事了？”

黑柳：坂本九也是，据说他在遭遇空难那天，曾经说过：“真不想去啊。”看来真的有这种事情。

您的父亲也是早早就过世了，然后是邦子女士，后来邦子的弟弟也离开了人世，想必您的母亲经历了极大的痛苦。

向田：这种时候，妈妈绝不会说“要是邦子在就好了”之类的话。也许她觉得人已经不在了，再说这些也没有用，也许只是不想让我们难过。总之，她从来没抱怨过，甚至连一句“真想念她啊”都没说过。

黑柳：她是明治那个年代的人吧？

向田：是的。

黑柳：我的母亲也是明治时期出生的，父亲去世那天，正好赶上《彻子的小屋》正式拍摄，母亲对我说：“葬礼你就不用参加了，人已经不在了，专心工作吧。”明治时代的人或许有这种处变不惊的魄力。我一直很想知道，您母亲当时还好吗？

向田：唯独有一次，母亲有些愤慨。母亲在葬礼上没有哭，就有人说她：“竟然一滴眼泪都没掉。”母亲听了，回答道：“这世上，再没有比悲伤时能放声大哭更幸福的事了。”过了好几年，她又说：“这世上，哭不出来的悲伤也是有的。”仅此一次。后来不管我做什么，母亲从未将我和姐姐比较过。母亲的想法是，你就是你。要是邦子在就好了——母亲从未说过这种话，所以我特别感激母亲。

黑柳：不比较可以理解，不过，您母亲从没说过“想念邦子”，想必是自己决意不说的，应该是下了坚定的决心。

向田：我也是这么想的。她自己决定，从此不再提姐姐的事。过去的就让它过去吧。

黑柳：向田女士已经去世二十五年了，但包括年轻人在内的许多人仍然很想了解她是怎样的人，真是了不起。

向田：的确很神奇。也许是因为她平易近人，大家稍稍伸手就能触碰到。她的第一份工作是会计，然后当上了电影杂志的编辑，做过代笔人，又开始创作广播剧的剧本。从这个意义上说，她的人缘非常好，总会遇上贵人。每到人生的节点，总会有人来邀请她："小黑（向田邦子的昵称），要不要试试这个？"

黑柳：不过，山本夏彦先生从一开始就称赞向田女士的文章写得好。

向田：可是久世光彦先生说，姐姐刚开始写得并不好。（笑）

黑柳：久世先生说，向田女士刚开始写剧本的时候，他修改了很多。他说："我跟她说，咱们这次创作个历史剧吧，结果她写了一个特别好看的历史推理剧的本子。深夜里，怪事发生了，有趣的男女登场，江户时代的风情和氛围也描写得恰到好处。我边读边想，真不错啊。可谁料到，直到最后，凶手也没现身。"（笑）

向田：姐姐也说了，那次的稿子没被采用。

黑柳：久世先生赶紧打电话给向田女士，问她："凶手究竟是谁？"结果向田女士说："是啊，究竟是谁呢？"（笑）

向田：她的性格中既有这种迷糊的一面，也有很犀利的一面。开始写《白萝卜之花》第三部的时候，她一个人跑到电视台去提要求："这次的剧本请让我一个人来写！"因为前两部都是她和别人共同创作的。

黑柳：据说她和久世先生见面的时候经常迟到。

向田：我曾经问过久世先生。"姐姐和您见面时会迟到吗？她可从来没让我等过。""哎？搞什么。她总是让我等。我仔细观察过，她都是等走近后再开始跑。"（笑）

黑柳：不过，这二十五年来人们从未忘记向田女士，也是多亏了久世先生。

向田：全靠他了。《向田邦子新春电视剧特别节目》连续播出了那么多年，有时候还会在夏天播放，全靠这个节目，姐姐才没有被人们遗忘。我真的很想对久世先生说：谢谢您。

黑柳：我还是觉得，久世先生喜欢向田女士，否则不可能坚持（制作那个节目）那么长时间。向田女士描写的昭和年代、山手一带的生活，与久世先生的审美简直太契合了。她的电视剧里，有这样一句旁白："那个时候的正月，好像比现在还要寒冷一些。"那简直就是久世先生的世界啊。

向田：两个人能遇见，真是幸运啊。

黑柳：……我还是觉得，久世先生其实喜欢向田女士，您说呢？而且是非常喜欢。

向田：他们之间应该是那种青梅竹马的感情吧。在姐姐看来，久世先生就像一个总是放心不下的弟弟。再加上久世先生知识渊博，讲话风趣，除了工作之外，姐姐应该和久世先生聊得最多了。

黑柳：久世先生的去世太突然了，我特别震惊。不过，他应该已经见到向田女士了吧。两个人会说些什么呢？

向田：他肯定去找更年轻、更好的女人了。（笑）

黑柳：是吗。（笑）

看到久世先生的名字，又勾起了我的回忆。

就在对谈进行前的几个月，久世先生骤然离世。他曾经导演《七个孙子》《到时间了》《寺内贯太郎一家》等多部向田女士的作品，并大获成功。我一直觉得，最理解向田女士的人就是久世先生。

向田女士去世十周年时，久世先生写了《所谓伊人，在水一方[①]——我与向田邦子的二十年》。书并不厚，但到他有勇气写下向田女士的事情，却足足经历了十年的岁月。

因为有了这十年的岁月，这本书并没有沉浸在无边的悲伤中，而是让我们又见到了那个总是把快乐带给大家的向田女士。比如说其中写了给《寺内贯太郎一家》起名字的故事。这段故事我听久世先生亲口讲过。已经过了截稿日期，可是片名和主人公的名字却迟迟定不下来，向田女士和久世先生都被逼到无路可退了。终于，向田女士打来了电话。

“你赶快记一下！剧名和主人公名字都想出来了，姓是寺内正毅（大正时代的陆军大将和总理大臣）的寺内，名字是铃木贯太郎（海军大将，战争结束时的总理大臣）的贯太郎，寺内贯太郎！剧名就叫《寺内贯太郎一家》。是不是很符合石材店这个舞台？这可是我今天一大早跑到青山墓地冥思苦想的结果。”

向田女士扬扬得意地说。

久世先生对我说：

“青山墓地？开什么玩笑。她才不会去那种鬼地方呢。还说什么‘今天一大早’，那个人怎么可能起得来！肯定是把电话拿到窗口，让我听车流的声音，假装她此刻就在青山墓地。”

---

①原书名直译为《不曾触碰》。

说这句话时，久世先生很开心。

《寺内贯太郎一家》还有很多趣事。久世先生想让非专业演员来扮演主角，向田女士也是同样的想法。久世先生四处物色人选，最终锁定了作曲家小林亚星。亚星先生当时作为作曲家已经很有名了，但是观众们并不知道他长什么样子。一天晚上，久世先生打听到亚星先生要去一家店——好像是餐厅还是酒吧来着——就让向田女士在暗中观察他。亚星先生坐在吧台边，留着长发，穿了一件夏威夷衬衫，戴着绿色的墨镜，手腕上的金链子叮当作响，一只手上至少戴了四个戒指（亚星先生，如果以上描写有误的话，请见谅，这些话都是久世先生告诉我的）。向田女士只看了亚星一眼，立刻说："不行。"便扭头不再理会了。

贯太郎是个身材高大、内心宽广的人。在这一点上，久世和向田的看法是一致的。不过，向田女士心中的人选是第一代若乃花，也就是当时二子山部屋的亲方，[①]是那种仪表堂堂的美男子。久世先生使出浑身解数，排除万难，总算让亚星先生当上了主演。亚星剪去长发，摘下金链子和戒指，剃了光头，穿着半缠[②]，系着缠腰布，挂着水天宫的住址牌出现在大家面前时，所有人都吃了一惊，当然也包括向田女士。她不得不承认，这就是她心目中的寺内贯太郎。

和向田女士的妹妹和子女士对谈时，我也说过，向田女士过世后，久世先生开始在每年的正月制作由向田女士原创的两小时电视剧，有时也在夏天的战败日前后播放。他还让我出演片中的旁白，

---

①第一代若乃花的全名为若乃花干士，引退后创立了二子山部屋，是二子山部屋的前辈，亲方是相扑界对老前辈的敬称。

②短和服棉上衣，有胸带，不翻领。

也就是剧中的向田女士的声音，在剧中，她是一家人中最年轻的女学生，旁白是现在的她在追忆往昔。

这一方面是因为我和向田女士是同年代的人，对昭和时代有切身体验。再就是久世先生把我和向田女士在某些方面重叠起来了。我和他没差几岁（比他大两岁），可是久世有时候叫我“大姐”。这个特别节目连续播放了二十年，我和久世每年相聚一两次，录制向田女士作品的旁白。我们总是互相打趣说，咱们两个像不像上了年纪的牛郎和织女呢？录制的过程是愉快的，偶尔也会心酸，寄托着我们对向田女士无限的怀念。

久世先生曾经在文章里写过对我的旁白的感想。

“如果闭上眼睛，安静地倾听从录音棚里传出来的声音，有时候我会觉得，这就是向田女士在说话。并不是说声音像，而是那声音里有安静的时代的气息，令人无比眷恋。虽然所有人都说太忧郁了、太忧郁了，我却从那声音中听出了不可思议的明朗欢快，它在提醒大家——即便是那样一个时代，也并非一无是处、无可救药。那个声音透着从容与坚强，仿佛在说：人生也不全是坏事啊。也许是好友的缘故，她和向田女士在这方面十分相似。她们都是爱哭鼻子的乐观主义者。”

《所谓伊人，在水一方》是久世先生写的回忆向田女士的书。可是，久世先生的确触碰到了向田女士，无论是以怎样的方式。不管他如何否认，我都觉得，久世先生触碰到向田女士了。“我说得对吗？”真想亲口问一问久世先生啊，更想问一下向田女士。可惜，两位都已经不在人世了。

我参加完久世先生的葬礼，走出护国寺，眼前是一片蓝得近乎透明的早春的天空。听说久世先生是独自一人倒在了厨房里。那是清早，所有人都在酣睡。我忽然想起来，我和久世先生制作的向田女士电视剧的最后一个镜头，有这样一句旁白："那个时候，东京的天空比现在蓝多了。"久世先生最爱昭和的蓝天了。他想把那已经逝去的昭和时代的颜色、气味、感觉，甚至声音都留下来。这位迷恋着昭和年代的英俊帅气而又风趣幽默的人，竟然就这样早早地离我们而去了。

"哎呀，你怎么这么快就来了？"

我仿佛听见了向田女士的声音。

“要不然，我们来一次？”

想起向田女士和久世先生，我自然联想到了森繁久弥先生。

我能与前辈森繁久弥平等地对话，还是托了电视的福，所以说我很幸运。森繁先生有如此辉煌漫长的从艺经历，像我这种身份低微的新人，本来连和他说话的机会都没有。可是我们站在了电视这个谁都没做过的全新起跑线上，成了同班同学。每天都有新情况出现，如果我们不能齐心合力渡过难关，电视节目就无法播出。当时，我才二十出头，是 NHK 专门为制作电视节目培养的“头号电视女演员”，反而比那些在舞台上和电影里成长起来的老演员更了解电视。那已经是六十年前的事了。

所有人都是摸着石头过河。谁也不知道正确的做法是什么。所有节目都是现场直播，全是真刀真枪的正式拍摄。我们集中所有精力，拼尽力气向前冲，手挽着手在“电视”这片未知的黑暗中艰难前行。所以，当时一起并肩战斗过的人都是同班同学，或者说同志。因此，我没有称呼森繁先生为“老师”，而是想都没想就直接叫他

“森繁先生”了，然后一直沿用下来。

我第一次见森繁先生，应该是在二十岁或二十一岁的时候。森繁先生当时大概四十一二岁。和现在的同龄人相比，他不知要成熟多少倍，因为他几乎是被一群漂亮的女演员簇拥着走进 NHK 演播室的。我记得他进演播室的时候，身后跟着一群漂亮女演员，前后左右都有人侍奉。所以，我对他的第一印象是那种色眯眯的邻家大叔。那是一九五三年，电视这个行业刚刚起步。最早的时候，全日本只有八百六十六台电视机，就算一台电视有五个人看，全国也只有四五千位观众。刚才我也说了，那时无论是电视剧还是综艺节目，一律都是现场直播。当时，电影演员有“五社协定①”的约束，合同上规定他们不能演电视，演电视剧的多是舞台剧演员。森繁先生也出演了电视综艺节目。还有三木纪平、有岛一郎、弗兰克堺、渥美清等，我们常常一起演电视。他们都比我年长，但我们却是同学，是同志。

在所有人中，森繁先生是最不记台词的那一位。记台词是件苦差事，这对所有演员都一样。于是大家想出了各种花招——有人把台词写在手里拿的东西上（报纸、杂志，或是扇子和团扇），有人写在舞台布景的电线杆上，或是牌位等小道具上，甚至写在火锅里的白菜上。如果谁不小心吃掉了写着台词的白菜，写台词的那位就惨了，所以大家都很小心。那个时候还没有油性万能笔，把台词写在豆腐上的演员就很惨，因为文字会渗进豆腐里，糊成一团，什么都看不见了。大家都爱把台词写在电线杆和家里的柱子上，所以这两

①松竹、东宝、大映、新东宝、东映五家电影公司在 1953 年签订的协定，主要内容是严禁借用或挖走各公司的专属签约导演和演员。

样东西上密密麻麻全是字。为了一边演戏一边不露痕迹地偷窥台词，演员们都绞尽了脑汁。比如纪平先生，他把写有台词的小纸条偷偷藏在火盆的炭灰里，等轮到自己说台词的时候，就若无其事地拿起火钳去拨火盆里的灰，仿佛在观察火炭的情形，要么就做出一副沉思的样子，其实是在看作弊的小纸条。大家或多或少都会努力一番，森繁先生却与众不同。

有一次我和他共同出演一部电视剧，有一件事令我愕然。在森繁先生进来的那间宴会厅里，有一个巨大的屏风，他竟然让徒弟把所有台词都写在了屏风上。当时还是黑白画面，电视画面上清晰地显示着横向的扫描线（母亲曾经问我："你今天为什么戴着个狐狸面具就出镜了？"可以想象那个时候的电视画面远没有现在精致），也许观众们并没有看到屏风上的台词。

终于到了实拍的那一天。结果，不知是谁——也许是不知情的摄像师——把写有台词的屏风给搬走了，可能是觉得摆在这里碍事吧。这时，身穿和服的森繁先生走进了房间。惨了惨了，这下看他怎么办？我幸灾乐祸地想。只见他缓缓地环顾四周，用低沉而镇静的声音说了一句："屏风！"我差点笑出声来。他那惊慌失措的徒弟在演播室里东奔西跑，总算把屏风找了出来。最令我佩服的是，在这期间，森繁先生一句话都没说，只是沉默无语地立在房间里。也许他一句台词都没记，可是就那么无比镇静、一脸严肃地站着。

没过多久，屏风抵达现场，然后像一个活物一般，滋溜滋溜地滑进了房间。看电视的人想必已一头雾水，说不定还觉得这一幕暗藏深意呢。接下来，森繁先生便如鱼得水一般，神采奕奕地读起了屏风上的台词。我虽然接受过 NHK 的培训，但是涉世未深，经验尚浅，对表演可以说是一无所知，看到森繁先生的表演，心中十分钦佩："他的台词说得太好了！"

还有一次，森繁先生饰演日本象棋名将阪田三吉。片中有一场重头戏，是阪田从一个小山坡上慢慢走下来，自言自语地说着自己的夫人的场景。一般来说，看作弊小纸条这种事，都是演员自己想办法。在这方面堪称"发明家"的柳家金语楼想出了一个妙招。他让弟子拿着一卷写满台词的打开的"卷纸"，随着他说话的节奏不断卷起，说完的台词一句句被卷起来，这就是他独创的"卷纸作弊法"。总之，作弊这件事，大家都是让自己人来干。然而森繁先生却与众不同。阪田三吉从坡上走下来时，在斜坡的旁边，好几位 NHK 的工作人员举着写有台词的巨大纸板组成一道人墙，站在台子上，还配合斜坡的高度差，将台词提示板由高至低依次排列。那阵仗简直是惊天动地。

我在一旁看着，心想："这几句词，记住不就行了？拍摄这么重要的镜头竟然还要看提示。"可是拍摄结束后，NHK 收到了好几封观众来信，写的都是："听了森繁先生说的话，我忍不住哭了，实在太感人了。"我不禁陷入了沉思。森繁先生即便所有台词都靠作弊，但还是演绎出了阪田三吉的内心，甚至能令观众感动落泪。于是，我越发为森繁先生精妙的台词功力折服。

不过，也有无法挽回的时候。那次拍摄我也参加了，是楠木正成和楠木正行两父子在樱井驿站诀别的场面，儿子正行以正坐的姿势坐在森繁饰演的楠木正成面前。森繁先生的装束真是威风凛凛，英气逼人。也许是因为他身体壮硕，总之十分威严。长相也英俊，那张脸漂亮得可以直接印在钞票上了。不仅是正成，像稍微上了些年纪的高桥是清啊、吉田茂啊，他扮演这些现实中存在的人物也是无可挑剔。

可是，森繁先生扮演正成的时候，仍然像以前一样不记台词，把所有台词写在了一张大纸上，就放在儿子的身后，供他观看。然而谁都没想到，也许是看错了台词，森繁先生说的是不相干的话。一旁的导演助手赶紧给画面配了正确的台词。森繁先生说完那句错的台词后，扮演儿子的年轻演员也慌了，不知该如何是好，导演助手只好把儿子的台词也配了一遍。接下来的情况更糟糕。也许森繁先生出错让扮演儿子的演员陷入了恐慌，就在他战战兢兢茫然不知所措之时，森繁先生竟然把父亲和儿子的台词都说了。这下故事情节彻底乱套了，现场也陷入混乱。一向以伶牙俐齿著称的森繁先生也撑不下去了，已经完全不知所云。NHK 演播室的地板上扔着许多写有“终”字的大卡片，就是为了这种紧急关头准备的。工作人员赶紧捡起一枚卡片放到镜头前，结束了这部电视剧。很快，电视画面切换成了“请稍候”的字样，直到下一个节目开始。

再说点儿别的。我记台词的功夫算是比较好的了。小泽昭一先生则不太擅长记台词。在《年轻的季节》这部电视剧中，有一场我和他在办公室里的戏。正式拍摄时，小泽先生突然忘词了，一句话也说不出来。无奈之下，我只好连他的词也一并说了：“你是想说这个这个吧？可是，我的想法是这样的……”然而，我说完后，小泽先生还是不说话。这可是现场直播啊，我只好继续说他的词：“我想你一定会这样反驳我……可是我觉得呢……”然后接着说自己的台词。小泽先生依旧沉默。我只好继续自言自语：“啊，你肯定打算这样说吧……不过呢……”最后总算把两个人的词都串起来了，结束了这地狱般的场面。“那次你可是帮了我大忙。”连续好几年，小泽先生一直为此事向我道谢。从那以后，他便不再拍电视了。后来，我去看过小泽先生的独角戏《唐来参和[①]》，看到他流畅地说出数量庞大的台词，感动不已：“原来他可以的。”

我也有失败的时候。那次的台词里有一个名词——“人权维护委员法”，我怎么也说不顺，就用眉笔把这个词写在了手心。结果正式拍摄时，又是出汗又是拿东西，手心变成了一团黑，根本看不清写了什么。没想到我竟然有如神助一般脱口而出：“人权维护委员法！”悬着的一颗心终于落了地，以为这下可以顺利结束了，便下意识地用那只被眉笔染黑的手摸了一下脸，结果鼻子下面瞬间多出来一抹黑色“小胡子”，就这样结束了拍摄。

在我们之间流传的这类故事里，左卜全先生的案例可算是英雄的传说了，甚至让人们赞叹：“那次实在太厉害了！简直是奇迹！”左先生也不善于记台词，便把台词写在了路边地藏菩萨的围嘴上。不知是谁搞恶作剧，在开拍前将好几尊地藏菩萨调转了方向，让地藏全部脸朝后。到了正式拍摄时，左卜全先生走进场地，有意无意地扫了一眼地藏，既没有慌张也没有急躁，而是立刻走到地藏菩萨跟前，嘴里说着：“啧啧，村里的顽童又淘气了。”仿佛很气愤的样子，手却不闲着，迅速把一尊尊地藏都转了过来。然后若无其事地看着地藏身上的围嘴儿，流畅地说出了台词。这一幕实在太精彩了，拍摄现场的人惊叹不已，甚至忘记了这是在现场直播，差点情不自禁地鼓起掌来。

①江户中期的狂歌师，别号东来山人、唐来舍等，著有诙谐小说《和唐珍解》等。

就是这位左卜全先生，有一次可把森繁先生害惨了。那次森繁先生扮演一位刑警，左先生演的是受害者，更准确地说，演的是躺在棺材里的一具尸体。也不知是第几集的时候，森繁先生正在棺材旁边推理，无意中看了一眼棺材，尸体竟然不见了！而且空棺材还出现在了电视画面上！左先生以为他的戏已经拍完了，就从棺材里爬出来，去化妆室了。这部剧的主题自然不是“棺中尸体神秘失踪事件”。即便机智如森繁先生，这次也紧张得四肢僵硬，苦不堪言。就在森繁先生拼命救场的同时，所有人紧急出动，全场“搜捕”左先生。但不知为何，大家怎么找也找不到，明明不该走太远的。任凭森繁先生做出再精妙的推理，指出真正的犯人，无论他如何巧妙地随机应变，就算是以沉默来争取时间，最终也没能挽回局面。工作人员只能打出了写有“终”的卡片。

我总是惊叹于森繁先生那高超的台词功力。这并非道听途说。我不知道还有谁能像森繁先生那样，把台词说得如此自然，不着痕迹。明明是别人写的台词，却像是自己随心、随意、随口说出来的话，那么自由，那么真实。无论是情感的表达方式，还是停顿的时机，抑或是可以操纵悲喜的节奏、气氛的掌控，都是那么自然，那么巧妙。我曾经仔细研究过如何才能像森繁先生那样说台词。如果有人问我，你的台词是谁教的？我肯定会马上回答：“森繁久弥。”虽然没有直接请教他什么，但几十年来，我几乎每天都在看他表演，还收听《星期日名作剧场[①]》。现在我在舞台上说出大段台词时，台

① 1957 年至 2008 年间连续播出 51 年的 NHK 广播剧节目。演员只有森繁久弥和加藤道子两人，两位演员不断变换声音扮演不同出场人物。

下的观众也不会觉得厌烦，这都是因为学习了森繁久弥说台词的方法。可是，如今他已经不在人世，我也无法向他道谢了。

就这样，我们每天像走钢丝一般用现场直播的方式拍摄电视剧，每次拍摄都是实战，经常在慌乱中打出“终”字卡片。不知不觉间，电视机由黑白电视变成了彩色电视。一九六〇年，日本第一档用彩色画面转播的综艺节目《全景剧场》在 NHK 开播了。我和森繁先生共同出演了这个节目。在此之前，我总是特意与森繁先生保持着距离。因为一直有传言说他是个危险的大叔，还是小心为妙。再加上我那时还年轻，警戒心比较强。

一天，要拍摄我和森繁先生从狭窄小道上走出来的场景。我们两个并排站着，等待出场信号。

这时，森繁先生突然说话了，他用一种稍显做作却又漫不经心的语气对我说：

“要不然，我们来一次？”

说起来我也真傻。竟然有那么一瞬间，我真的在想：来一次什么？很快就轮到我们出场，这件事也就没有下文了。

只是，我没想到，森繁先生这句“我们来一次吧”，竟然贯穿了此后我和他相处的所有时光。只要我们一见面，他就说这句话，这已经成了他的问候语。

“来一次吧。”

“再说，再说。”

“真是不解风情。”

每次都是这样。

忘了是森繁先生第几次做客《彻子的小屋》的时候了，我终于忍不住发问：

“您总是说‘我们来一次吧’，您第一次说这句话的时候——先说明，我并不是在装清纯——我真的没明白您说的‘来一次’是要干什么。”

森繁先生又摆出最擅长的装糊涂的表情，回答道：

“反正不是接吻。”

果然！我终于确认了。但每次见面他都说这句话，我反而有点开心，因为这意味着我和他之间什么都没发生。

前面也说过，我一直对森繁先生高明的台词功力心怀敬畏。二十世纪六十年代，有几次，森繁先生曾经邀请我去参加“森繁剧团”的公演，我当时非常开心，一口答应了。因为剧团里都是多才多艺的老戏骨，团长森繁先生就不用说了，还有三木纪平先生、山茶花究先生等。

当时，在名古屋和大阪演出时发生的一件事令我十分惊愕。所有演员都住在同一家旅馆。为了让团长森繁先生安然入睡，每天晚上，剧团里稍有点名气的女演员全员出动（不包括我），搬来被褥将团长团团围住，换上睡衣，口中一面呼唤着“来来来，老师——”，一面想尽办法讨好森繁，哄他入睡。在一片莺声燕语中，唯独我像根木头似的杵在那里，催促大家：“不早点回去吗？”森繁先生听了，埋怨道：“你呀，不解风情。”我一直怀疑，森繁先生就是从此之后上了瘾，每天晚上没有女人陪伴就无法入睡。

我有时也会好奇，森繁先生究竟和多少女人交往过呢？有一次，我似乎稍稍窥见了谜底。那是在向田邦子女士逝世二十周年的时候，向田女士的家人在东京会馆举办了一次聚会，目的是宽慰在世的人，

“请大家不要再挂念向田了”。我也参加了。那次聚会免除了一切繁文缛节，致辞的人只有森繁先生一人。他说道：“经常有人说，我和向田女士关系可疑。在这里我可以对天发誓，我和向田女士之间什么都没有。”

当年向田女士在杂志社工作，是森繁先生赏识她的才华，带她进入了广播电视这一行，所以才有这样的传言。后来，我读了向田女士的妹妹和子女士写的《向田邦子的情书》，才知道那个时候向田女士是有爱人的，而且深爱着那个男人，所以我相信向田女士和森繁先生并没有什么。但在东京会馆参加聚会的时候，我还不知道这些。

森繁先生讲完话，我问他：“你和向田女士真的没什么？”他一脸正色地回答：“什么都没有。不过呢，和那个人就有了。”他悄悄指了指远处的一位著名女演员。接着，他一边环顾身边的女演员，一边低声对我说“还有那个人”，“那位”，“那一位也是”，“那边那位”……那样子看上去也不像说谎。

“真讨厌。您可是每次见面都要问我‘要不要来一次’，要是您哪天忘了这事，指着我说‘那个人也是’，我可会生气哦。”

为了以防万一，我又叮嘱了他一番。那个时候，森繁先生已经八十八岁了，但似乎仍然对女人很感兴趣。他这一生最爱女人，而且从不隐瞒这一点。我总觉得就像中学生喜欢电视游戏，从早到晚满脑子想的都是电视游戏一样，森繁先生也是从早到晚满脑子想的都是女人。这个特质为他的演技增添了一种不可思议的雄性魅力，或者说是性感。也不知他是如何与那些女人相处的，似乎从来没有女人对他怀恨在心。也许是因为森繁先生德行好，又或者是他施了催眠术？

《彻子的小屋》第一期的嘉宾就是森繁先生。当时，这个节目不用任何台本，由邀请的嘉宾自由发言，我边听边提问。除此之外，什么都没定下来。现在都事先做好细致的调查，那个时候还没有。

演播室布置成一间有大大窗户的客厅，叮咚——门铃响了，森繁先生探了探头。节目是一九七六年开始的，那时他还是一头黑发，正值壮年。“欢迎欢迎！”我站起身迎接，结果森繁先生说了一句：“你是这家的保姆？”我哭笑不得：“我是黑柳彻子。”可是他像没听见我的话似的，又问：“还是……妈妈？”这句话是标准的森繁式幽默，我只好又说了一次：“不是，我是黑柳彻子本人。”那天，我穿了一件美国产的长袖 T 恤，上面印着一套燕尾服的图案。我给森繁先生看这件衣服，说：“因为今天是首播，我特意穿了燕尾服来迎接您。”森繁先生站在距离我三十厘米远的地方，露出很稀奇的表情。“哦？燕尾服啊。”他边说边将手伸向我的衣领，下一瞬间倏地滑向我的胸，轻轻摸了一下。这后来成了一个著名的镜头，我看过好几次录像，每次都不由得感叹，森繁先生不愧是这方面的老手。不过，他原本是一位优雅的绅士，那个动作在别人看来也不觉得猥琐，大家只是一笑置之。我当时也不是毫无防备，一直用手挡在胸口附近。摄像机却还是清清楚楚地拍下了森繁先生的“袭胸”动作。他绝对是看准了摄像机的位置才下手的。

森繁先生很开心地对我说：“请坐。”然后指了指沙发。这里明明是我的房间啊。但接下来，他打开了话匣子，说了很多充满机智、新鲜有趣的话题，像是：“你的笑容很美。微笑可是很重要的。你笑的时候，会牵动脸上的七块肌肉一起运动，很快又恢复原状。不过，如果你歇斯底里发作，或是愁眉苦脸，就有一百六十四块肌肉在瞬间同时绷紧，而且无法恢复原状。这就产生了皱纹，据说还会放出毒素，所以请务必保持微笑。”演播室里的人都笑翻了。森繁先生仿佛在告诉我们，《彻子的小屋》应该这样来做：轻松、愉快、不逞强。只是有一点，一定要保证质量。他为我们指明了方向。我们沿着这个方向，一走就是四十年。

由于在首播时结下了缘分，森繁先生特别喜欢《彻子的小屋》，一共来了十四次。在后面几期中，他的耳朵已经听不见了，戴上助听器也不管用，有时候我们两人就并排坐在长沙发上。即便耳朵听不见了，森繁先生依然那么时尚。

有一次，他来演播室时穿了一件非常漂亮的黑大衣，我便问他：“这是山羊绒做的吗？”“不是，是更高级的材料做成的，叫骆马绒。”他说这话时带着些许的得意。他最后一次来《彻子的小屋》时已经八十八岁了，当时他穿了一件纯白的厚厚的山羊绒西装，打的是藏蓝色的领带，上面横卧着一个身穿比基尼的美女。这身装扮与他非常相配。

森繁先生在《彻子的小屋》说过各种各样的话。有一天，他突然对我说：

“黑柳小姐，我最近好像爱上你了。当年在 NHK 的时候，你还是个小女孩。不过，看你现在工作的样子，不知不觉就被你吸引了。这样说很对不起我太太，但我真的觉得，我好像爱上你了。”

还有一次，一个年轻姑娘给森繁先生端来咖啡，问了一句：“您要加牛奶吗？”他立刻回答：“我想把你加进去。”反应真快。

我又想起一件事。很久以前，我参加森繁剧团的巡回演出时，别人送了很多赤福饼当慰问品。我就拿了一箱送到森繁先生的休息室，对他说：

“请您享用。”

结果他想都没想就来了一句：

“连你一起享用吗？”

他在这方面的反应，就算是过了几十年也没有变迟钝。

我与向田和子女士的对谈中也曾谈到，我曾经和森繁先生一起演音乐剧《屋顶上的小提琴手》，森繁先生凭借剧中主角特伊大获成功。特伊这个角色像是为他量身定做的一般，是个充满戏剧性的有趣的人物。他是一位犹太父亲，热爱家人，有时候会向妻子撒点谎，但作为一家之主，却能在关键时刻承担起家长的责任。森繁先生扮演的特伊带领全场观众跟随他一起欢笑落泪，而且人物塑造很有深度，演绎得相当精彩。

我在剧中扮演的是从坟墓里苏醒的屠夫老婆，身形巨大。那时，我在国立剧场小剧场也有演出。因此我当天的装束是这样——在为国立剧场演出时画的漂亮妆容外面戴上尸骸的面具，然后骑在一位强壮的青年童司君的肩膀上，请他抓住我的双腿，外面再罩上一件一直拖到地板的灰长袍。这是整部剧中很有名的一幕梦境。童司君光着脚，我要大喊着特伊的名字，大步从坟墓里走出来唱歌，然后死死掐住特伊的脖子。首演那天，我骑在童司君的脖子上，忐忑不安地在后台等待上场。这时，一身犹太父亲装扮的森繁先生凑过来，叫道：“黑柳小姐，黑柳小姐。”我以为他有要紧的话要说，谁知他接着说：

“说好了哟，千万不要撒尿，否则的话，童司君就太可怜啦。你呀，一紧张就会遗尿。”

我快气疯了，居高临下地对他说：

“森繁先生，都什么时候了，拜托您别再说这种孩子气的话！”

后来仔细一想，其实森繁先生是在帮我缓解紧张心情。他接着说道：“掐脖子的时候，童司君会使劲抓住你的腿，所以不要担心，尽管来，一定要果断地把手伸到我脖子上，使出全身力气掐，千万不要心软。”

那简直就像演杂技，要一边唱一边弯下庞大的身躯。但森繁先生说可以，我就试着做了一次。童司君也非常出色，配合我完成了这个剧烈的动作。我也因此得到了百老汇各位演员的赞赏，说我演得“比百老汇还好”。

这部音乐剧，森繁先生一共演了九百次。连续演完九百回之后，他突然宣布：“不演了。”

我一直不理解他为什么停演，有一次忍不住向他询问原因。森繁先生的回答一如既往地妙趣横生。

“我家住在世田谷。从我家走到帝国剧场，单程需要三小时。一次演出的时间也是三个小时。有时候一天还有两场演出。请想象一下一天两场演出的时候，就相当于从世田谷边唱边跳走到帝国剧场，再从帝国剧场边唱边跳走回世田谷。这下你该明白有多累了吧？”

原来如此，虽然觉得遗憾，但我终于理解了。

我和森繁先生之间，有过一个漫长的约定。那是我们两个参加

NHK 电视开播二十五周年纪念节目时许下的："再过二十五年，等到电视开播五十周年纪念的时候，争取还让 NHK 邀请我们。不过，到那时如果不是现役演员的话，就不会接到邀请，所以我们要继续努力啊。"

录制二十五周年节目时，我们还在 NHK 的演播厅扮演了二十五年后的自己。当时的设定是森繁先生九十岁，我七十岁。森繁先生因为主演电影《恍惚的人》大获好评，就模仿有认知障碍的老人，演得惟妙惟肖。

NHK 的播音员问"九十岁"的森繁先生："电视刚刚开始播放时是什么样子呢？"结果他却回答："啊——我的鳗鱼，鳗鱼便当呢？还没做好吗？"边说边把一个包着尿壶的包袱放在膝盖上。我穿了一身洋装，端坐在座位上，对他说："森繁先生，电视开播初期，照明灯不是特别热吗？如果是头发很少的落语[①]家出场，拍完一段落语后，所有的头发都烧光了，变成了光溜溜的和尚头。你不记得了吗？人家播音员在问你呢。"但不管我怎么催促他，他也不理睬，只是自顾自地说："我的鳗鱼便当哪儿去了？NHK 的鳗鱼还没做好吗？"说着说着还把包袱摊开了，嘟囔着："尿尿，我要尿尿……"演着演着，森繁先生突然扭头对我说："我说，你不觉得你一个人把讨喜的戏份都演完了吗？"坐满了观众的 NHK 演播大厅顿时爆发出哄堂大笑。明明是他自己设定的人物形象，但他看到我画着老人的妆，依然是快言快语，言谈举止健朗，心中很是不满。森繁先生这副样子着实有趣。

---

①相当于中国的单口相声，以诙谐的语句加上动作，再以有趣的结尾逗乐观众。

从那以后，我们两人只要一碰面，就一起练习“电视五十年”，玩得不亦乐乎。森繁先生基本都是“鳗鱼、鳗鱼”地喊。结果，到了二〇〇三年，真的迎来五十周年的时候，我成了NHK十六小时现场直播的主持人，一直无比期待参加这个节目的森繁先生却在直播前夕突发心肌梗塞，倒在了冲绳。不过，他似乎很快就好转了，甚至有媒体报道他“在医院吃光一盘子炖牛肉”，也许是因为他精神上很坚强。可是，演播室是无论如何也来不了了，他当时的状态连上直播都困难。我非常遗憾，心中很难过。每次我都对森繁先生说：我们说好了哦。森繁先生每次也会回答：嗯，说好了。二十五年的约定到最后却没实现。事后我问随身照顾他的伸子女士，得知森繁先生也是万分难过。

还有一件事，是发生在近藤真彦先生的婚礼上。Matchy[①]的母亲已经过世了，所以拜托我和森光子代替他的母亲，坐在新郎和新娘身边。在我眼皮子底下，最靠前的那张桌子是森繁先生的座位。他对我说：“我也想坐到你那边去。”我坚决拒绝了：“不行。我们是代替他过世的妈妈，人家的父亲还健在呢。”过了一会儿，他又大声喊了一句：“怎么不让我说两句啊！”很快有人坐到他身边，不知说了些什么，转移了他的注意力。没过多久，笑福亭鹤瓶坐在了他旁边。两个人聊了起来，一边聊着，眼睛还总往我这边瞟。过了一会儿，鹤瓶先生站了起来，我便拦住他，问道：“你们都聊了些什么？”

鹤瓶先生露出为难的神色，回答道：“森繁先生说，‘如果你想和黑柳睡觉，我可以做中间人，帮你们撮合撮合。’”前一阵子，我

①近藤真彦的昵称。

和鹤瓶先生在电视台见面时，又回想起这件事，把我们两人逗得合不拢嘴。森繁先生真是，不管多大年纪（那时他已经八十多岁了），不管什么时候，都喜欢谈论女人。

从他在冲绳病倒前几个月起，他就和久世光彦先生一起，在《周刊新潮》上开始连载《大遗言》了。久世先生和森繁先生因为向田女士创作的《七个孙子》而结缘，当时森繁五十岁，久世二十八岁。

在连载开始之前，还发生过一件趣事。那是在久世先生将他现在的年轻太太介绍给少数友人的宴席上，森繁先生一遍遍地问我：

"久世那位女儿，是像父亲呢，还是像母亲呢？"

我一遍遍地回答："不是女儿，是他年轻的夫人！"

可是等二人走到他面前，他又问了一遍：

"你女儿是长得更像你一些吗？"

他在《恍惚的人》中练就的演技已经到了炉火纯青的地步。久世先生也不生气，只是羞涩地笑了笑，说："别这样，森繁先生。"

说是连载，其实是久世先生执笔，森繁先生口述。但这个连载持续了很久，一直到森繁先生超过九十岁。后来他嫌麻烦，无论久世怎样询问，他都懒得好好回答了。

"结果书一出来，他却四处宣称'这是我写的'，还签上名，送给人家当礼物。我倒是无所谓。"

久世先生笑着说。看他的表情，比森繁成熟多了。最后，我们决定，由我和森繁先生进行一次对谈，对谈的主要内容会刊登在《周刊新潮》上，余下的部分交给久世，由他亲自操刀，改写成《大遗言》的内容，分几次进行连载。如今想来，那是久世先生去世前一年的事。

还记得当时正值盛夏。我和久世先生在东京会馆等森繁先生，结果收到他的口信："我要迟到了，因为天太热了。"难道他不是坐空调车过来吗，真奇怪。我和久世先生笑着说。左等右等终于把他等来了，人家突然要求："我说二位，咱们去吃鹅肝吧。"我心想，要是这个时候去吃饭，他肯定不会再开口说话了，便说道："不行。森繁先生，您得先和我对谈半个小时，然后咱们再去吃东西。"

很久以前，我就觉得不可思议，只要我用下达命令的语气对森繁先生说话，他就不会生气或反抗，而是顺从地回答："好的，明白了。"那个时候也是如此，他乖乖地和我说起话来。但还没到三十分钟，他又喊了起来："我要吃鹅肝！"我只好哄他："还有一小会儿就完了。"总之，那天哄着他说了许多话，然后让他吃了一小块鹅肝。为什么只给了他一小块呢？因为谈话的内容还不够充分，不能就此收场，于是我对他说："接下来请你吃西冷牛排，前提是你得再多说一些。"我们再次回到对谈的状态，这次我直接变身驯兽员，对森繁先生又是宽慰，又是吓唬，总算问出了足够的内容，能撑起这次对谈了。

森繁先生嘟嘟囔囔地说："医生跟我说，鹅肝和牛排都不能多吃。我觉得他是嫉妒我。"我问："为什么说是嫉妒你呢？""医生肯定也想吃啊。"怎么能说这种孩子气的话呢？我像一个训斥孩子的母亲一样训斥道。访谈进行到最后，与其说我成了驯兽员，倒更像是夏目漱石《哥儿》中的阿清婆婆。

那天晚上，等所有事情都结束了，我走到外面，看见门口停着一辆很大的黑轿车。车门开着，我往里一瞧，只见森繁先生独自一人坐在车里。我把手搭在车顶，问他："你在做什么呢？"下一瞬间，他突然拽住我的手，一下把我拉进了车里。别看他腿脚不太灵便，可手上的力道真不小，像欧美人一样。我踉踉跄跄地歪倒在车座上，坐正后问他："怎么了？"森繁先生没有松开我的手，说："我们来一次吧！"我忽然意识到，自从他在《全景剧场》的舞台布景中第一次对我说这句话，一晃都过去四十多年了。我像以前那样回答他："下次吧。""你每次都说，下次吧，下次吧。等你变成满脸皱纹的老太婆就晚了。我可不想和老太婆一起。""你以为我愿意啊！"说完，我迅速离开了。这是我最后一次和森繁先生说话。

如今想来，那时他的侧脸看上去十分落寞。当时森繁先生九十岁。十多年前，他的夫人去世了。就在几年前，大儿子也先他一步离开了人世。

有一次，我听说森繁先生去汤河原做康复训练了，便寄了一封慰问信给他。没想到他竟然回信了。信上写道：

"感谢来信。老人我感动哭了。"

老人——他还是第一次这样称呼自己。想必夫人去世之后，森繁先生一直很寂寞。当时，我听说"妈妈"（我们一直这样称呼夫人）去世了，一早急忙赶到森繁先生在世田谷的家。森繁先生一副要哭出来的表情，不断说着："妈妈死了，妈妈死了。你们看看。我觉得她好像还活着。"说着，带我们去看躺在床上的妈妈。我和妈妈曾一起做过"行走的捐款箱①"活动。

---

①通过电影、戏剧等文化活动为社会福利做贡献的公益社团法人，是艺人慈善捐款事业的先驱。森繁是创始人之一。

森繁先生已经这副样子了，这时三木纪平先生的夫人走过来，点了根烟吸起来。森繁先生突然对我说："这个人不是草笛光子吗？"我目瞪口呆，安慰他："都这个时候了，你不要再想着去逗别人了。"顺便说一句，纪平先生的夫人和草笛光子一点都不像。不知为何，森繁先生总想说点什么逗笑大家。无论何时何地，他总想逗大家笑。

我后来才知道，妈妈为了森繁先生，只要在报纸和杂志上看到有趣的故事——就像他做客第一期《彻子的小屋》时说过的"微笑的肌肉"那样的内容，就剪下来给他看。妈妈对森繁先生的兴趣、喜好，以及他杜撰的趣闻都了如指掌。说到底，对森繁先生而言，妈妈才是那个最值得信赖的女人。

森繁先生八十八岁时，正好是《彻子的小屋》开播二十五周年。想到他在第一期为这个节目开创了道路，指明了方向，我便邀请他前来录制这次纪念节目。他很痛快地答应了。遗憾的是，那时他的听力已经严重退化，而且似乎不愿动脑子了，或许这跟听力变差也有关系。节目开场时，我提到他刚刚获得文化勋章，还提到了许多可喜可贺的事情。毕竟这是《彻子的小屋》开播二十五周年纪念，还恰逢森繁先生的米寿，我很想说些喜庆的话题作为开场白。

可是，森繁先生却在说"墓地该选在哪里呢"，这个话题说到一半又不说了，又开始说："很多朋友都死了，像是三木纪平啊，还有其他人都在喊我：你快过来吧。"谈话的内容越来越阴郁。然后他又问我："有墓地吗？"他说话时是半开玩笑的口气，搞笑的效果却大不如从前。看到转播画面中自己的胡子全白了，他吓了一跳，甚至问我："你也变白了吗？"时间就这样一分一秒地过去了。

我们还剪辑了许多森繁先生此前参加《彻子的小屋》的精彩片

段，放给他看。可是，他明显不愿思考了。那些需要用心思考才能说出来的话实在太麻烦了，随便敷衍几句，把时间打发掉就行了——他周身散发着这样的气息。我之前看过森繁先生出演的好几个节目，他在其中都是这种感觉。我隐隐察觉，所谓变老，大概就是这样吧。不想思考麻烦的事，只想轻松地活着。可是，我不希望森繁先生变成这样。我不喜欢这样的他。于是，我突然有了一个前所未有的大胆想法。

《彻子的小屋》几乎和现场直播没两样，录制的内容从来是不做任何剪辑就播放出去。所以，其间无论发生什么事，摄像机都会一直转动，直到节目结束。我与森繁先生相交多年，自以为对他的性格十分了解，于是做了一个决定。森繁先生即便老了也没问题！一定能做到！如果出了问题，《彻子的小屋》被撤下来了，到时候再说。我对森繁先生说了下面这番话。当然，我是打算把这段剪掉的。

"森繁先生，请您认真一些。我们想让观众知道，森繁久弥是一位多么了不起、多么有魅力、多么优秀的演员。可是，如果您继续这样表现，这期节目是无法播出的。森繁先生，拜托了！"

我已经做好了森繁先生会大发雷霆的思想准备，甚至能想象到，台领导说不定下一秒就会冲进来。可是，我希望森繁先生即使到了八十八岁，依然能维持那凛然的气质，希望他能说出和那件白羊绒西装相配的话题。正因为和他是多年的同期生，我才有资格说这句话，这样做与其说是为了节目效果，倒不如说是为了森繁先生。你明明那么有魅力，明明能做得更好，为什么要逃跑！我内心无比悲伤。

忽然，森繁先生端正了坐姿，用清晰有力的声音说道："刚刚想起来，我为大家背诵一首萩原朔太郎的诗吧。”接下来，他面带微笑，用洪亮的声音背诵了一遍朔太郎的《利根川畔》。从头到尾字正腔圆，一气呵成，感情充沛，如滔滔江水奔流而下。

利根川畔

昨天我想在河里结束生命
便徘徊在利根川畔

可水流湍急
我的叹息亦无法阻止

就这样恬不知耻地活了下来
今天 我又来到河滩 扔石头玩耍度日

昨天 今天
我竟然如此眷恋这毫无价值的生命
又有谁忍心杀死这生之喜悦
唯有紧紧地、紧紧地抱住身体痛哭

这是整个节目中最精华的部分。我落泪了，心中无限酸楚。森繁先生掏出白色的手帕，拭去泪水。著名朗诵家森繁久弥一旦倾注全部感情，集中所有精力，用心朗诵诗歌，竟然能如此精彩。接着，他又说：“大木惇夫的诗。”之后用那清晰洪亮的声音朗诵了《战友离别曲》（君莫道离别，莫说世间寻常事，莫道人间生死情……）。这首诗也是久世先生生前最爱的一首。森繁先生的脸上散发着光彩，看上去是那么年轻。演播室里静悄悄的，所有人都沉浸在感动之中。森繁先生多年来一直热爱诗朗诵，他朗诵的诗篇已经制作成名为“森繁久弥《爱读诗集》”的 CD 发售。

接下来，我说起森繁先生曾经朗诵过一本叫《一片叶子落下来》的绘本，夸赞他的朗诵精彩至极。这本书的作者是美国的哲学家兼心理学家，用孩子能理解的方式，通过一片树叶弗雷迪的经历，讲述了死亡是怎么一回事，是一本好书。“两年前，我的大儿子阿泉去世了。五十八岁。那时我发现了这本书，朗诵了这个故事。当时虽然很痛苦，但幸亏这样做了，因为我的心中又涌起了生的欲望。我对自己说：活下去！只要还有一口气在，就要活下去！”森繁先生说了这样一番话。

森繁先生朗诵的时候，我坐在他身边，正好能看到他的侧脸。我看到他的额头上有青筋凸起。我非常清楚到了他这个年龄，想集中精神是多么辛苦的事。这几乎相当于减寿。我因为给他的身体造成负担深感愧疚，不过，森繁先生的表演的确精彩至极，播出后很多观众都来信说“太感人了”“我忍不住哭了”“太精彩了”。实际上，我曾经有两次在其他工作中严肃地对他说：请您认真一些！如今想来，最让我感激的是，他从未说过“你这个傲慢的家伙”或是“真啰唆”。他从未抱怨过，总是当即转换态度，认认真真地做完接下来的工作。可是，我还没有向他好好道谢啊。一想到这个，我就忍不住流泪。他无条件地满足了我的请求，可如今，我的感激之情却无处可去，茫茫然不知所措。森繁先生实在是太伟大了！

在节目的最后，我问他，您想度过怎样的人生？他想了想，回答道："也不知死神何时召唤我，不过我想从容地躺在床上，打着呼噜，去那个世界。"

当时，我并没有深想。森繁先生自那以后又活了将近十年，如今想来，这番话肯定是他的真心话。

有时候我会想，森繁先生为什么能把那首诗诠释得如此精彩呢？一次，我忽然想到了一种可能性。森繁先生平时总喜欢说些有趣的话题来逗大家，可是他却有过一段艰难的经历。第二次世界大战结束之前，他曾经作为NHK播音员在"满洲"生活过，那几年他经历了战败，以及历时一年之久的困难重重的撤退回国之路。在这期间，他一定亲眼见证了许多常人无法理解的人间地狱般的图景，亲身经历了许多不能为外人道的可怕事情。关于战争的话题，他自始至终都没有提起过。不管别人如何请求，他一次也没说过。

森繁先生自从进入演艺界，就一直以开朗欢乐的形象示人，不遗余力地逗大家开怀一笑。这也许是他从一开始就决定好的。我从未见过森繁先生发火、骂人。在他精彩的朗诵背后，绝不单单是日复一日练就的娴熟技巧，一定还深藏着唯有他自己知道的人生。他的真心从未向任何人敞开。无论是多么亲近的人，直到最后也无法了解他深藏的内心。森繁先生真是一位不可思议的人。

后来，等到《彻子的小屋》三十周年时，我向森繁先生发出邀请，收到了他的回信。那一年，他九十三岁。

转眼之间，《彻子的小屋》开播竟已三十年了。

时光如白驹过隙，可敬可畏。

还记得你当初来拜托我：请您务必答应做第一期的嘉宾。

说实话，我接下这个请求时，也没想到这个节目能播出这么久。时间过得太快了。

回想当初，往事历历，其中最令人难过的莫过于我失去了许多友人。当年和朋友们一起喝酒散步的情景就像做梦一样。

啊，恰克！（恰克是我刚出道时的外号。）

没能和你生个孩子，真是遗憾。

不过，原本你我之间就什么都没发生，又哪里来的孩子呢……

真想念那些逝去的岁月啊……

当时，我并不了解他的健康状况，拿到信时，还想这会不会是别人代写的。等到读完，我可以确信，这就是森繁先生写的。无论到什么年纪，都绝不会说“自己老了”，也绝不说那种教训人的话。这就是森繁先生。

二〇〇九年，森繁先生以九十六岁高寿离开了人世。大家都说他是寿终正寝，终老天年。可我不这么认为。森繁先生九十岁的时候，有了一个新的梦想。他曾在《佐渡岛他吉的一生》《独自沉思的岸边》《屋顶上的小提琴手》等舞台剧中塑造许多著名角色，这些角色的服装他一直都保存着。他打算将这些服装都装到巴士上，开着车上街，哪里有演出，就把车停在那家剧场门口，挑一件车里的服装穿在身上，走到剧场的舞台上去，然后说一句：“老朽也无甚要紧事，就此告辞了。”如此一来，台上的演出肯定会被打断。“演员们会大吃一惊，吓得往后退。不过，今后我还会出现在更多的剧场，他们会慢慢习惯的。就算正在表演你侬我侬的爱情戏，一旦我出现了，也得停下。我真的很想干这个。”森繁先生曾经一脸认真地对我说。直到人生的尽头，他都想站在舞台上，用自己的表演逗大家开心，即便没有任何人邀请他。

森繁先生，这么多年，承蒙您关照了。虽然您一见我就问“要不要来一次”，却从未忘记对我关怀备至，精心培养。“我们要不要来一次？”在长达半个世纪的岁月里，不断地讲着同一个笑话，这正是森繁先生的纯粹之处。今后，我也会继续听我最珍爱的 NHK 广播剧《星期日名作剧场》的 CD，因为这是森繁先生五十年心血的结晶。

听到森繁先生过世的消息，我脑海中浮现出一句话，这句话大概是最适合他的了。

“人生如戏，剧终人散。”

我的母亲，我的哥哥

日本首次进行电视转播，是一九五三年二月一日。前面我也说过，当时全国一共只有八百六十六台电视。NHK 支付给新人的第一个月的工资在九千日元上下。我知道这些，是因为当时有一位 NHK 的青年想和我结婚，坦诚地对我说："不过，我的工资很低……"我当时是作为头号电视女演员进入 NHK 的，如果演电视或出演广播剧，每小时的薪水是五十六日元。当时，一碗拉面的价格是三十五至四十日元。有一次我在家里给 NHK 广播剧团的同期生打电话："我是五十六日元，你呢？"被刚好经过的父亲听见了，他训斥我："豆豆助，竟然在电话里谈论钱，成何体统！"只靠工资没法维持正常的生活，所以每天出门的时候，我都从母亲那里领一百日元零花钱。当然心中也觉得愧疚："我这个做女儿的，大学算是白念了……"当时的电视只有美国产的，一台电视的价格竟然高达二十五万日元，普通人家里根本买不起。那个时候，电视还是奢侈品。人们也不说"电视"，而是很郑重地说全称"电视机"。

森繁先生没能履行我们之间的约定，没能和我一起参加“电视五十周年”纪念节目。我独自一人参加了长达十六小时的现场直播。那时我曾想：“哎呀呀，这可是金婚啊。”

我是在电视开播前进入NHK的，在不知电视为何物的情况下就投入工作了，所以参加二十五周年节目录制时接受过许多采访，我当时说过一番话：“我现在的心情就像是跟一个素未谋面的人结了婚，然后一起迎来了银婚庆祝仪式。”而现在已经是金婚了。我没结过婚，但连粗心大意如我也隐约明白，相濡以沫五十年的夫妇之间有怎样深厚的岁月积淀。那是二〇〇三年的事。现在，我和电视结婚已经超过六十年了。

我当初进入NHK，是想着如果成了播音员，将来当了母亲，就能绘声绘色地给自己的孩子朗读绘本。我在报纸上看到NHK在招募电视女演员，琢磨着：“如果是NHK，一定能教给我朗读绘本的方法。”这是我进入电视行业的契机。就这样，我每天上电视，渐渐地有了新的家人。我有了“母亲”和“哥哥”，虽然我们并没有血缘关系。他们就是泽村贞子和渥美清，在长达四十年的光阴里，我一直这样称呼他们。

NHK从一九六一年开始播放电视剧《年轻的季节》，连续播放了好几年，我就是在这部剧中与泽村贞子女士相识的。此外，榎本健一、森光子、三木纪平、有岛一郎，还有鼻肇、植木等这些The Crazy Cats[①]的成员，以及渥美清、坂本九、小泽昭一、冈田真澄、

---

①日本爵士乐队、搞笑艺人组合，主要成员有鼻肇、植木、谷启等。

淡路惠子、古今亭志朝等众多明星也都出演了这部电视剧。我去听落语的时候，正巧碰上古今亭志朝先生坐在高台上，我顿时惊呆了："竟然还有这么英俊的落语家！"后来我便向导演冈崎荣推荐了志朝先生，这便是志朝先生演电视的契机。冈崎先生立刻去拜访落语会，他也同样惊叹于志朝的英俊，邀请他出演《年轻的季节》。故事的舞台设定在银座的"普兰达化妆品公司"，是一部喜剧，主题曲由花生姐妹组合演唱，作者是小野田勇，日后他因创作《阿花》的剧本广为人知。冈崎导演后来执导了中日合拍的电视剧《大地之子》。

电视剧的拍摄时段是星期日晚上八点，就是现在大河剧的时间段。当时自然是现场直播，排练结束后到晚上节目开始前有一段休息时间。我们一大群人经常去 NHK 附近一家刚开的四川饭馆吃饭。当时大家都还年轻，也没钱，而且还饿着肚子，所以干烧虾仁一端上来，我一下子就算了出来，大喊道："每人三颗虾仁！""肉丸子是每人一个半！"渥美清先生含着笑对我说："大小姐，以后等我赚钱了，吃饭时你就不用像这样数数了。"无论我多大年纪，渥美清先生一直管我叫"大小姐"。

泽村女士当时大概才五十多岁，却说："我们老年人，新陈代谢的速度可比不上你们年轻人。"每天都会亲手做一些容易消化的小菜，做成便当带过来。她的便当里有鸡肉丸子、烤鱼和炖蔬菜，看起来好吃极了，所以有时候我会抛弃大家，分吃泽村女士的便当。

我已经不记得为什么管泽村女士叫"妈妈"了。我还常常去妈妈在代代木西原的家里玩。妈妈的丈夫叫大桥恭彦，是一位评论家，创办了《电影艺术》杂志。大桥先生长得又高又帅，我很自然地就管他叫“爸爸”了。有人说爸爸这个人很难伺候，我却没有这种感觉。正月里，爸爸妈妈会带我一起去泡温泉，还经常邀请我去他们家，品尝妈妈的拿手菜。他们家的门牌上，用很大的字写着“大桥”，旁边是很不起眼的两个小字“泽村”，我自然以为他们是夫妻，后来才知道当时他们在户籍上还不是夫妻。

《电影艺术》这本杂志自始至终都是赤字经营。妈妈用她做演员挣来的钱，维持着两个人的生活开销，还负担着杂志社员工的薪水，甚至还出钱供养着父亲之前的家庭。关于生活费，妈妈总是说：“两个人挣来的钱放在一起花。”为了挣钱养家，妈妈要同时做好几份工作，她的经纪人山崎洋子女士为此四处奔波，每个月要穿坏两双鞋。她甚至在结婚当天还跑出去给妈妈做宣传，把新郎惊得目瞪口呆。

爸爸是明治时代出生的人，家务活一点都不会做。妈妈每天都要尽早结束摄影棚或电视台的工作，赶回家照顾爸爸。

有一次，妈妈拍电视剧，在剧中扮演死人。当时她躺在和式房间里，天花板上的荧光灯突然掉下来了，正好砸在脸上。事情发生得太突然，妈妈根本来不及躲闪。幸好没有受伤，可是摄影棚里已经炸锅了，大家一下子围了上来，七嘴八舌地说：“没事吧？”“要不要去医院？”

这时妈妈却大喊道：

“顾不上这些了！冰块！快拿冰块来！得赶紧冰敷，否则一会儿脸肿了，今天就拍不成戏了！”

妈妈当时想的是，爸爸还在家里等着呢，必须按时下班回家，而且今天拍不成了，还要调到其他日子重新拍，实在太麻烦了。总之，当天的戏无论如何也要在当天结束。冰块送来了，妈妈拿湿手巾包了冰块，放在刚刚被砸的脸颊上敷了一会儿。就这样，脸总算是没肿起来，拍摄继续，妈妈最终按时回到了爸爸身边。那天晚上，她像往常一样做了爸爸最爱吃的菜。

妈妈一心想做最好吃的饭菜给爸爸吃，为了让饭菜在一段时期内不重样，也为了提醒自己不要错过各种当季时令菜肴，妈妈开始写菜谱日记。后来，她的日记出版了，名字就叫《我的菜谱日记》，成了畅销书。

妈妈曾经明确地说过："因为有你爸爸在，所以我把百分之三十的精力放在工作上，百分之七十的精力放在家庭上。这样挺好。"在拍戏现场，她可是一位严厉到有些令人敬畏的职业女演员。但仔细想想，妈妈拍戏从不迟到，台词从不说错，甚至从来没有重拍过，这都是因为她必须尽快回家。她说过："今后我可能不当演员，但已经决定要一辈子做你爸爸的妻子，自然是照顾家庭更重要。"

"这部作品可能载入电影史啊。"

曾经有人邀请她出演一部电影，可一听拍摄地在北海道，她毫不犹豫就拒绝了：

"你说的电影史，我又看不见。"

妈妈出生在浅草，为人热情，处事果断，快人快语，说话的速度甚至比我还快。然而，当她和爸爸在一起时，说话总是慢悠悠的。我觉得妈妈的样子很好笑，又很可爱，曾经写过这样一篇短文。

如何才能活得好呢？看看泽村女士便知道了。她身上充满了生活的智慧。我叫她妈妈，从心底尊敬她。她在下町出生长大，干脆利落，快人快语，最讨厌不合规矩的事情。所以，如果有人记不住台词，妈妈不会发火，反而会记上一百句甚至两百句台词，再用她出了名的快嘴准确地念出来，如滔滔江水奔流不息，一个字都不错，一次重拍都没有。

妈妈也有说话慢的时候，那就是和丈夫在一起时。丈夫是评论家。如果他说“这个电视剧真有趣”，妈妈就会随声附和“是啊”，然后找来看。如果他说“池子周围要是种些松叶牡丹就好了”，妈妈会立刻附和道“您说得对”，第二天就开始种花。两个人打麻将，若是丈夫输了，嘟囔一句“没劲，我去睡了”，妈妈会问一句“是吗”，然后一起就寝。在丈夫面前，妈妈变得有女人味了。

按照现在的说法，两个人的关系是双重婚外情①。爸爸原本是京都的报社记者，二战结束后抛弃了一切，开始和妈妈在一起生活。爸爸有一个外号，叫“贵族老爷”，他的做派也是名副其实的“老爷”，心安理得地享受着妈妈为他所做的一切，从未和她说过感谢的话。有时我会打开电视，说：“这个电视剧是妈妈演的。”爸爸却说：“这么无聊的电视剧，换台！”就连妈妈亲手做的美味饭菜，他也从未说过一句“好吃”，真可谓是彻头彻尾的老爷做派。我问他：“为什么您从不说好吃呢？”结果爸爸一副不可思议的表情：“要是不好吃的话，我就不会吃了啊。”妈妈出钱帮爸爸办杂志，爸爸也从未说过一句感谢的话。

---

①指婚外情的当事人都有家庭的情况。

不过，妈妈曾对我说过：“如果你爸爸（对别人，她都是称呼爸爸为‘老爷’‘丈夫’‘大桥’，唯独在我面前说‘爸爸’）对我说谢谢、对不起这类话，我可能就没法和他一起生活了。你爸爸没有因此在言行上变得谦卑，反而是一件好事。这样就挺好。我援助你爸爸的工作，还有这么久以来所做的一切，都是我发自内心想做的。”她宁可自己做出妥协，也要维护爸爸的尊严。她还说：“我绝不过问你爸爸和我相遇之前的事情。”妈妈唯一后悔的，就是因为接了太多工作，没能给爸爸生下一儿半女。

时光如白驹过隙，转眼间妈妈已经八十岁了。“像我这样的女演员，（要是到了这个年纪还）勉强自己重返荧屏，是不会有什么好下场的，况且我的耳朵也听不见了。那些漂亮又有实力的女演员请继续，我既不漂亮也没有实力，就不添乱了。”妈妈留下这样一番话就离开了娱乐圈。随后依照爸爸的心愿，两人搬到了能看见海的叶山的公寓。为了纪念两人的金婚，他们和出版社谈好要出一本书，记录从战争结束两人相识一直到今天走过的岁月，两人轮流来写，每人写一章。然而，爸爸刚刚写完第一章，就突然撒手人寰。

在妈妈漫长的演员生涯中，爸爸只去探过一次班。就是在他去世前两年，妈妈做客《彻子的小屋》的时候。那天，妈妈看起来非常开心，说：“也不知道今天刮的什么风，你爸爸竟然来拍摄现场了。这可是头一回啊。”演播室里，爸爸有些难为情地对我说：“你总也不来叶山，我就来看你了。”没想到，这竟然是我和爸爸最后一次见面。这唯一一次探班，就像是来和我告别的。

听闻爸爸去世的消息，我立刻赶往叶山。妈妈整个人都仿佛小了一圈，一直在哭。

“他连句告别的话都没有，就走了。”

我一直以为妈妈是个坚强的人。她的弟弟加东大介去世的时候，她虽然哭着说“我们家的优等生走了”，但感觉她还是很沉稳的。可是，爸爸去世的时候，她就像没了主心骨，只是抓着我的手，一遍一遍地说着：“你爸爸死了，你爸爸死了。”那天晚上，我住在了妈妈家，睡在妈妈旁边那张床上。那是爸爸的床。我和妈妈躺在床上，聊了很多事，也聊到两人没写完的那本书。

妈妈说：“我写不了了。”我问她：“等您过世了，能见到爸爸吗？”“当然能了。”妈妈不假思索地说，看她的神情，是从心底相信两人能见面。“那么，等您见到爸爸时，如果爸爸问您，那本书后面写得如何了，该怎么回答呢？就打算这样放弃吗？明明有那么多可写的事情，就当是在和爸爸闲聊吧。”我劝她说，因为爸爸和妈妈总有说不完的话，很少有夫妇像他们这样无话不谈。两人拿着一整份报纸，六大张纸，包括体育新闻在内从头读到尾，不漏过一条消息，还边读边聊。看电视的时候也是，不管是政治节目、歌唱类节目，还是赛马，两人总能谈论个不停。妈妈说：“我和你爸爸的价值观是一样的，所以我们才能走到今天。”

第二天早晨，我睁开眼，发现妈妈已经起床了。她正背对着我，坐在小小的梳妆台前梳洗打扮。她身上穿着和服睡衣，正用梳子梳理自己的一头银发。明明没有人看，可妈妈的动作是那样妩媚，充满了女人味。她的头微微倾斜着，又像是一个散发着无助感的女学生。我默默地躺在床上看着妈妈。爸爸一定也是这样看着妈妈的吧。在五十年的岁月里，他每天早晨都默默地看着妈妈悄悄起床，梳洗打扮。然而往后的岁月，妈妈要和爸爸这张空荡荡的床一起度过了。

吃早饭的时候，妈妈对我说：“我和你聊过之后，又有精神了。那本书，我会写下去。”一年后，《执子之手，与子偕老——相濡以沫五十年》出版了。

在创作这本书的过程中，有一次，两百字一张的稿纸用完了，妈妈就去书房的书架上取来了爸爸用剩下的四百字一张的稿纸。结果，她在稿纸里发现了爸爸写的一段文字，题目是“诀别的话”。那段文字一看就不是用来发表的，明显是打算在自己死后留给妈妈一个人看的。也就是说，这是“老爷”给妈妈的一封情书。可是，如果妈妈没有发现这封信，就永远也无法知道爸爸的心意了。“不知道就不知道吧。”我仿佛听见爸爸这样说。这种做法倒真符合他羞涩的性格。这段文字，我自认为是爸爸这位作家写过的最好的文章。

> 我从未想到，我的晚年生活竟会如此幸福安详。能在茫茫人海中与你相遇，两人相濡以沫走到今天，虽然也有过种种艰辛，可是我知道，我是幸福的。我觉得，你也是幸福的。今后，无论你我如何珍惜对方，最多也只能再活十年了吧。
>
> “也不知道你我之中谁先离开这个世界，不过，先走的那个人一定要在那边等着，下辈子也要一起生活。下辈子，我们也要像这样一起聊天，一起吃好吃的，一起快乐地过日子。”最近，贞子总爱说这段话，仿佛在准确无误地背诵她记忆中的某段台词，一遍又一遍，一个字都不错。
>
> 一天晚上，冷不丁地，贞子突然对我说：“下辈子我们也要一起过日子，好不好？”一时间，我无言以对。下一秒，我几

乎要哭出来。在接下来的时间里，我只能拼命忍耐着与年龄极不相符的想哭的冲动。

就像她所说的那样，今天的这份宁静与祥和，以及接下来每一刻的宁静与祥和，很快就会与我们无缘了……我们二人中，总会有一个人首先失去活下去的力气，哭着对另一个人说：

“陪我这么久，辛苦你了，谢谢，永别了。”

无论我们如何挣扎，如何呐喊，也无法阻止那一天的到来。

在通往坟墓的路上，心灵唯一的寄托便是“来世”这无从想象的虚空世界。我们只能相信，在那个世界，有人在等待着我们的到来，那个人有和今天同样的笑容，同样温柔的眼神，穿着我们再熟悉不过的衣服。我们只能选择如此相信。

这段文字，我并不是特意想写给谁看的。当然，我也从没想过只让自己扮演好人。我生来愚钝，又不学无术，一贫如洗，生性胆小，凡事总落后于人。战后，一无所有的我能从人生谷底慢慢走出来，全都是因为遇到了一位叫贞子的善良聪慧的女子。

从这个意义上说，这也许是一个一无是处的废物遇上从天而降的好运的故事（也是一个幸运儿的人生轨迹）……谢谢你。

这么多年，妈妈一直都坚持说：“我不需要他感谢我。”可如今，妈妈捧着这份意外的礼物，喜极而泣，泣不成声。

《执子之手，与子偕老》出版后不久，恰逢《彻子的小屋》开播二十一年纪念日，我便请妈妈来做节目嘉宾。当时妈妈已经八十七岁，却愈发美丽动人。一头雪白的银发，一身浅灰白底黑碎花和服，披一件黑色外褂，戴一副无框眼镜。她在节目里回忆和爸爸生活的点点滴滴，看起来很有精神。

然而，节目录制完之后，在回叶山的车里，妈妈却对司机佐久间弘一（佐久间先生在妈妈做女演员时一直是她的司机）说：

“啊，这下全结束了……两个星期不吃饭的话，就能走了吧？”

妈妈过世后，佐久间先生把这个细节告诉了我。他说，真不想听她说那种话啊。那是一九九六年二月一日的事。

之后，我因为联合国儿童基金会的工作去波斯尼亚和黑塞哥维那出差，然后又在日本各地进行戏剧巡演，很久都没再和妈妈见面。不过，我无论去到哪里，都会给妈妈寄明信片，或是美味的糕点。

七月十七日，妈妈和少数亲朋一起为爸爸举行了三周年忌。我结束巡演回到东京，是在二十日的晚上。第二天一早，我就赶往叶山。到了一看，妈妈竟然病倒在床上了。

我忧心忡忡地看着她，她拉起我的手，用那一向精神抖擞的声音说：“我呀，最喜欢你了。”接着又说：“见到你，我真高兴。真的。”然后，又用力说道：“我希望你能幸福。可是，你身边的亲人一个一个都离开了，也不知你能不能找到一个贴心的人。别人怎么说都无所谓。你想做什么就去做，要创造条件达成自己的心愿。”

这是妈妈第一次谈及我的私人问题，第一次介入了我的人生。

“妈妈，我会找到那个人的，一定会。”

“要是那样就好了。”

我们不由得相视而笑。

我们一起在客厅吃午饭。妈妈让人给我拿来了高级寿司，说：

“好久没吃过午饭了。难得你今天特意赶来看我，我要起来吃点东西。”她脸色微微发黄，刚才躺着还看不出来。谁也不知道她的身体究竟哪里出了问题。妈妈从不去医院，她的血管太细，针扎不进去，吊瓶也没法打。“算了，就这样吧。”她说。经纪人山崎女士曾悄悄对我说：“她说了，她不会住院，要一直留在家里，到时候了就去找先生。”

那天，妈妈讲了许多昔日的趣事，像是以前在电影制片厂里的趣事，以及有人捉弄她，管她叫“知性女演员”的事情。妈妈边说边用勺子吃一种像汤一样的食物。我之前就注意到一件事。曾经那么热爱又擅长厨艺的妈妈，在爸爸过世之后，再也没进过厨房。别人做好的饭菜，她甚至连看都不看一眼，只是例行公事般送进口中。“妈妈做饭完全是为了爸爸啊。”从这件事上，我也明白了妈妈究竟有多爱爸爸，没了爸爸，这个世界在妈妈眼中是多么了无生趣。不仅是烹饪，她已经对世上的一切失去了兴趣。

这成了妈妈吃的最后一顿饭。从这一天直到她去世前，有三周半的时间，她一粒米都没吃，只靠喝水和营养饮料来维持生命。

从这天起，我只要一有时间就来叶山陪着妈妈。我也没做什么特别的事，就是陪在妈妈的床前给她读读报纸，说些好笑的事情逗她开心，握着她的手，陪她打发时光。

“我得快点去找你爸爸，他等着我呢。”

自从妈妈卧床不起，这句话便成了她的口头禅。一天，我对妈妈说：“妈妈，我成立了一个协会，叫‘让爸爸再等等会’，会长是我，副会长是雅彦。”雅彦是妈妈的外甥津川雅彦。妈妈微微一笑，说：“是啊，得让你爸爸再等一等呢。”

我在一旁读报纸，原以为妈妈已经睡着了，她却突然说道：

“在电影制片厂里，我拿了一份报纸在那儿读，竟然有人拿了扩音喇叭大喊：‘泽村贞子女士正在读社论！’对我进行恶意骚扰。报纸难道不都是从社论开始读吗？”

我吃了一惊。“妈妈，即便是现在，也很少有女演员先从社论开始读呀。”

这种时候，我最欣赏妈妈一点。她从不会说：“现在你们真是赶上好时候了，不会有人说三道四。”她从来不抱怨。

又有一天，妈妈对我说：“你爸爸写的文章啊，是在对我说‘谢谢’呢。我呀，想起来就起身去读一遍。”妈妈一直说不需要爸爸感谢她，说了“谢谢”，她反而不知所措，但现在看来，爸爸这段感谢的告白令妈妈如获至宝。我也跟着高兴起来。（爸爸，谢谢你写了这些话！）爸爸过世后，我看过这篇稿子，它就放在放着爸爸骨灰盒的抽屉里。爸爸的字写得很好，而这篇稿子的字迹大小不一，参差不齐，而且是用铅笔写的，像是仓促之间写下的。但即便是浅淡模糊的铅笔字迹，写下的话语却令妈妈欣喜若狂。这篇稿子最后放进了妈妈的棺材中。

八月七日，我一早就去了妈妈家。这一天，妈妈第一眼见到我就说：“真美。”“那是因为我化妆了。”“不，是真漂亮。你要一直这么漂亮下去呀。”妈妈抚摸着我的手说道。妈妈才是真的美，脸和脖子就不用说了，尤其是手，没有一丝皱纹，没有一个雀斑。“看来还是百元化妆品好啊。”我感叹道。“涨价啦，涨成两百元啦。”妈妈笑着说。所谓岁月静好，就是这样吧。这时，女佣铃木惠来叫我，说是有电话找我。我有些纳闷，因为我早就叮嘱过事务所，当我陪伴妈妈的时候尽量不要打扰我们。我去厨房拿起电话，那头响起了山田洋次导演的声音。他的声音失去了往日的镇静。

“渥美先生去世了。人是四号走的。当时他的家人举办了葬礼，没有通知别人，连我也不知道。接下来要向媒体公布消息了，我想，至少在这之前要让你知道，因为你们是十分要好的朋友。”

我的大脑一片空白。哥哥死了？渥美清先生在我刚进入电视界时就是我的大哥。我们一起走在路上时，他总会不经意似的突然说一句：“我给你买点什么吧。”然后给我买鞋子、漂亮的箱子，还有很多东西。我没有哥哥，所以特别喜欢像哥哥般宠爱我的渥美先生。干烧虾仁端出来时，我立刻想到要平均分配（这是属于昭和一桁[①]年代出生的人的悲哀），于是大喊：“每人三颗！”哥哥听了，对我说：“等我赚钱了，你吃饭时就再也不用数虾仁了。”但是，我的哥哥，死了？

我想起了哥哥在电话留言机里对我说的话。“大小姐，你活得很精彩。我已经不行了。大小姐你一定要健健康康地活下去。”电话里，哥哥的声音有些沙哑。我万万没想到这竟然是最后一次听到他的声音。当时我甚至还想，哥哥真会开玩笑。然而那段时期，是哥哥最后一次住院。

山田导演接着说道：“唯一令我欣慰的是，渥美先生说他还想再演一部寅次郎的故事，我们甚至把拍摄地点都选好了。所以，有一点可以确认，渥美先生自始至终心中都是怀着希望的。”说完，他挂了电话。

---

①指昭和元年（1926 年）至昭和九年（1934 年），出生在这段时间的人也称为“昭和一桁世代”。

我在厨房里伫立良久。如果妈妈身体康健，我把这件事告诉她之后，她一定会用独特的方式来安慰我。妈妈也同哥哥合作过许多电视剧。可是，如今妈妈正在死亡边缘徘徊，这种事我无论如何也说不出口。没有什么比这更令人痛苦的了。我默默地回到了妈妈的床前。

妈妈正闭着眼睛，不知是睡着了，还是在闭目养神。妈妈总说要去找爸爸了，可是她的内心究竟是怎么想的呢？她没有任何宗教信仰，是一个很"科学"的人。

过了一会儿，妈妈睁开了双眼，我便问她：

"爸爸真的在等您吗？您真的能见到爸爸吗？"

妈妈用她那再熟悉不过的、充满自信的口吻说道：

"当然了，他在等我呢。"

泪水突然从我的眼中涌了出来。我看着妈妈的脸，开始无声地哭泣。妈妈伸出双手，为我拭去泪水。我一直哭着，久久地哭着，妈妈就这样捧着我的脸，不停地为我擦去眼泪。我觉得，妈妈可能明白我是为什么而哭了。即便她还不知道哥哥的事情，但心里已经明白了，所以她才一直微笑着给我擦去泪水。

妈妈的身体一天比一天虚弱。我生平第一次见到一个人是这样迎接死亡的：不接受任何治疗，一心赴死。她没有丝毫恐惧，看不出无聊寂寞的样子，甚至只字不提身上的病痛，只是平静地等待死亡的降临。妈妈做客《彻子的小屋》时曾说过："人如果尽力了，就不会后悔，因为能做的都已经做了。所以，我没有什么可留恋的，更不会后悔。这下可以干脆利落地和这个世界告别了。"我看着妈妈的睡容，常常会想起她这番话。

妈妈曾不止一次地说：“我真是一个幸福的人。身边人对我都特别好，真是万分感激。”妈妈身边的人，山崎女士、佐久间先生、惠女士、另外一位佣人蕗子女士和她的丈夫——做会计的相泽先生，还有妈妈的弟妹（加东大介的夫人）真砂子女士，所有人齐心协力，全天二十四小时陪护在妈妈身边，就是为了让她在最后的日子里过得舒服一些。

妈妈一直坚持自己起床去上厕所，每次惠女士和蕗子女士都来搀扶她起床，佐久间先生有时也来帮忙。大家都明白，妈妈是想着等去了那边，见到丈夫，能和他说：“上厕所这种事，我自始至终都没麻烦过别人。”在去世前两三天，她还自己起身，独自去床边做成椅子形状的便盆上厕所。对此我只有赞叹的份。“我可是江户人，是下町长大的女人。”虽然她已无法亲口说出这句台词，这份骨气却充分体现出来了。妈妈抬起手指，做一个从床上下来的动作，这就是“上厕所”的指示。

渐渐地，妈妈连睁大眼睛的力气都没有了，只能眯着眼，看着我微笑，或是轻轻握住我的手。话也不怎么说了，偶尔才说一句：“我是不是很努力？”一天晚上，我正握着她的手，她突然开始痉挛。我赶紧起身，想要去叫蕗子，她原来做过护士。就在这时，正在痉挛的妈妈却伸手抚摸我的脸，又搂住我的肩膀。妈妈这是察觉我受惊了，想安慰我。每当这种时候，我都感慨：妈妈真是一个善良的人。刚好赶来的津川雅彦看到了这一幕，说道：“贞子姐姐（其实妈妈是他的姑母，但是他一直这样叫）的善良，在这种时候就能看出来。”每天来出诊一次的医生说，痉挛是热气发散的征兆，不用担心。大家这才松了口气。

我最后一次见到妈妈时，她勉强将眼睛睁开一条缝，看到我后，伸开了左手，我将脸埋在她的胸前。妈妈就这样抱着我，轻轻地拍着我的肩膀。

啊，我听见妈妈说："已经可以了。你已经做得足够多了。你的工作也很忙吧。这是我们最后一次见面，永别了。我要去找你爸爸了。多保重。谢谢你。"

我都知道，也许心地善良的妈妈不想让我看见她离世的样子。我几乎每天都去看她，只有两天没去。然后，妈妈的讣告就来了。

那是八月十六日的晚上，只差一个小时就和爸爸的忌日八月十七日一样了。妈妈死后的容颜比生前任何时候都端庄、文雅、美丽，而且看上去平静又满足。雅彦喃喃地对我说："看这个表情，应该是见到了。"两人终于见面了，正如他们深深相信的那样。妈妈那明快的神情让人不得不相信，她真的见到爸爸了。

爸爸去世后，妈妈对一切都失去了兴趣，没有了生活的热情。她买过的唯一一件新东西是一架德国产的双筒望远镜。她让人在面对着阳台的客厅一角支起三脚架，将望远镜固定在三脚架上，自己常常用望远镜眺望相模滩的海面，琢磨着该把两个人的骨灰撒在哪里好。她尤其喜欢在黄昏日落时分眺望大海，嘴里念叨着是这里好，还是那里好。

我和雅彦捧着爸爸和妈妈的骨灰，坐船出海了。

我手里拿着妈妈的望远镜。这是为了从海上用望远镜寻找妈妈公寓的窗户，好确定妈妈眺望的究竟是哪一片海域。海面有波浪，船即使停下来，也一直在摇晃，望远镜里的景色自然也跟着晃来晃去，想找到叶山公寓不是件容易的事。年轻的惠女士很有把握地指着一栋白色建筑说："就是那里。"蕗子女士也说："看那屋顶的形状和窗户，应该错不了。"一年前妈妈身体不适住院后，以及回到家中休养期间，蕗子女士几乎每天晚上都陪在她身边，不让她孤零零一个人。相泽先生也说："就是那里了。"妈妈住在公寓八楼，我又弄清了阳台的窗户是哪个，这才让船停了下来。

雅彦对我说："把手伸出来。"我伸出双手，一只手心里放上了妈妈的骨灰，另一只手心里放上了爸爸的骨灰。

"要混在一起再往海里撒。"

爸爸和妈妈雪白的骨灰，像细碎的贝壳碎片一般，闪着银光消失在漆黑的海面上。无数细微的白色颗粒，交叠着、追逐着、并列着、纠缠着，一晃便悄无声息地隐没在黑暗中。我忽然想起了自己在非洲沙漠中看过的星空。深邃的夜空中撒满了数不清的星星，此起彼伏地闪着亮光。刚才那一瞬间，爸爸和妈妈就像那闪烁的星空一样。

一切都结束了。山崎女士和我将双臂搭在船舷上，谁也不说话，望着大海出神。

爸爸去世后的两年里，妈妈几乎天天都在念叨："我死后，把我和你爸爸的骨灰一起捣碎，撒到相模滩的海里。"两年来妈妈心心念念记挂的事，就这样完了？

我们还往大海里撒了许多五彩缤纷的花瓣。花瓣漂浮在海面上，艳丽的色彩格外显眼。不管是大片还是小片的花瓣，甚至连那些花瓣碎屑都浮在海面上。然而，骨头却正好相反。即便是如微尘般的细小颗粒，也会深深地沉入海底。我惊讶于骨头的千金之重。山崎女士忽然说了一句：

“转瞬即逝。”

真的是世事无常，转瞬即逝啊。当初为了和爸爸名正言顺地在一起，妈妈几乎赌上了自己的一生。后来，为了能在死后和爸爸相聚，她又倾注了自己的全部热情，耗尽最后一点生命，精心筹划着撒骨灰这件事。可如今，转瞬之间一切烟消云散。我的手心里还沾着一点爸爸妈妈的骨灰。我和他们进行了最后的告别。

永别了，爸爸，妈妈，我爱你们。感谢你们曾如此疼爱我。

一阵微风吹来，爸爸和妈妈离开了我。船上的人们眺望着海面，表情不一，想着各自的心事。津川雅彦突然大喊道：

“太好了！贞子姐姐，她很高兴呢！”

真砂子也在船上。妈妈生前格外疼爱弟弟加东大介。自己的丈夫想必一直在等待姐姐的到来，这下两人终于能见面了，他一定很开心——真砂子虽然嘴上不说，但她心里肯定是这样想的。雅彦的女儿真由子一直在哭。对这个刚满二十岁的姑娘而言，至亲之死无疑是个巨大的打击。

两年的夙愿终于得偿，妈妈就这样牵着爸爸的手，消失在了大海里。妈妈和爸爸都曾说过，最喜欢夜晚降临之前、夕阳缓缓沉入海平面时的大海。我们特意算好时间，在那一刻到来的时候撒完了骨灰。此刻，所有人都静静地伫立在船舷边。海面上那轮血红的夕阳忽然加快了下沉的速度，仿佛在说：“已经结束了吗？那我是不是可以回家了？”那是妈妈每天都会凝望的红日。如今，太阳失去了这位忠实的追随者。

我拿起望远镜，远远地眺望妈妈家的窗户。自从妈妈过世后，不知为何，我竟然没掉一滴眼泪。明明去了火葬场，也撒了骨灰，可就是没有失去亲人的真切感觉。然而，我用望远镜看到窗户后面空无一人的家，眼泪却流了下来。这一刻我终于清楚地意识到，妈妈已经不在了，妈妈死了。

二战爆发前，妈妈曾经因为违反《治安维持法》被捕。和她一起被捕的同伴一个个都转变了立场，唯独她一直坚持："我们只是在表达想要和平、幸福生活的愿望，为什么要被抓起来？"也因为如此，只有她一个人迟迟没有得到释放，在监狱里一待就是两年。她就是一个如此激进的人，一个将意志贯彻始终的人。所以，她才能全心全意地爱着该爱的那个人，无怨无悔地走完了八十七年的人生旅途。

妈妈的望远镜一直放在我家里，我把它看成妈妈留给我的遗物，保管至今。

有一段时期，我和哥哥渥美清成了媒体关注的风云人物。

哥哥和我是在同一时期开始上电视，我们一起工作的机会也是最多的。哥哥在NHK出演的第一部电视剧是榎本健一主演的家庭剧《父亲的季节》，他在剧中饰演一个和我相亲结婚的男人，我们扮演了三年夫妻。我查了一下，那部电视剧是一九五八年开始播出的。当时，我刚刚进入NHK广播剧团，还是个什么都不懂的新人，相当于外行。但哥哥已经是浅草那边的剧团团长了。不过，哥哥第一次来NHK时，在进入演播室之前竟然脱了鞋，这让他"一脱成名"。

后来，我们又出演了电视剧《年轻的季节》和综艺节目《在梦中相见吧！》，每次都一起出现，像搭档一样，所以有人传言：这两人是恋人吧？这样的传言出现过好几次。好笑的是，娱乐周刊每次刊登我们的照片，因为我是NHK职员，用的是普通证件照，至于哥哥，不知为何总是用他在《在梦中相见吧！》中扮演“广告锣鼓宣传队”时扛太鼓的那张照片。大家都觉得莫名其妙：“你们俩能传出这种绯闻就够好笑的了，还每次都用那张照片，简直笑死了。”

哥哥眯着一双小眼睛笑着说：

“大小姐，请想象一下，某一天咱们两个结了婚，生了孩子。假设孩子的脸长得像我，声音和说话方式像你，那也只能让孩子当艺人了。”

此后过了许多年，哥哥因为出演寅次郎这个角色而走红，也有了孩子。老大是男孩，老二是女孩。老大出生时，我看了照片，说：“这孩子长得真像《三只小猪》（当时在NHK播放的人偶剧，主角是三只小猪）里面的老大啊，一点都不像爸爸。”哥哥后来对我发牢骚说：“我回家又仔细看了看，简直是一模一样。”不过，生老二的时候，他连我们这些亲密的朋友都没有通知。

“我觉得很难为情，就没有通知任何人。”

哥哥虽然这样说，但就是从这时候起，把家庭和自己的工作完全分开了。如果我是他，一想到孩子们在学校里被人喊“寅次郎的孩子”，一定会害怕得浑身发抖。作为父亲，他肯定希望孩子能像普通人家的孩子一样，自由自在、无忧无虑地成长。可以想象为了实现这个愿望，他会经历多少辛苦。

哥哥平时非常注意保护孩子们的隐私，但他还是会问孩子们：

“你们有没有因为爸爸，遇到不愉快的经历？”孩子们回答说：“没有啊。”尽管如此，哥哥还会对妻子说：“孩子们真善良，会用他们自己的方式来安慰我。”夫人对他说：“真的没有。”“要是这样就好了。”他似乎一直无法释怀。哥哥真的很爱自己的家人。

哥哥平时因为《寅次郎的故事》和松竹大船电影制片厂的拍摄工作，经常不在家，我曾经问过他，你怎么和孩子们交流呢？他的回答出乎我的意料。

“我每次回家，一定在大门口拥抱我的太太。孩子们看到了，就会流露出安心的表情。”

在家门口拥抱太太？简直就像外国人嘛。我心中这样想着，不过嘴上什么也没说。过了一段时间，我又问他：

“现在还拥抱太太吗？”

“嗯，拥抱啊。”

“孩子们是什么反应？”

“很害羞。”

在他去世前不久，我又问他：

“还拥抱吗？”

“嗯。”

“孩子们呢？”

“孩子们都长大了，会露出一副见怪不怪的神情，然后就走进自己屋里去了。”

真是一个温暖的家庭。

我和哥哥刚认识的时候，关系并没有那么好。我的家在洗足池附近，小学在自由之丘，中学是教会女子学校，大学上的是音乐学院，算是用上流阶层的方式培养出来的大小姐，就连平时打招呼都是“祝您安好”。所以，那时我满脑子都是可怕的偏见，比如“我要是去了浅草，肯定会被那里的人唾弃”。我从学校毕业后，去了NHK的剧团，出来后又直接上电视演出，在哥哥眼中，一定是在不知人间疾苦的温室里长大的大小姐。

要说哥哥也不容易，他离开了熟悉的浅草，来到NHK，想必最初也有过胆怯畏缩和虚张声势的时候。在浅草时，脱衣舞娘们也都管他叫“哥哥”，但凡他得到了一样东西，必定和大家一起分享。哥哥以前就过着这样的生活。据说当他患肺病住院时，这些脱衣舞娘来探望他，给了他许多慰藉。不知为何，报纸上还刊登了脱衣舞娘们围在哥哥病床边的照片。她们在圣诞节时来看望他。后来，哥哥曾经谈论起那段时光。

“那个时候我们粗暴又无知，但本性都不坏。她们也全心全意地感受到了这一点。也许她们和我们一样是寂寞的人。现在想想，真是不可思议。那时，演出前先是豪饮一番，上场后拽着别人的脑袋就是一顿乱打。可那样的我，反倒比现在招女人喜欢。”

这样的哥哥从浅草走进NHK的演播厅，和我演起了夫妻。刚开始，他对我似乎并不满意。

我也有我的小脾气。如今，我自然明白，哥哥用那双小眼睛仔细观察着人世与人生，比任何人都用心。可当时我只觉得他的眼神很可怕。因为每当我和他打招呼时，他总是一副玩世不恭的样子，用那双足以把人看穿的犀利眼睛一直盯着我看。

我当时觉得哥哥是“浅草来的可怕家伙”，不过后来我问过哥哥，他对我的印象也不好，觉得我这个女人架子很大。“我最不擅长应付这种女人了，像是随时都会对我喊：‘让开让开！’”根据哥哥的回忆，当时我“对那种庆应大学毕业的公子哥儿，会很温柔地问人家，肚子饿不饿呀，可是对他说话却冷淡得很”。不过，我丝毫没有印象。

有一次，我不知说了什么话惹哥哥生气了，哥哥气急败坏地对我大喊：“你这个娘们儿是怎么回事?！”我第一次听人说“娘们儿”这个词，于是率真地反问他：“娘们儿是什么意思？”这既不是讽刺，也不是有意让他难堪，然而在哥哥听来无异于火上浇油，他无奈地说：“啊，简直烦透了，这种女人最让人头疼！”我心里却在想：等什么时候写篇小说，题目就叫“这种女人”。

还有一件事，我也完全没有印象。据哥哥说，他习惯在正式开拍前，坐在摄像机边上，摊开台本拼命记台词。这个时候我常常悄悄地溜过来，说一句：“给我看看。”下一秒就把他的台本抢过去，翻到自己台词那部分，嘴里小声念叨着，把所有台词都确认一遍之后，啪的一下合上台本还给他，扔下一句“谢啦！”就跑到镜头前面去了。这时候哥哥才反应过来，心里大叫“坏了坏了”，赶紧去翻剧本，慌里慌张地找自己那部分台词，可是越慌乱越找不着，眼看着该自己出场了，台词也来不及看，只能硬着头皮上场了。据说这种事情发生了好几次。

后来，哥哥和我聊起这件事，说：

“当时我心想，你真是个蛮横霸道的人。”

“我才不会做那种事呢。我绝不会对别人做出这种失礼的举动，这么多年，我一直奉行这个原则。”

"哪有，大小姐一直都是这么不讲理。"

"我刚进入电视这一行时，一旦工作到深夜，就会扔下一句'我困了，先回家了'，然后真的回家了，让同事们对我的印象很不好。但我很快就意识到，要是想继续做女演员，就不能这么任性，于是深刻反省，洗心革面。从那以后，我一直提醒自己，决不能做那种对人失礼的事情。"

"于是大小姐就开始看不起我了。"哥哥笑着说。

当然，我从来都没有瞧不起哥哥。只是那时候，我不知道浅草时期的哥哥有多么受欢迎，更不知道他曾让多少观众捧腹大笑。有时候碰上有人来找哥哥，聊起浅草那边的事情，因为那是一个完全陌生的世界，出于好奇和羡慕，我会像小飞象丹波一样支棱着一对大耳朵，偷听他们谈话的内容。

后来，我看了井上厦的戏剧《奇译圣经》，里面有一幕在脱衣舞剧场里表演滑稽短剧的情景，心想，莫非哥哥在浅草时也是像那样表演的？后来我问过哥哥，他说：

"有那种很过分的演员，说得好听点儿就是演技高超的家伙，一个人不停地说，而且说的都是毫无意义的琐事，就这样足足能撑四五十分钟。这种家伙通常会一屁股坐在舞台最前面，冲着观众席里某位手里攥着皱巴巴旧报纸的大叔问一声：您从哪里来？话题就此展开，一发不可收拾，东扯西扯，一直能扯上五十分钟。所有人都相信，这种家伙才能赚钱，才是好演员，才称得上演技好。所有人都努力想成为这样的家伙，真是可悲。演员们不去好好研读剧本，理解作者的意图，反而挖空了心思琢磨如何才能更好地表现自己。一天有三次演出，正月里每天能有六七次演出。首演开始后的三天里，大家还都能认真表演。可接下来的演出，不管演的是什么角色，演员们全都戴着老太婆的假发出场。为什么呢？因为观众看了会捧腹大笑，会觉得这个家伙真是荒唐至极！”

听了哥哥的话，我觉得，他说的那个能不间断地在台上讲五十分钟的演员，一定就是他自己。

不过，哥哥刚刚涉足电视界那会儿，因为电视的规矩和舞台完全不同，吃了不少苦头。有一次，在摄影棚里拍摄时，所有演员中只有哥哥的声音大得出奇，结果负责音响的工作人员提醒他：“麦克风会坏掉的。”哥哥听了有些落寞地对我说：“在浅草，演员的声音能传多远很关键，甚至决定着表演的成败。以前，我最自信的一点就是，我的声音一直能传到站票席上。”原来如此。我看着哥哥的脸，暗暗点了点头。哥哥的声音的确很棒，圆润、通透、洪亮。还有一次，导演说他：“你这是往哪里看呢？怎么总是正对着镜头亮相？”哥哥缩了下脖子：“因为我一直被教育说，背对着观众是非常失礼的，必须一直正对着观众席表演。真狼狈啊。”

后来，我和哥哥参加了 NHK 第一档彩色综艺节目（森繁先生和弗兰克堺、越路吹雪都参演的《全景剧场》），节目上我们一起跳舞时，哥哥只要一忘记动作，不管是西洋剧目还是现代剧目，哪怕身上穿的是燕尾服，他也一定会摆一个历史剧人物的亮相动作，就是那种手里握着刀的动作，活脱脱一个口中叹息着“赤城山也只限于今夜了”的国定忠治。用他那双犀利有神的小眼睛斜睨着镜头，就这样一动也不动。音乐仍在播放。在他身边，穿着网纹丝袜的我还在热舞，简直太尴尬了。“在舞台上表演，我如果这样亮相，观众们会扔来包着礼金的纸捻和香烟什么的。”哥哥眯着小眼睛笑着对我说。他似乎很擅长这个亮相，一遇到麻烦，就摆出这个姿势渡过难关。哥哥同我倾诉这些，我们一起经历了直播现场的种种考验，不知不觉成了好朋友。

据哥哥说，那时我曾经送给他一本书——《小王子》。“建议我读书的那个人不是别人，正是你。如果说我身上有那么一丝一毫的书卷气，那也是受你的影响。你曾经对我说，你看，世间还有这么美好的故事呢，建议你读一读，下次在影棚里不要动不动说‘混蛋’了。”

我们关系变好之后，我曾经问他，进摄影棚前脱鞋是确有其事吗？结果哥哥说，在浅草，如果演员穿着鞋走上舞台，就算被负责布景道具的人拿木棍打了胫骨，也只有乖乖受着的份儿。“全靠这块板子（舞台），演员才能吃上饭，穿着鞋乱踩算什么事！”对浅草的演员们来说，舞台就是这么神圣。

哥哥第一次进 NHK 摄影棚时，看到地板一尘不染，闪闪发亮，心想，看来这里和舞台一样，是神圣的地方，便遵循浅草舞台人的习惯，脱了鞋走进去。和他一同出演的朝丘雪路女士告诉他：“不用脱鞋，这里可以穿着鞋进来。”

“当时的我，看起来一定很紧张。因为我觉得，在身边来来往往的电视台的人都像是外国人。领带都打得松松垮垮的，胸前挂着怀表，皮鞋擦得油光锃亮，连说话的语气也都轻飘飘的，像是‘那个戏，去了吗’或是‘要不要去预排一下呀’。诸如此类，我都听不懂。再加上我没有任何储备知识就来演电视了，总觉得自己会败得一塌糊涂，然后夹着尾巴，该回哪儿回哪儿。我成长的环境和大家不同，看着眼前那么干净的地板，心想，怎么能穿着鞋踩上去呢？

就脱了鞋，想着换双拖鞋再进去。”（所谓预排，就是 dry rehearsal，指在正式拍摄电视前，在布景里进行的不使用摄像机的排练。后来变成了试拍，即 camera rehearsal。）

那个时候，要是有人把电视台摄影棚的地板看作神圣不可侵犯的东西，会遭到所有人的嘲笑。可是，如今回过头来再看，这难道不是一件令人热泪盈眶的好事吗？

我以前总和哥哥一起到街上的电影院看《寅次郎的故事》。一到新年，哥哥就打电话给我：“去看吗？”我们大多去新宿的松竹电影院。检票员大姐看到我们俩，总会掩嘴偷笑。看电影的时候，我当然会笑，哥哥有时候也笑。按理说他在试映会上已经看过一遍了，不过，我觉得他是想了解一般观众的笑点在哪里。像哥哥这般认真看电影和戏剧的人，我想不出第二个。

某一年的年初，我和哥哥看完《寅次郎的故事》正往回走，在代官山碰巧遇到了时尚造型师原由美子女士。她有一位在英国受过教育的父亲，上的是白百合学园，是名副其实的大小姐，还是一位非常优秀的职业女性，在专业上的造诣炉火纯青。原女士曾经上过《彻子的小屋》，与我也算认识，我便上前同她寒暄。没想到一旁的哥哥“哦”地叫了她一声，然后亲切地与她攀谈起来。后来，我问哥哥：“你们是好朋友？”“嗯，她和我内人是湘南白百合的同学。”我听了，顿时目瞪口呆。哥哥结婚时，我问他：“你夫人是怎样的人？”“和我长得一模一样。”看来这是句玩笑话。后来，夫人将两个孩子培养得十分出色，还和哥哥的母亲一起生活，我便猜测，大概是一位和哥哥年纪相仿的女子吧。但如果和原女士是同学，那差不多比哥哥年轻二十岁，而且还是位大小姐。他们是怎么认识的？原来哥哥并不讨厌大小姐。我太不了解他了。虽然我受邀出席了他们的婚礼，但当时夫人头戴角隐[1]，脸上扑着白粉，我并没有看清她的长相。

哥哥一直管我叫“大小姐”，我们俳句会的几位伙伴，像是小泽昭一、永六辅、和田诚、山藤章二这些人，总会说：“不管你到了多少岁，都有人叫你大小姐，真好啊。”

有一次，俳句会结束后，我们一群人在新宿的地下商店街闲逛。这时，哥哥忽然对我说：“给你买点什么吧。”“真的可以吗？”我问他。哥哥仿佛一下子变成了踏实可靠的寅次郎，慷慨地许诺：“啊，随便选！”我开心得不得了，转过头对小泽先生汇报说：“哥哥又要给我买东西啦。”很久以前，哥哥就这样说过一次，那次是在青山路，给我买了一个美国产的绘有宝石图案的白铁皮便当盒。我记得当时小泽先生也在，他说了一句：“真好啊，到了这个年纪，还有人对你说‘我买给你’。”惹得大家哄堂大笑。

我们走的那条街，正好有好几家鞋店，我便说：“哥哥，给我买双鞋吧。”于是两人进了一家鞋店。既然要哥哥给我买，那索性买双平时绝对不会买的、风格迥然不同的鞋子。找来找去，还真让我发现了一双极其罕见的鞋。那是一双仿麂皮的黑色鞋子，鞋跟非常高，是金色的，鞋面系着一朵金色的大蝴蝶结。穿着它演戏，舞台效果一定棒极了。

我指着那双鞋说：“我要这双。”哥哥问我：“决定好了？尺寸没

---

①日本新娘在婚礼上所戴的白色帽子，由生丝织成。

问题吗？”我对店员说：“我想试一下这双鞋。”便坐在椅子上，把脚伸进鞋里试穿。哥哥也在我旁边坐了下来。我对他说：“哥哥，我喜欢这双鞋，真的可以买给我吗？”“啊，当然了，喜欢就买给你。”我看了看价签，一万五千日元。“哇，这也太贵了，要一万五千元呢，真的可以吗？”我又问了一遍。“买买买。你看看尺寸合适不合适。”这时，男店员忍不住低着头哧哧地笑了起来，随后立刻脸红了，对我们说：“对不起。”看他这样，我也想笑了。在店员看来，也许眼前这一幕就像是寅次郎在给我买鞋，仿佛在看电影。

店员把鞋子装好递给我，哥哥问：“只买这双鞋就够了吗？”“嗯，我太开心啦，谢谢哥哥。”我们两个走出鞋店，俳句会的伙伴们都进了其他店铺，一边消磨时间一边等我们。我对大家说，哥哥给我买了这双鞋。大家都替我高兴。小泽先生又说：“真幸福啊，不管多大年纪，都有人对你说‘我买给你’。”

“我买给你。”对我说这句话的人，如今真的不在了。

在拍摄《寅次郎的故事》系列倒数第二部，也就是第四十七部时，我突然意识到一次也没见过哥哥拍戏的样子，便联系了山田洋次导演，他说：“热烈欢迎。”于是我在拍摄江米团店那场戏的那一天去了大船电影制片厂。

哥哥身上穿着棉和服，头上系着缠头巾，完全是寅次郎的装扮。我在一旁的阴影处默默看他演戏，只要没有自己的戏，他就立刻跑来找我。我们坐在长椅上，像以前一样说着悄悄话，时不时地大笑。真是开心的一天。

几天后，我收到了山田洋次导演的来信。

非常感谢您能前来。渥美先生也很高兴。剧组里的年轻人第一次见到渥美先生在拍戏之外的场合笑，都吃惊不已："原来渥美先生会笑啊！"

第一次见哥哥笑？我大吃一惊。究竟发生了什么事？其实哥哥当时已经病入膏肓了，我直到最后居然都没有察觉这一点。哥哥对所有人隐瞒了自己的病情，他这么做想必有各种不得已的苦衷。不过，我曾经听哥哥讲过一件事，多少能理解他为什么要这么做。他在浅草演戏的时候，总能逗得观众捧腹大笑，笑声几乎要撼动整个剧场，可是不知为何，从某天起观众突然不笑了。

"演出的内容明明和以前一样啊，为什么不笑呢？"哥哥心里焦急万分。但不管他如何努力，观众们就是不笑。没过多久，哥哥就被诊断出患上了严重的结核病。那时他才二十五岁。

哥哥对我说："即便表演的内容一模一样，可如果演员不健康，观众们会很敏感地觉察到这一点，所以就笑不出来了。再也没有比这更悲惨的事了。"

之后，哥哥在埼玉的疗养院里住了两年。隔壁病房的男人和哥哥一样，平时也弄不到什么有营养的东西，有一天，他不知从哪里弄到了一块奶酪，把那块奶酪切成比骰子还小的小粒，切成到出院那天为止的数量，每天吃一粒。"这样就能补充营养，病也会好起来。"他每天无比珍惜地吃着奶酪，可是还没等到出院，他就死了。几十年过去了，每当哥哥看到有人剩下一大块奶酪，不管是自己的孩子也好，还是谁也好，就突然觉得可惜得很，甚至想大喊："那个人曾是多么珍惜奶酪啊！”当然，他知道即使说了，也没人会懂。

哥哥出院后十分爱惜自己的身体，烟和酒全都戒了。每次拍完戏，大家总会聚到某家餐馆里，一直聊到凌晨四五点。哥哥也会参加，但不管是多么有趣的话题，只要到了某个时间，哥哥一定跟大家告别，“我先回去了”，然后一个人回家。哥哥骨子里是个城市人，是个人主义者，我一直觉得他的做派很酷。但如今想来，他也许更多是为了自己的身体着想。

我又想起来，哥哥来看我演戏时，总是感慨：“大小姐真有精神啊，身体健康才是最重要的。”要么就说：“大小姐总是这么有精神，真好。你知道‘无事即名马①’这句话吗？”然后给我解释了这句话的意思。哥哥给我打的最后一通留言电话中，也说过类似的话：

“大小姐，最近还好吗？我已经不行了，大小姐一定要健康地活下去。”

我听了他的留言，却没有意识到他已经病得如此严重了，只是像往常那样在心里嘟囔了一句：“又说这种话来吓人……”哥哥一定比任何人都渴望健康地活着。如此一想，我不禁万分难过。

哥哥直到人生的最后一刻，都对自己生病的事缄口不言，把全部力气都倾注在寅次郎身上。即使粉丝们在拍摄场地大声呼喊着“寅次郎”的名字，他也全然不理会，直接钻进车里。我觉得，他是不想重演浅草舞台上的悲惨经历。他想保留自己最后的一点精力，哪怕一丝一毫都不想浪费。只要电影中的寅次郎活力四射，能让观众开怀大笑，就足够了。哥哥，你做得很好。你骗过了所有人。

---

①赛马时，比起素质优秀的马，能力平庸却能一直平安奔跑到最后的马才是好马。

我去大船电影制片厂探班的那天，到了午饭时间，哥哥问我："想不想吃荞麦面？走吧。"他仍旧一身寅次郎的装扮，带我去了制片厂附近的一家荞麦面店。我点了笼屉荞麦面。哥哥点的是热乎乎的乌冬面。

我正吃着，哥哥问我："好吃吗？""嗯，好吃。""是吗。"哥哥看我的荞麦面就要吃完了，连忙问："是不是没吃饱？再点点儿别的吧。天妇罗荞麦面怎么样？"跟年轻时的他一模一样。后来想想，也许哥哥当时根本没什么食欲，是逼着自己勉强吃了几口。

下午拍摄时，哥哥也一有空就来找我说悄悄话，我们两个依旧是谈笑风生。那天我是开车过去的，拍摄结束后便对哥哥说："我送你吧。"哥哥却摇了摇头说，不用了。

"我得去开会。"

"骗人。你不是从来不参加这种碰头会吗？"

"拜托了。我真的要去开会。"

"好吧。那就算了。"

我一个人开车回家了。当时，一天的拍摄结束后，哥哥整个人疲惫不堪，早早地就在返程的车里躺下休息了。想必他已经没有力气和我说话了，我却没有察觉到这一点。

我最后一次见哥哥，是这次见面之后不久。

哥哥一向将工作与家庭分得很清楚，我一般不往他家里打电话，而是往他结婚前居住的代官山公寓的电话留言，问他要不要一起吃饭之类的。哥哥一般会立刻回复。可是，这次过了两个月，我才接到他的电话。见面之后，我第一句就问：

"为什么没有立刻回复我？神秘兮兮的。"

以前，哥哥常常一个人偷偷去国外旅行。事后我知道了，总会说他："神秘兮兮的。"这次我也说了同样的话。不过哥哥却说："最近太忙了。"怎么听都像是借口。以前，他一般是去非洲或海地之类的地方，不过我琢磨着，现在他应该不可能去那么远的地方了，就问他：

"我说，你是不是去泡温泉了？而且是带着女人去的，绝对是！"

哥哥听了，突然放声大笑起来，笑得眼泪都出来了。他说："大小姐，你真是个笨女人啊，我没去温泉。"边说边擦眼泪。我心想，看来是被我说中了。"你应该没去国外，肯定是去温泉了，而且是带着女人，是不是？"我穷追猛打。哥哥摘下帽子，用手绢擦了擦头。他已经笑得头上冒蒸汽了。

当时，我并不理解哥哥为什么笑。那天晚上，我们像以前一样，这里走走，那里逛逛，边聊边笑。后来，我终于明白了哥哥为什么笑成那样。那段时期，哥哥在家里基本是卧床不起的状态了。大部分时间都是面朝墙躺在床上，家人们平时看得最多的是他的背影。即使外出，也是去医院接受治疗。我不仅对哥哥的身体状况毫无察觉，竟然还没心没肺地质问他："是不是带着女人去泡温泉了？"哥哥一定觉得好笑得很："这个女人对我的病真是一无所知啊。"

不管是去制片厂那天，还是这个时候，哥哥身边的人全都绷紧了神经，唯独我没把他当病人，还像平常那样对待他。哥哥去世后，我问过夫人，夫人说："对他而言，那肯定是最快乐的时刻，开心到足以流泪。"还说："那段日子，他在家里几乎没露过笑脸。感谢您能让他如此开怀大笑。"我这个人，向来是别人说什么就信什么，一度十分讨厌自己这种性格。可是，一想到哥哥边笑边擦眼泪的样子，我原谅了自己：“算了吧，这样的性格也并非一无是处。”

连我这种相交多年的老朋友都没有察觉他生病了，哥哥也许心中会有一丝窃喜，觉得自己“成功地骗过了所有人”。而且，他一定觉得我很好笑，竟然没心没肺到这种程度，真是个有趣的家伙。在接受癌症治疗的痛苦日子里，好不容易才有片刻的放松，正常人又有谁会忍心责备他：“你是不是带着女人去泡温泉了？”

这是我和哥哥最后一次见面。“大小姐，你真是个笨女人啊！”哥哥就是我的哥哥。永远都是。

四十年前，每当我去国外，一定会寄两张明信片回国。即便是因为联合国儿童基金会的工作到条件艰苦的国家去，也一定想方设法买来明信片，寄出两张。寄给谁呢？妈妈和哥哥。那年的秋天，我去纽约出差，走到卖明信片的店铺前，停下了脚步。那一瞬间，我几乎是下意识地想买两张明信片。我咬紧嘴唇，就那样一动不动地站了一会儿。

新年参拜

不知从何时起，我养成了新年第一天去参拜的习惯。

五十年前，NHK 有一档周六晚上十点播出的综艺节目，名叫《在梦中相见吧！》，俗称“梦相”。直到现在，它都被认为是日本电视史上最俏皮时髦的节目。永六辅和中村八大这对词曲作者的一系列走红歌曲《昂首向前走》《心向远方》《宝宝你好》《青梅竹马》，都是在这个节目上诞生的。阿兰·德龙来日本时，在导演末盛宪彦的热情交涉下，我有幸得到了和阿兰·德龙先生共同演出的机会。我们表演永先生创作的短剧，他特意加入了法语台词。德龙先生还背诵了让·拉辛的诗作，他的表演令人着迷。

直播结束后，我们为德龙先生举行了一场简单的庆功宴。最后，我打车将他送到宾馆，在宾馆门口和他道了别。没想到，我们两个被周刊杂志的记者跟踪了。报道上竟然写着，阿兰·德龙和浅丘琉璃子一同坐出租车消失在宾馆，简直莫名其妙。大家都十分气愤，又非常同情浅丘小姐。

言归正传，我第一次在新年的时候去拜神佛，是和“梦相”的伙伴们一起去的，有末盛宪彦、永六辅、中村八大、渥美清、坂本九、Eric H. Eric[①]……

“我们是做服务业的，所以要参拜稻荷大神。”于是，一群人决定去 NHK 附近的赤坂丰川稻荷[②]。我是在信奉基督教的家庭里长大的，家人没有一起参拜神佛的习惯，因此内心十分期待。

除夕的深夜，我们一起去了丰川稻荷，只见寺庙里挂着一排排红色灯笼，人头攒动，热闹非常。永先生是寺院出身，对参拜神佛的习俗颇为了解，他说：“如果多给些香火钱，就可以在纸上写上自己的名字，请高僧祈祷。”考虑到这是我们一起做节目的第一个年头，大家决定破费一次。那个时候所说的“破费”，也就是两千日元。其实一开始，不知是谁说了一句：“一千日元就差不多了吧。”结果永先生说：“前田武彦先生曾经出了两千元，请神官祈祷，结果从那一年起，他的事业红火得不得了。”话都说到这个份上了，大家便决定也出两千元。鉴于我们都是 NHK 的演员，也算是有名的人，但当时大家的收入还不高，两千元也是要狠狠下一番决心的。不过，前田武彦先生当时的确很红，所以大家都咬咬牙，每人掏出了两千元巨款。

往功德箱里投香火钱的人都在外面排队，向神明请愿的人写下地址和姓名后，则会被请进屋内。外面很冷，屋里很暖和，大家都松了口气。等候室在二楼，我正想迈步上楼，渥美先生对我说：

“待会儿进去的时候，你拉开格子门，会看见有很多人在里面等

①日本男演员，原名冈田泰美。

②虽然叫“稻荷”，但并非神社，而是曹洞宗寺院。

着。这个时候，你要端正坐姿，大声对里面的人说：祝愿各位新年快乐！记住了吗？”当时，我涉世未深，哥哥总是时时教导我（从那时起，我就开始叫渥美先生“哥哥”了）。既然是他说的，那准没错。“嗯，我知道了。”说完，我在门外跪下来，摆出了正坐的姿势。

“哥哥，是开门后再说，对吧？”

我小声问道。哥哥点点头。

“没错。一定要有礼貌，声音一定要洪亮。”

于是，身穿太阳裙的我，郑重地将大裙摆在地板上摊开，仔细整理好，然后拉开了格子门。

眼前出现了一间非常宽敞的屋子，屋里四处摆着火盆，人们围坐在火盆旁边，桌子上放着茶水。我亮开嗓门大喊：“祝愿各位新年快乐！”我自然以为屋里的人也会回话，可是屋内却一片寂静，所有人都一脸惊愕地看着我。我顿时不知所措，愣了一秒之后，心想，是不是我声音太小了？于是又用更大的声音喊道：“祝愿各位新年快乐!!”这时，站在我身后的哥哥开口了：“哎呀呀——真对不起，打扰各位了！”然后笑着对我说：“我刚才是开玩笑呢。”屋里的人多少有了些反应，纷纷转过头，对着各自的火盆取暖去了。“太过分了！竟然骗我！”我快气疯了。永先生却说：“毕竟是可喜可贺的事。这样也未尝不好嘛。”我们也进了屋，找了个没有人的火盆边坐下。那时候，哥哥还没有因为饰演寅次郎走红，阿九的《昂首向前走》也没有火起来，Eric“奇怪的外国人”形象也尚未家喻户晓。哥哥骗了我，不过他似乎乐在其中。

我们围坐在火盆前谈天说地，等着神官叫自己的名字。大约过了三十分钟，我们听到了自己的名字，于是一行人鱼贯而入，来到了正殿。殿内烟雾缭绕，焚着香，想必是在做护摩大法。我有生以来第一次见这种场面，很是兴奋。一位高僧身披袈裟，他身后是十余位身穿黑僧服的僧人，所有人手里都拿着屏风形状的折叠佛经，像拉手风琴似的，双手从右到左、从左到右啪啦啪啦地翻着佛经，那情景就像是魔术师在表演魔术。在僧人们身后，我们坐成一排。因为"啪啦啪啦"实在是太精彩了，我忍不住要鼓掌。永先生及时阻止了我："不行。"不愧是行家。我赶紧把伸出的两只手收了回去。

我回头看去，远远地能看见往功德箱里投香火钱的人们的身影。"嗯，我们请高僧做祈祷，所以坐的是特等席。"我心里乐开了花。过了一会儿，我突然听见那位身披袈裟的高僧大声念道："永六辅，涩谷区并木町……"这可把我吓了一跳，没想到做祈祷还会把住址念出来。我当时住在世田谷区上马，于是高僧念道："黑柳彻子，世田谷区上马町某丁目某番地。"原来如此。高僧应该是在向稻荷大神汇报我的住所，请求神明保佑我吧。哥哥的名字渥美清是艺名，祈祷时用的是真名"田所康雄"，听起来怪怪的。不过，更好笑的是Eric。听到高僧用无比郑重的语气一本正经地念出"Eric H. Eric"这个外国名字，我差点笑出来。实在是和这个场合太不相称了。此外，永先生的名字里有个"六"字，中村八大有个"八"字，坂本九有个"九"字，这三个人的名字里竟然都含有数字，我当时觉得有趣极了。可谁又能想到，这三个人随后就被称为"六八九三人组"，联手创作了数不清的名曲。细细想来，真是神奇的缘分。

我们的第一次参拜非常顺利，一群人高高兴兴地回家了。自那以后，接连好多年，我们都会一起约着去新年初诣。所有人都很健康，工作虽然辛苦，也算顺利。就算有烦恼，也是能一笑置之的小烦恼。

现在想来，那个在我十五六岁时给我看过手相的人真的很神奇。那天是星期六，我去朋友家玩耍，回来时，在池上线的长原站前看见了那个人。一个身穿白和服的大哥，也可能是大叔，坐在一张桌子后面，桌子上写着“看手相”。“咦？手相？好像挺好玩。”我嘟囔了一句。“要看手相吗？”现在回想起来，那是个不到三十岁的算卦先生。那人说只要给点零花钱就行，我答应了。这件事我以前应该也写过。总之，那个人穿着单薄的和服，看上去很冷，有一张当时的日本人常见的、营养不良的苍白的脸。我向他伸出了手。

手一伸出来，连我自己都吓了一跳，因为我的手实在太脏了。“对不起，我的手太脏了。”我向他道歉。那人微微笑了一下，说：“没关系。”我看见什么都喜欢摸一下，妈妈经常叮嘱我，记得要洗手。那一刻我羞愧地认识到，妈妈是对的。小时候，我就以一双脏手而闻名。现在当上了女学生，还是一样。

我另一只手里拿着一个小兔子毛绒玩具。那是妈妈从拉拉物资中一眼发现的。拉拉物资是战后美国向陷入困境的日本送来的大量衣物等配给物资。妈妈把小兔子给了我。我的父亲曾经应邀前往，为溥仪演奏小提琴。回来时，父亲买了一个大大的毛绒玩具熊送给我当礼物。我特别喜爱那只熊，可惜我们前往青森避难时，因为行李限重，在妈妈的阻拦下，不得不把它留在家里，当时我哭得很厉害。我让小熊坐在了父亲平时坐的扶手椅上。后来东京遭受空袭，我的家也被烧毁了。得知这个消息时，第一反应就是我的小熊死了。所以，妈妈心里一定也一直挂念着，想送我一个毛绒玩具来代替我的小熊。

话题再回到那个用一双黑乎乎的小脏手抱着毛绒玩具的女孩身上。那个男人用放大镜看了一会儿我的手，然后说：

“你结婚会很晚，很晚很晚。”

我和身旁的朋友对视了一下，两个人都笑了。结婚？对那时的我来说，那的确是很遥远的事情。算卦先生的表情十分严肃，继续说道：“你不会为钱而发愁。你的名字会传遍全国。总之，这就是我看到的。”

最后，他又说了一句：

“请一定要去拜一拜稻荷大神。”

“稻荷大神？”

我下意识地反问了一句。

“供奉狐狸的地方。”

这下我差点笑喷出来。我出生在一个基督教家庭，接受了洗礼，从上幼儿园起，一到周日就去学校参加唱诗班，或是演奏管风琴。而且当时，我正在上教会女子学校。

“竟然让我去参拜稻荷神社，这个人太好笑了。”我心想。

回到家里，我把算命先生的话讲给正在准备晚饭的妈妈听，妈妈担心起来。

“竟然说你的名字会传遍全国。你可千万别做什么坏事啊，当心名字上了报纸。”

然而后来，我机缘巧合地进入了电视这个行业，虽然演得不怎么好，评价也不高，但我的名字的确是传遍全国了。那位算命先生并没有说“你会出名”，只是说“传遍全国”。电波这个东西，的确会传遍每一个角落。

这已经很神奇了，不过还有更神奇的。我曾经对他提到稻荷大神一事嗤之以鼻，然而不知不觉地，我竟然开始去参拜稻荷大神。某一天，我突然把这些事都串起来了，那时终于意识到，那位衣衫单薄的算命先生说的事情竟然全都应验了。我很想告诉他，你算得真准。

大家的工作越来越忙，也没办法一起在新年去参拜了。后来，一九八三年，末盛宪彦导演最先离开我们，去世时他才五十出头。他曾经满怀热忱地制作了《在梦中相见吧!》《一〇一舞台》《Big Show》《电视发梭拉西哆》等一系列综艺节目。“梦相”是现场直播，而且当时NHK还没有存档的意识。末盛先生突然去世后，只从他的桌子上和柜子里找出了几卷画质很差的录像带，“梦相”这个节目才得以保存至今。这并不是末盛先生特意留下来的，而是打算在我们的反省会上一起看的，能保留下来真是幸运。喜欢“梦相”的观众如果偶尔看到NHK播放的录像，必然会感慨“当年的节目更有趣”。不过，留下来的录像中，有我和哥哥表演的百货商场指路人的短剧，还有哥哥扮演牵着狗的西乡隆盛、我从现代往萨摩打电话的短剧。从这些短剧中能感受到当年节目的幽默与趣味。坂本九在节目中演唱《昂首向前走》的画面也非常幸运地保存下来了。

然而，阿九也很快追随末盛先生的脚步，于一九八五年八月十二日在御巢鹰山突然离世。一九九二年，让日本音乐风靡全世界的中村八大先生也去世了。

虽说大家已经不在过年时一起拜神了，但我每年都会和哥哥在正月看一场《寅次郎的故事》。总是哥哥打来电话，说："大小姐，要不要一起看电影啊？"然后我们就一起去看。想必哥哥已经在试映会看过一遍了，也许他想知道我或普通观众会在哪里笑，会有怎样的反应，所以才每年邀请我，我每次也是边看边笑。一九九六年，我最喜欢的哥哥也离我而去了。二〇〇〇年，Eric 突然去世。二〇〇二年，有时和永先生一起来参拜的永夫人——昌子女士也去世了。就在几天前，永先生对我说："他们都走了，你会和我做朋友吧？""瞧你说的，我们不一直都是朋友吗？"虽说如此，可是大家的确都走了，这是事实。

我的生日是八月九日，八月对我而言却成了一个难以承受的月份。多年来一直担任我经纪人的吉田名保美女士在八月三日去世，哥哥是四日去世的，我最喜欢的画家岩崎千弘女士在八日离世，末盛先生是十日，阿九是十二日，妈妈泽村贞子是十六日。而我的亲生母亲也在泽村妈妈去世十年后，在八月十六日那天永远离开了我。Eric 是十八日，向田女士是二十二日，《The Best Ten》的导演兼制片山田修尔先生是二十八日。除此之外，还有许多人的忌日是在八月。八月啊八月！九日还是长崎原子弹爆炸的日子。战争结束以来，我从未举办过生日宴会。这一天成了为长崎祈祷的日子。如今，我的生日被许多悲伤的日子簇拥着。然而，在我还不谙世事的年代，在我尚且天真烂漫的时候，八月九日曾是那么明亮耀眼，那一天仿佛是闪着金光的童话世界。

阿九去世后不久，我曾经独自去丰川稻荷做新年参拜。之前的大年夜，我开车经过丰川稻荷，突然想到：啊，新年还没拜过神呢。便停了车，坐在驾驶席上拜了拜。寺庙里仍旧挂着一排排的红灯笼，只是看上去比以前更明亮了。我决定今年一个人去拜拜看，便在深夜里排起了队。

和以前相比，灯笼变多了，店铺和小摊的种类也增多了，可以说是热闹非凡。然而，我却仿佛被门缝里钻进来的冷风吹着，只感到寂寞与悲凉。年轻人一边排队一边开心地和朋友聊天，那情景简直和我们当年一模一样。不一会儿，轮到我了，我投了香火钱，不经意往屋里瞥了一眼，看见有人在拜托高僧祈祷，人们在纸上写下名字和地址，那一幕也和当年一模一样。我心中怀着对往昔的眷恋，走下楼梯，打算求支签，便朝小卖店里张望。这时，我听到了一声微弱的呼唤："黑柳女士。"

回头一看，原来是坂本九的夫人柏木由纪子和两个女儿花子、舞子。她们排在队列当中，两个小姑娘肩并肩地站着。这是阿九葬礼后我们第一次见面。举行葬礼时，两个孩子还是小学生，现在竟然已经长这么大了。当时，大女儿花子十二岁，拼命地向前来吊唁的宾客鞠躬致谢。妹妹舞子才八岁，手里拿着一方大大的手帕，也学着姐姐的样子，一次次低下小小的脑袋。在芝的增上寺举行的正式殡葬仪式上，姐妹俩用钢琴合奏了阿九的《仰望夜空的星辰》。啜泣声在偌大的正殿里此起彼伏。中村八大先生已经悲伤到无法自已，似乎整个人都被击垮了，整个仪式期间，我一直握着他的手。据说那天早晨，阿九在出门前曾陪女儿们在院子里玩耍，不经意间抬头望着天空，说了一句："有些心烦呢。"他那天出门并不是工作，而是曾经的经纪人要参加选举，要去大阪为他助阵。柏木女士想说："要不就别去了。"可是最终也没能说出口，像往常一样，什么也没说。如果她再强势一些，劝劝他："又不是工作。"或许阿九就不会去了。也许柏木女士心中早已懊悔过无数次了。这样想一想，就令人心痛。

许久未见，我们激动地拥抱在了一起。“太巧了！”我们站在人群中，开心得流下了眼泪。自那以后，每到临近大年夜，柏木女士就会给我打电话：“今年您也去参拜吗？要不要一起？”于是我们约好在虎屋和果子店附近碰头，再一起去寺庙祭拜。祭拜完毕后，我们一定会去深夜十二点开门迎客的虎屋咖啡屋，喝上一碗年糕小豆汤，一起迎接新年的到来。这成了我过年的一个新习惯。阿九和我十分要好，就像亲姐弟。而且，阿九是唯一一个管我叫“彻彻姐”的人。无论是我小时候，还是长大成人之后，都没被人这样叫过。我从来没想到自己的名字还有这么可爱的叫法，开心得不得了。在《昂首向前走》红遍全国的时候，在《仰望夜空的星辰》大受欢迎的时候，我常常在我们一起出演的节目里听阿九唱歌。阿九突然离世，柏木女士前来找我商量各项事宜时，我总有一种感觉，是阿九建议她：你去问问彻彻姐吧。

说起“商量”，我想起一件事。某一年新年参拜的时候，我和柏木女士照例约在虎屋店铺前见面。她是开车来的，看见我就停了车，从车里拖出一个硕大的箱子似的东西。那是一个原木箱，里面供奉着稻荷大神的神殿，有台阶，有两只狐狸，还有各种装饰和门。长四十五厘米，宽三十五厘米左右，类似于舞台布景用的模型。

“这件东西已经有年头了，我今天把它拿过来，想在丰川稻荷驱驱邪，然后烧掉，您看妥当吗？”

我是第一次见那东西，但联想到破魔箭也是在买后第二年拿到寺庙去请法师驱邪之后烧掉，便说：“应该没问题。”于是两人朝丰川稻荷方向走去。

柏木女士很瘦，如今抱着这个箱子，显得箱子愈发硕大，我有些担心她能不能拿得动。没想到她把怀中的箱子抱得稳稳的。那一年，拜神佛的人没有那么多，我们没有等太久就被请了进去。“我去社务所那边打听一下这个该怎么办。”说完，柏木女士抱着箱子嘎哒嘎哒跑过去了。“我帮你拿号了啊！”我站在队伍里，冲她的背影喊道。没过多久，她又嘎哒嘎哒地抱着箱子跑回来了。

“怎么了？”

“他们说处理这个要交五千日元……”

我想了想，虽然不知道五千元是贵还是便宜，但还是对她说：“那你觉得再把这个东西抱回家，合适不合适呢？”她想了想，说：“您说得对，那我就拜托他们处理掉吧。”说罢，又嘎哒嘎哒地抱着箱子跑回去了。真是个踏实过日子的太太啊。阿九，看来你找了个可靠的老婆。我看着天空，对阿九说道。在一般的艺人看来，要让别人帮自己处理那么大的东西，如果花五千元就能办成，恐怕早就一口答应了。又过了很长时间，她终于回来了。我还担心她又把箱子抱回来可怎么办，幸好她手里是空的。

“都办妥了？”我问。“嗯，拜托寺里处理了。”说完，她用那双大大的眼睛看着我，莞尔一笑。“那就好。要是抱着它去喝年糕小豆汤，可不得了。”说完，我们都笑了。

我们每年都约着一起去参拜，我也因此知道了许多事。有一年花子把她的结婚对象带来了，有一次柏木女士带了一只小狗来，说是要给我看。还有一次，舞子告诉我，她离开了宝冢剧团。说起那只小狗，有一次我和柏木女士通电话，突然听到电话那头有汪汪汪的叫声，我便问了一句：“你养狗了？”“是的，特别可爱。”“哎呀，我也想看。”于是她特地带来给我看了。

几年前，我们一起去参拜，结束后照例一起吃年糕小豆汤。我说：“我明天要去夏威夷。”柏木女士说：“我以前和阿九还有女儿们一起去过夏威夷，特别喜欢那个地方。前一阵子，我母亲去世了。母亲还活着的时候，我也常常和她一起去夏威夷。如今，那个地方成了我的伤心地。我这辈子恐怕也不会去了。”“对不起，又惹你伤心了。”“不不不，哪里的话。”说着，她又用那双大眼睛看着我，莞尔一笑。

大概过了三天，我走进了夏威夷一家正在促销的小店。当时我正和近藤真彦夫妇、森光子女士在一起。那并不在名牌店林立的高级商场里，而是挤在一起的许多家小店中的一家，很不起眼。那天正好大家都有时间，便四处闲逛。我们逛了鞋店之后，便走进了这家正在打折的售卖便宜衣服和围巾的店铺。看来看去，一直走到店铺最里面，正商量着要不要买件什么东西，突然听见有人喊：“黑柳女士！”

回头一看，竟然是柏木女士。她正瞪着一双圆圆的大眼睛站在那里。因为实在太意外了，我们不约而同地惊叹了一声：哎呀！对视了几秒，便拥抱在一起了。

“你不是说夏威夷是你的伤心地，不会再来了吗？”我问道。柏木女士说：“嗯。可是，我后来又想了想，总这样下去也不是办法，所以就赶紧办手续。好不容易买到了机票，也订到了以前和妈妈住过的酒店，一个人飞过来了。可是，我真没想到竟然能在这里见到您。我可是第一次经过这家店，忽然听见黑柳女士的声音从里面传了出来……”

近藤真彦说：“你们看，真是走到哪里都能听见黑柳女士的声音。”大家都笑了。可是，这样的奇遇究竟是如何发生的呢？我们一起参拜的时候，柏木女士还丝毫没有这种念头。这时，我忽然明白了。一定是阿九在天上看着我们，就像操纵提线木偶一般，安排我和柏木女士一次次相遇。一定是这样的。他心疼柏木女士孤身一人，不忍心看她寂寞。否则，我们是不可能见面的。柏木女士在夏威夷期间，一直和我们一起行动，大家一起吃饭，一起去别人家做客。

直到现在，我们也时常感慨，夏威夷的偶遇真是奇迹。每年的新年参拜，我都会和柏木女士一起。明年，我也该把家里存放的多年来买的破魔箭和挂着绘马的稻穗等拿到丰川稻荷，请法师驱邪并处理掉了。于是我把家里存了许久的东西都找了出来，盯着这些曾经带给我恩惠的神赐之物看了许久，恍惚之间，我似乎又听见了扮成寅次郎的哥哥那饱满洪亮的声音。

“祝愿各位新年快乐！”

泰明教给我的

我在创作《窗边的小豆豆》时，许多人为我写了书评。其中，儿童文学大师藤田圭雄先生写的书评最令我欣慰。

“我因为工作的关系，每天从早到晚都在读孩子们写的作文。读了黑柳女士的《窗边的小豆豆》，我大吃一惊，因为她写的文章和孩子的作文简直一模一样。我生平第一次遇见这样的大人，能写出孩童般的文章。”

当时，我已经四十多岁了。“原来他是这样理解我写的东西啊，真开心。”我觉得这是对我极大的赞誉。因为我在写作时，并没有特意装成孩子的语气，或是故意把自己变成一个孩子。我只是想把在巴学园的那些快乐往事写下来，把关于小林宗作校长的回忆写下来——那位能完全理解孩子，并一直鼓励我“你真是一个好孩子”的小林校长。

藤田先生的书评出来后，很偶然地，我上小学二年级时写的作文被朋友找到了。是在空袭时幸免于难的朋友家的仓库里找到的。

我读过后，不由得大笑。真的像藤田先生说的那样，小学二年级的我写的作文，和《窗边的小豆豆》里的文章简直一模一样。那篇作文写的是运动会。其他孩子大多用几行字认真地记录运动会的情形，然后在结尾处写一个“完”。我却从那天的早晨开始写，写妈妈一早为我准备了多么美味的便当，还让我尝了一点。还写着——运动会上，吃午餐时，爸爸明明不是我们学校的学生，竟然知道巴学园那首最有名的歌《嚼啊嚼啊》，还在吃便当前和大家一起大声唱了起来，把我吓了一跳。那首歌的歌词是这样的：“好好嚼啊！把吃的东西，嚼啊，嚼啊，嚼啊。”其实，这首歌是根据苏格兰的一首童谣《划船歌》改编的，所以爸爸知道。

平时，我从来没好好听过别人说话，可是那天不知怎么了，认真地记下了校长在闭幕式上说的话：“今天孩子们肯定很累了，明天请好好休息。”当时我竟然会留意校长的发言，连自己都佩服自己。而且，作文到这里并没有结束。接下来我又写道：我在运动会上弄丢了袜子，趁着妈妈去买袜子的空当，我和爸爸在自由之丘车站附近边看盆栽边等妈妈（爸爸是小提琴家，但也精通园艺，在家里种了兰花和玫瑰，尤其喜欢侍弄盆栽，家里养了许多盆栽，所以他才会和我一起看盆栽吧）。后来，我们去了涩谷的东横百货商场，排队等着进餐厅吃饭。可是队伍实在太长了，饭菜似乎卖完了，最终也没吃上饭。后来，爸爸在玩具卖场给我买了过家家的道具，最后我回家玩去了——完。所有孩子中，就我的作文写得长。

我并不是很喜欢写作文。但现在读起来，那篇文章也有趣得很，只不过通篇一点都没写运动会的事。“妈妈做的稻荷寿司，我吃了好几个，因为实在太好吃啦。”关于食物的话题一共出现了三次——早餐、便当，还有东横百货的餐厅。由此看来，当时我对食物很有兴趣。在东横餐厅排了半天队，饭却卖完了，这说明战争造成的粮食困难局面正在一步步逼近人们的日常生活。但也可能是急性子的爸爸排到一半就放弃了。

也许我是个喜欢观察各种事物的孩子。《窗边的小豆豆》并不是日记，只是我的回忆。但写了这本书，我才知道，即便是小学二三年级的孩子，只要经历过有趣的事，有了难忘的回忆，日积月累也能写成一本书。在就读巴学园之前，我上的是普通的小学，一年级才上了几个月就被勒令退学了。在大人眼中，我无疑是个问题儿童。可就算是让大人们头疼的问题儿童，也有如此丰富的感受性和准确的判断力。

教我读书的人，是我的小学同学，也是我最要好的朋友泰明。泰明是一位小儿麻痹症患者。他的脚有残疾，没办法用脚掌行走，只能用脚背戳着地面行走。左手较长的手指粘在了一起，形状也扭曲了。在教室第一次见他时，我问他：

“你为什么要那样走路？”

“我得过小儿麻痹症。”

他轻轻地回答道。听着这平静的声音，我不由得担心起来，看样子他是生病了。于是我又问道：

“能治好吗？”

泰明听了，什么也没说，只是轻轻地笑了一下。直到现在，我还时常想起他那个笑容。他是个善良聪明的孩子。课间休息的时候，吃便当的时候，我们总是形影不离。就连回家的时候，我们也会一起走到自由之丘车站。泰明住在田园调布，所以我们在自由之丘车站就分开了。

每天每天，我们都有聊不完的话题。我们分享着自己观察到的一切，倾诉着自己想象的所有事情，边说边笑，笑声不断。直到现在，我还清楚地记得泰明膝盖上疮痂的形状。还有一件事情，我记得更清楚。

春假结束时，泰明死了。他死的时候，我还有一本书没来得及还给他。那是假期前从他那里借来的。我本来是个光着脚丫蹦来蹦去，一天到晚只知道玩的疯丫头，是泰明教会了我读书。泰明家里的书架上有许多许多书，他喜欢坐在书桌前静静地读书。只要是他读了觉得有趣的，都会借给我看。我至今都忘不了泰明用那扭曲变形的手指，小心翼翼地将最钟爱的书递给我的样子。那双手的形状至今都深深烙印在我的脑海里。泰明死的时候，那本书还在我手里。书名叫《汤姆叔叔的小屋》。我小小年纪就知道了黑奴的痛苦，这都要感谢泰明。泰明的葬礼是在一个晴朗的日子里举行的。明明是如此悲伤的事情，天气却好得出奇。教堂里，风琴低低地奏响赞美诗，泰明被鲜花簇拥着躺在棺材里，像是睡着了。还是那张善良聪颖的脸。我跪下来，在泰明的手上放了一朵鲜花。泰明的手和我的小脏手完全不一样，修长白皙，像是大人的手。我对泰明说：

“对不起，泰明，没来得及把书还给你。就让我替你保存着吧，一直到再见到你的那一天。我们还会再见的，对吧？”

这一段我写在了《窗边的小豆豆》里。过了几十年，奥巴马当选美国总统，那时我第一个想到的就是泰明和那本书。

早在二战前，泰明就告诉过我：“在美国，有一种东西叫电视机。”那是我们两个用尽全身力气爬上树，坐在树上聊天时说的话。

我的“初恋”因为相扑而夭折的故事，此前写过许多次了。小学三年级时，我的铅笔从来都是用牙齿咬到露出笔芯来，而我喜欢的男生阿泰的铅笔，则是我用折叠小刀削得漂漂亮亮的，整齐地排列在铅笔盒里。阿泰是班上最聪明的学生，他能让烧瓶噗噗地冒泡，而且还自学英语。我觉得阿泰是知道我的心意的。可是，有一天的中午，我正在学校后院闲逛，他却突然跑到我面前，两脚大大地岔开，对我喊道：

“等长大了，不管你怎么求我，我都不会娶你做新娘！”

他为什么生这么大的气呢？我想不明白，只好去问同学。结果，同学们告诉我，上午玩相扑的时候你搞砸了，他不生气才怪呢。据说是因为我把阿泰扔出了土俵[①]，而且扔得很远，阿泰的内心受到了深深的伤害。唉，我怎么就一不小心赢了阿泰呢。我后悔莫及。而且，阿泰果真没有娶我。他后来成了日本有代表性的物理学家。

我一定是特别喜欢相扑，喜欢到就算对手是自己喜欢的男孩，也一定要赢。有一个人告诉我，就算不去国技馆，在家里也能看到我心爱的相扑比赛。这个人就是泰明。

“美国有一种叫电视机的方形小盒子，如果那个东西来到日本，你待在家里就能看到相扑比赛了。”

在那个时代，泰明家里就有亲戚去过美国了。得过小儿麻痹症的泰明，觉得在家就能看到国技馆的相扑比赛特别开心。我当时还无法感同身受地理解泰明的喜悦，只是觉得神奇，拼命在想：究竟要怎么做才能让相扑力士来到家里，钻进那个小盒子呢？那个时候，

---

①指相扑比赛的场地。

很少有日本人知道电视机。泰明死后好多年，电视才被引进日本，才开始转播相扑比赛。

读书和电视是我人生中最重要的两件事情，是泰明把它们教给了我。

藤田圭雄先生说我写的文章像小学生作文，这句话该如何理解呢？是该为自己成年后依然能写出充满童真的作品而高兴，还是该为自己长大后也只能写出小学生水平的作文而忧伤？我有些混乱了。不过，等我活到一百岁时，会写出怎样的文章呢？倒是很令人期待。为了这份期待，我也要健康长寿地活下去。所以我每天都会散步，做深蹲，自己的事情自己做，让大脑尽可能地得到锻炼。

在非洲使用范围最广泛的斯瓦希里语，把孩子称为“TOTTO”（豆豆）。我成为联合国儿童基金会的亲善大使之后，第一次去坦桑尼亚时得知了这件事。我的小名就是豆豆，而且从小立志要为全世界的孩子工作，因此知道这件事，我十分开心。世上竟然有这么巧的事！

二十多年前，我的父亲去世了。直到临终前，父亲都叫我“豆豆助”。在我出生前，所有人都说：“一定是个男孩。”所以父母给我起了个男孩的名字“彻”（TOORU）。结果生下来一看，是个女孩，母亲问：“怎么办？”父亲说：“那就叫彻子吧。”母亲说：“我觉得起一个更像女孩的名字会更好一些，不过，既然孩子他爸喜欢‘彻’这个字，那就用这个名字吧。”就这样，我那年轻的父母没有改主意，给我起了彻子这个名字。“小彻子，小彻子！”我一直听大人们这样叫我，就以为“小”也是名字，可是“彻子”的发音太难了，我还说不太准，所以当别人问我“你叫什么名字”时，我就说成了：

"小豆豆。"然后，也不知为什么，父亲一直都叫我"豆豆助"。

我小的时候，他就这么叫我，等我成了女学生，父亲终于从西伯利亚回来了，我跑到品川车站接他，他看到我后第一句话就是："我回来了，豆豆助。"等我长大成人之后，回家看望他们时，父亲还是会对我说："豆豆助，我要去把玫瑰花上的象鼻虫除掉，来帮我一把。"

如果不是父亲一直这样叫我，我也许早就忘了自己小时候还有个名字叫"小豆豆"。我如果告诉父亲，斯瓦希里语把孩子叫作"豆豆"，他会作何反应呢？我也很想把这件事告诉泰明……这样写下去，肯定又要写成一篇小学生作文了，还是就此打住吧。

做自己就好

《窗边的小豆豆》出版后，许多人写了各种各样的书评，其中，有一个人的书评最令人匪夷所思。一天，我在NHK的走廊里偶然遇见了曾经在文学座[①]待过的宫口精二先生。宫口先生曾经在电影《七武士》中扮演体型消瘦、沉默寡言的剑客。他是我的前辈，演技精湛，是一位了不起的演员。一直以来，他还在出演森光子女士的舞台剧《放浪记》。

宫口先生在走廊里叫住了我："啊，黑柳！"

"《生活手帖》约我写一篇《窗边的小豆豆》的书评，已经登出来了，你看了以后千万别往心里去啊。"

听他这话的意思，似乎是在书评里写了什么坏话，与其让我在毫无思想准备的情况下看到，倒不如先来委婉地提醒我。在这之前，我还没读到过说《窗边的小豆豆》不好的文章，所以反倒激起了我

---

①日本的一个剧团，组建于1937年，是日本新剧剧团中历史最悠久的。

的好奇心，我赶紧买了杂志来读。

买来一看才知道，那篇文章里交代了一件往事的来龙去脉——很久以前，我没能进入文学座的原因。“原来如此。”我大吃一惊，同时也差点笑出声来。

不过，现在把故事告诉大家，恐怕也很少有人能立刻理解其中的深意，会心一笑。所以，在讲述我和文学座的故事（当年我想进入文学座却没能如愿）之前，有必要交代一下背景，就从我进入NHK工作开始讲起吧。

关于当年为什么要进NHK，我已经在“电视几十周年”之类的节目中说过好几次了。我想成为一名能给孩子出色地朗读绘本的母亲，于是考进了NHK广播剧团。这也成了进入电视界的契机。

我从女校毕业后，便考入音乐学校学习声乐。不过，我似乎从来没认真考虑过毕业后找工作的事情。父亲当时觉得：“女孩子就应该学学插花，早点找个好人家嫁了。”等我反应过来，周围的同学已经通过各种渠道找好了工作。我当初进入音乐学校是想成为一名歌剧演唱家。歌剧演唱家本来就不好找工作，更何况我学的是花腔女高音，能饰演的角色更少。代表性的角色是莫扎特歌剧《魔笛》中的“夜后”。可是，比我早几年毕业的师姐们都还在打下手，关键是我本人没什么才华，估计最后也成不了歌手。

在那之前，我曾经在银座观看人偶剧《冰雪女王》，深受触动。演出的剧团是以剪影画闻名的藤城清治先生的剧团，音乐是芥川也寸志创作的，合唱则由成为职业合唱团之前的“黑鸭子”担任。原著是安徒生，迪士尼的电影《冰雪奇缘》也是据此改编的。这是我有生以来第一次观看人偶剧，像周围的孩子一样被深深吸引住了。我被好奇心驱使着，从椅子上探出身子，朝舞台下方望去。只见许多大姐姐双手拿着人偶，正忙得不可开交。她们发出孩子般的声音，忽而往左，忽而往右，一刻不停地奔跑着、跳跃着。

回家的路上，我开始用那个时代的年轻女孩的常识思考起来：

"以后我会结婚生子，然后做一个母亲该做的事情，比如打扫房间，洗衣服，做衣服，做饭。"

然后又想：

"如果我能给自己的孩子表演那种人偶剧，孩子们一定会特别开心，觉得妈妈太厉害了。能给孩子表演人偶剧的母亲毕竟不多，他们一定会非常尊敬我。"

可是，一想到刚才那些大姐姐拼命奋斗的样子，我又改变了想法。

"表演人偶剧对我来说也许太难了，那就争取做一个能绘声绘色地给孩子们朗读睡前故事的母亲吧。孩子们一定会很高兴。"

于是我问母亲："我想找那种能教人生动地朗读绘本的地方，该怎么找呢？"

母亲漫不经心地回答道："报纸上应该有吧。"

于是我摊开了报纸。报纸的正中央有一则 NHK 的招聘启事："本台即将开始电视转播，现面向社会招募专属演员。非专业演员也可应聘。我们会邀请最优秀的老师对学员进行为期一年的培训，录取者将成为 NHK 的专属演员。录取人数为若干名。"既然是由 NHK 配备最优秀的老师，教授绘本的朗读技巧应该不在话下。顺利的话，说不定还能学习人偶剧表演呢。那样我就能成为一个被孩子们尊敬的好妈妈了。现在想来，如果没有母亲当初说的“报纸上应该有吧”这句略显草率的话，就不会有现在的我。实在是太巧了。据说 NHK 在报纸上只刊登了一天的广告。

有超过六千位应征者（我的考试号码是五千六百五十五号）前来应聘，足以看出 NHK 多么受欢迎。其中不乏帅哥美女，还有戏剧演出经验丰富的老手。不知为何，我这个完全不懂表演的外行竟然成了十六名合格者中的一员。

二十五个笔试题目中，我只答出了五个问题，哑剧表演也没能完成。这样都能合格？说实话连我都觉得不可思议。后来，训练班的负责人大冈龙男先生告诉我：

“之所以录取你，是因为你什么都不会。考试成绩实在太差了。可是，电视这个全新的行业也许正需要像你这样什么都不会、什么都不懂的人，换句话说，像你这样无色透明的人正适合做电视演员。我们觉得，录取一个像你这样的人也无妨，所以才录用了你。”

一个二十多岁的人，被人评价为“无色透明”，该怎么说呢——即便这话出自尊敬的大冈老师之口，我心里也高兴不起来。总之，我就这样进入了 NHK。经过一年的训练，成了 NHK 的专属演员，也就是人们所说的“头号电视女演员”。（我们是 NHK 东京广播剧团的第五期学生，但作为电视演员的话，是第一期学生。）

虽然我是因为“无色透明”被录取的，一旦开始在现场工作，却总是被撤换下来。理由是“太扎眼了”、“不像一般人”。大家觉得，这个演员哪里是“无色透明”，分明是“个性太强了”。

NHK 东京广播剧团的前辈们都擅长一个技能——即兴创作广播

剧的喧闹背景。最近，人们开始把综艺节目里坐在阶梯席位上的艺人叫作“喧闹背景”。不过，当时广播节目中的喧闹背景是指许多人的吵嚷声，是人群的声音。例如，在《捕物帐[1]》中，钱形平次逮捕凶手时，背景音里可以听见许多人大喊：“奉公行事！老实点！”烘托这种气氛就是“喧闹背景”制作者的工作。

大多数情况下，剧本里是没有他们的台词的。即兴创作出符合情境的台词成了他们的重要工作。当时，我们这种还在培训班接受培训的学员也被安排去当广播剧的“喧闹背景”。第一份工作是一场描写二战结束后撤退回国的人们的戏。男女主人公在路边交谈，这时他们身边的人突然倒在了地上。先出一个效果音：“咚！”然后，周围的人纷纷开口说话：“怎么回事？”“真让人担心。”“你见过这个人吗？”“赶快叫救护车啊！”总之要制造出街上突然有人晕倒的氛围。

我们站在麦克风前，开始说各自的台词。现在回想起来，当时大家的声音都非常小。我也努力想营造氛围。一想到面前躺着一个很可能马上就要死的人，我不禁真的担心起来，大声喊道：“你没事吧？你怎么了？”结果，一直在录音棚里观看录制的导演隔着玻璃对我说：“喂！那边那位穿太阳裙的小姐，你太显眼了，这样不行。”

我从没想过自己是显眼的那个，反而吓了一跳。可是那天只有我穿了太阳裙。

“你往后退。”

我按照导演的指示，往后退了五米。这下我只能看到一起工作

---

①指以江户时代为背景的推理小说。文中的《捕物帐》指的是根据野村胡堂《钱行平次捕物控》改编的广播节目。

的同期同学的背影了，心里顿时不安起来。我要跟上大家的声音，要和大家一起配背景音，而且那里躺着一个生命垂危的人啊——如此一想，我用更大的声音喊道：

“发生什么事了——？！”

这次连导演也大喊起来：

“再往后退！”

“发——生——什——么——事——了！！”

“退后！退后！退后！”

我已经很努力地像其他人那样小声说话了，但不知为什么，就是做不到。

最后，我退到了录音棚门口，只好站在那里配音。

即便被赶到了门口，只能看见大家的背影，可我还是忍不住想：虽然被挡住了看不见，可那里躺着一个快死的人啊！这次我几乎是带着哭腔喊的。导演走到我身边，一脸抱歉地对我说：“小姐，今天你可以回去了。我现在就给你开发票。”

他接着说道：“背景配音不能太彰显个性，否则听众会以为那个人是接下来要出场的特别人物。我们需要不会给听众留下印象的、更普通一些的声音。你的声音个性太强了，不适合做这一行。”

所谓发票，就是导演填写的一张单子，上面写着我们从几点工作到几点，在哪一个录音棚参加了哪一个节目等等。这张单子要提交给 NHK 总务科，每小时的报酬是五十六日元，这在前面也写过。总务科的人会计算出我们一共工作了多少时间，然后像对待 NHK 的职员一样，在每月二十五日给我们发工资。尽管我的背景配音完全不能用，可那位导演仍然说要给我开发票，这是他的一片好意。我走出录音棚，心里想着，还是要和大家一起回去啊。于是坐在走廊的长椅上，一直等到录音结束。

后来，无论我去参加哪个节目，无论遇到哪位导演，他们只要看到我的脸，就会说："啊，小姐，你来了。你什么也不用做，这里不需要你。我们这就给你开发票。"

就连第一次演电视也是被中途撤换下来。当时我扮演一个路人，在笠置静子演唱《购物布吉》[①]时从她的身后走过。我自己对这个角色进行了诠释。若是路人发现"有个人在鱼店前面唱布吉"，会作何反应呢？于是，我做出一副十分好奇的样子，观察起笠置女士来。结果导演说："不能这么演。"于是我不再管笠置女士了，然而接下来不是走得太快就是太慢，反复多次后，导演愤怒了："你是忍者吗?！你不用演了！"笠置女士当时是唱布吉的顶级歌手，那天是为了现场直播进行彩排，她不知重复演唱了多少次，却没有流露出一丝不高兴的情绪，还安慰我说："辛苦了。"让我深感歉意。

后来，前辈们也一直说我"声音很怪"，"尽快改一改你的说话方式"，"你就不能和大家一样吗"等等。

演电视并非我的奋斗目标，我也不觉得自己有做演员的潜质，并没有特别沮丧。"你就不能收敛一下你的个性吗？你走吧！"每当我因为导演这句话枯坐在走廊的长椅上，被路过的朋友和训练班的老师问"接下来要去参加哪个节目呀"，还是有些难堪的。当时还能坚持，是因为我的初衷还在："我进NHK，只是想学习如何好好读

---

①笠置静子发表于1950年的单曲，布吉是一种音乐种类，演唱时身体随着音乐摆动。

绘本，仅此而已。”而且，其他学员以前都有在学校戏剧部演戏的经验，我却连发表会都没参加过，觉得自己演不好也理所应当。可是，如果这样的状态持续两年、三年，我一定会感到厌恶，或许就辞职不干了。就算大家一口一句“个性太碍事了”，“你不能收敛一下你的个性吗”，我也做不到。因为我根本不知道大家所说的“个性”究竟是什么，又谈何收敛呢？

就这样，我因为“个性太强”、“声音和说话方式太奇怪”一直被导演冷落。然而，到了第二年，日本进入了“个性化时代”。报纸都争相登出“个性化时代！”的巨大标题。转眼间，人人都开始说：“我们要珍惜自己独一无二的个性。”像我这样的人似乎也有了可取之处。NHK也开始觉得：“那个孩子有个性，应该还有救。”于是，我渐渐能接到工作了。

不久，发生了一件象征性的事，也是对我而言十分重要的事情。

培训结束的一九五四年，为了制作一部叫《阿杨阿宁阿东》的广播剧，NHK进行了一场大规模的海选。这部剧讲的是进献给中国皇帝的三只血统高贵的小白猿，返回故乡印度寻找父母的冒险故事。以前的广播剧中，儿童角色都是由孩子来扮演的。但这部剧的编剧饭泽匡先生认为，只有成年演员才能真正吃透剧本，理解人物，直播时还需要唱歌，况且让孩子们在直播间写作业实在太可怜了，所以他主张：“要找能模仿儿童声音的成年女性来演。”如今给电影配音时，男孩的声音都是由成年女性来配，这已经是常识了。可在当时，这却是全日本范围内的首次尝试。就这样，NHK有史以来规模最大的海选开始了。由于评委和演员不能见面，面试时评委和演员之间放了一架巨大的屏风。我最先被录取了，饰演白猿三兄弟中的三弟阿东。这多亏了我在音乐学校的学习经历，拿到乐谱后立刻就能唱出来。

鉴于我进入 NHK 的初衷是成为一个能给孩子出色朗读绘本和童话的好妈妈，出演《阿杨阿宁阿东》可谓正合我心意。没想到，这份工作给我的远不止这些。

之前，无论是广播还是电视，我总是被导演撤下来，所以这次虽然被录取了，我还是很担心后面会被撤下来。当有人向我介绍评审饭泽先生时，我便急切地向他表明态度：

“不瞒您说，所有人都觉得我的日语、说话方式，还有唱歌的方式都很奇怪。我会收敛我的个性，努力学习，认真表演。”

结果，饭泽先生笑着对我说了下面这番话。在他之前，NHK 没有一个人对我说过这样的话。

“可千万不能改。你的说话方式很好，一点儿也不奇怪。现在这样就很好。这就是你的个性，也正是我们需要的。你不用担心。听懂了吗？完全不需要改，做你自己就好。”

原来，这世上有人需要我的个性。我开心得不得了。

我是一个曾经被普通小学退学的孩子。用老师的话说就是：“竟然把宣传艺人叫到教室里来（准确地说是叫到一楼教室的窗边），还和在房檐上做窝的燕子大声聊天，总之一刻都静不下来，不是蹦蹦跳跳就是不停地说话，给其他学生造成了很大的麻烦。”所以我在一年级的时候就被学校退学了。后来，我的父母四处寻找“不会把女儿赶出来”的学校，终于找到了巴学园。转入这所小学后，小林宗作校长一直在跟我说一句话：

“你真是一个好孩子。”

这次海选，饭泽先生又对我说：

“不需要改，做你自己就好。”

这两句话拯救了我的人生，是我最大的精神支柱。（小林校长当时不是说“你是一个好孩子”，而是用了“真是”这个词，最初我并没有意识到其中的区别。）

后来，我无数次想起饭泽先生说过的话。连没心没肺、大大咧咧如我，如果一直被人说“碍事”、“这里不需要你”，恐怕长大之后也会变成一个一事无成的人吧。

NHK认为：“以前一直由孩子来扮演儿童角色，如果让观众知道这次是由大人来扮演孩子的声音，那就成了欺骗行为。阿杨、阿宁和阿东的配音演员已经演过电视了，名字和长相都为观众熟知，一看名字就知道是她们在演，所以这三位演员的名字暂时不能公开。”

《阿杨阿宁阿东》的广播剧播出之后，迅速走红。节目最后播报演员表时是这样说的：“刚才出演的演员有，阿杨……阿宁……阿东……”然后是短暂的沉默，接着又读道：“乌鸦番茄君，新村孔子。学者猴，芥川比吕志。爱哭猴，益田喜顿。蛇，北林谷荣。泥龟，大森义夫。旁白，长冈辉子。以上就是所有演员。”

然而，这个广播剧越来越受欢迎，媒体于是纷纷猜测：“三只白猿究竟是谁扮演的呢？”还有许多观众前来询问。于是，在节目播出一年以后，NHK终于公布了演员名单。阿杨和阿宁最初由在海选中胜出的来自文学座的宫内顺子和西仲间幸子扮演。可是演了几集之后，宫内女士因为要巡演，西仲间女士怀孕了，两人便退出了这部剧。于是，阿杨换成了里见京子，阿宁换成了横山道代。两位和我在广播剧团是同期的学员，我们三个都是 NHK 为电视表演培养的第一期学员。

NHK 觉得，既然要公布演员名单，那就索性趁这个机会让媒体大肆报道一番，于是决定让我们三个人以“NHK 三姐妹”的名义正式出道。就这样，我一下子出名了，工作也络绎不绝。不久前那些被人说“这里不需要你”的经历像是做梦一般。

不过，我的职业精神并没有随着知名度的飙升而提升。虽说结婚的愿望并不强烈，但是我一直都有结婚生子为人母的想法，所以一遇到工作到很晚的日子，我会毫不客气地对台里的人说：“已经是深夜了，我该走了，各位晚安。”同事们听了我的话，大多目瞪口呆，一脸愕然。

“作为一个职业演员，怎么能说这种话！你究竟要去哪里？”

“我困了，要回家睡觉。”

我说到做到，果真回家睡觉去了。同事们自然被我惊得哑口无言。真难为 NHK 了，本想把我当作“头号电视女演员”隆重推出，无奈当事人却还是个半吊子。

接下来，我想写一写自己当时的三次相亲经历。

我的父母是自由恋爱结婚的，婚后生活美满幸福，所以对女儿去相亲持怀疑态度。我虽然认为结婚是人生中的头等大事，但也没有特别着急结婚，只是觉得相亲这种方式还不错。我并不信任自己的判断力和眼光，如果是相亲，父母也可以帮着判断一下，反倒能让人放心。

家里有一个适婚的姑娘，自然会有人来说合。于是，我决定尝试一下相亲。当时我一共见了三个人，三个人都是医生。这或许和我的爷爷、我的外公都是医生有关。

第一位是牙医。这一位比我还能说，而且说的话也没有什么动人之处，只是单纯地话多。在家等消息的父亲见我和母亲迟迟不回来，心想，看来聊得很投机，说不定能成。所以，父亲看到我和母亲跨进家门时那副疲劳困顿的样子——完全是被对方的喋喋不休折磨的——不禁大吃一惊。母亲说："这个人比彻子还能说，这可不行。"第二位相亲的对象即将成为医生，长得英俊潇洒，口中说出的话却无聊至极，我心想，这位说话没什么亮点啊。和我一起去的母亲也不建议我和他交往，这件事自然就没有下文了。

第三位是一位脑外科医生，据说手术做得非常棒，人们对他的评价很高。这次相亲有一大收获，我明白了相亲的好处之一是可以在高级饭店吃饭。这一次，相亲的地点是赤坂的传统日式酒家"辻留"。以前我只听说过这家店，欣喜不已，便和父母一起赴约了。对方的父母给人的感觉非常好，我一眼就喜欢上他们了。人生中第一次品尝到的辻留的料理也是色香味俱佳，令人感动。相亲对象是位安静的青年，但能感受到他的活力。说实话，我更喜欢他的父亲，不过心里确实觉得，要是这个人，说不定能顺利结婚……

这次相亲之后，双方约好继续见面。接下来我们又去拜访了对方在大矶的豪宅。和我相亲的是长子，下面还有三个弟弟。能混在一群男孩子中间玩耍，对我这个一直想要个哥哥的人来说简直像做梦一样。坐满了男孩的餐桌热闹非常，给大家盛饭添菜的母亲也是兴致勃勃。对方的母亲说："我一直想要个女孩子。"她每次带我去银座的百货商场，都会给我买许多东西，像毛衣、八音盒、化妆品等。当时我还没想好要不要结婚，对方母亲的好意令我有些不知所措。在工作的间隙，我也时常和脑外科医生约会，两人一起看电影，或是吃饭。对方母亲十分恳切地对我的母亲说："请一定把令爱嫁到我们家来……"

我认真思考了这件事。《阿杨阿宁阿东》大获成功，我也稍稍有了些名气。可是，今后我能否将演艺事业坚持下去呢？虽说重视个性的时代已经到来，可是那个"不需要我"的时代也许又会重新来袭。在职场上被人宠溺的与其说是有个性的女孩，倒不如说是那些老实乖巧的女孩。我长得不算多么漂亮，也没有进行过演员的专业学习和训练，不知道自己究竟有没有这方面的素质。我比较了一下工作和结婚，还是觉得结婚更重要。于是，我对母亲说："我要和这个人结婚。"

母亲听了，说："虽说对方的家庭很有钱，但结婚以后，大衣这类衣服也不是想做几件就能做几件。趁着现在，妈妈给你做。"

我别提多高兴了。母亲和我去自由之丘的服装店，订做了三件大衣。一件是有灰色毛皮领子的粉色大衣，一件是优雅清丽的蓝色大衣，还有一件是当时流行的黑绿色格子花纹大衣。

"一下子做三件，真的可以吗？"

"三件也不够你一辈子穿的啊。妈妈祝贺你。"

然而，我最终还是取消了这场婚事。我们家还没有收对方的聘礼，但对方的母亲已经送了我许多东西，当时两家商量好，这些东西就当作是聘礼了。事情已经进展到这个阶段了，我却开始担心：假设婚礼结束之后，我走在路上，迎面走来一位男士，要是我突然觉得"啊，这个人不错"，那可怎么办？这个小小的疑问渐渐膨胀，我忍不住越想越多。

“当然，即便是通过相亲结婚的人，也可能在婚后找到恋爱的感觉……”

就这样，我越想越心烦，一旦开始烦恼，再也止不住了。

一天，我和《阿杨阿宁阿东》的作曲家服部正在NHK前面的咖啡馆喝茶，向他诉说了自己的烦恼。服部先生离过婚。他用温柔的声音对我说道：

“哪怕有一个不喜欢，或者说无法释怀的地方，也不要结婚。如果有原则性的大问题，从一开始就能看清无法接受之处，不会考虑结婚。可如果是微不足道的小问题，自己的感受反而容易被忽视，这时有无法释怀的地方，哪怕只有一处，将来就可能发展成大问题。所以我觉得，这个婚你还是不要结的好。要是抱着侥幸心理结了婚，那个难受的地方会跟随你一辈子的。”

的确有一个地方让我觉得不舒服，就是这位脑外科医生的走路方式。那种走法也许是外科医生独有的，总之看起来不精神。

服部先生是离过婚的人，这番话想必是基于亲身经历有感而发，所以才打动了我。也许是我吹毛求疵了，可既然看不惯他走路的样子，就算结婚了，将来也一定会在某个时刻、某个地方突然觉得：不行，走不下去了。想清楚这一点之后，我自由自在的生活和广播剧的工作突然变得无比重要。至于电视台的工作，当时了解的只是冰山一角。但正因为一无所知，才会觉得有趣。

我对母亲说：“我不想结婚了。”然后把自己的想法告诉了母亲。母亲说：“既然你是这么想的，那我们尊重你的决定。这个婚不要结了。”母亲的声音十分平静。但我一想到对方的母亲对我疼爱有加，胸口顿时酸楚难耐，不禁呜咽起来。

“我是不是给大家添了天大的麻烦？”

母亲安慰我道：“的确是天大的麻烦。不过，妈妈会解决好的，别担心。”

把定下来的婚事推翻，我的确是对对方家族做了非常失礼的事。然而我已经下定决心，不会再改变了。

过了一阵子，有一天晚上，母亲对我说：“事情已经解决了。”自那以后，母亲就说我是“婚姻诈骗”。“我可是给你做了三件大衣啊，你这种行为，不是婚姻诈骗是什么？”

之后，我再也没去相过亲。自己谈了几场恋爱，也算积累了些经验，渐渐明白了自己喜欢怎样的男人。我比较喜欢年长一些、令我尊敬的男性，要是有点野性的话更好。这些年来，我也曾考虑过结婚，甚至一度打算要结婚了，可向我求婚的男士突然说：“细想一下，结婚这件事其实很无聊。”

“一想到你在家做好了味噌汤等我，我就会想，得赶紧回家啊。这样一想，我就心神不宁，无法专心工作了。关键是，结婚就意味着我们要计算税金，要出席亲戚的法事，婚姻就是这些琐碎生活的累积啊。难道你不想继续工作一段时间，多了解自己一些，弄清自己是怎样的人、还能做哪些事吗？”

能说出这番话，我觉得他很了解我，也开始想：“的确如此，还是过一阵子再说吧。”于是，那个时候我就没结成婚。之后倒不是没考虑过结婚的事，可每次要么有需要长期从事的工作，要么对方是外国人，相隔万里，不可能结婚。就这样不知不觉“拖到了现在”。女学生时代给我看手相的人曾预测我“结婚会非常晚”，看来他是对的。

通过婚姻诈骗得来的三件大衣，满载着母亲的爱，长久以来一直温暖着我。尤其是那件有灰色毛皮领子的粉色大衣，我经常穿。

当然，我并不是事业至上的不婚主义者，也许只是作为演员的意识逐渐觉醒了。出身浅草剧场的渥美清先生在电视界从零开始打拼，每天都在努力奋斗。我亲眼见证了他的奋斗史，也是他教会了我什么才是“对得起薪酬的职业演员”。

我在前面写过，在和渥美先生、森繁先生共同完成一次次充满考验的电视直播的过程中，电视逐渐融入了日本人的生活。一九五九年，皇太子妃美智子大婚的时候，人们都想观看游行队伍的转播，电视也借此机会得到了更广泛的普及。电视的数量早已不是当初的八百六十六台，一九六〇年达到了五百万台，一九六二年更是达到了一千万台。我们这些电视人也变得越来越忙。

在电视刚刚诞生的这一时期，我们这些电视人是如何感受与思考，有着怎样的烦恼与欢乐，又是如何齐心协力制作节目，逐渐构建起一个从未有过的电视帝国的？这些我都写在了《小豆豆频道》一书中。这本书主要是告诉人们，那个时候竟然有这么多滑稽的事情。不过，写到最后风格变得有些沉郁。

大约在皇太子大婚前后，我病倒了。那时我电视和广播的工作都十分忙碌，单是做固定主持人的节目每周就有好几个，此外还有每天参加的节目。作为刚参加工作的新人，我无法拒绝。接不接某项工作，不是看我个人喜欢不喜欢，而是看我有没有时间。只要我的日程表上有空闲时间，就会安排上工作。什么情况下有权拒绝呢？当同一个时间段里已经安排上其他工作的时候。至于睡眠时间，每天只有三小时。

一天，在拍摄电视剧时，我突然听不见对方的声音了，耳朵里传来“叮——”的尖锐的声音，同时还感到一阵眩晕。第二天出现了同样的症状。我打电话到医院说明病情，熟识的院长先生说：“现在，立刻到医院来！”我说：“就是因为没时间去医院，才给您打电话的。”

“你会死的。”

院长回答道。我蹭的一下跳了起来，立刻找导演请了假，飞奔到青山的医院，请院长先生为我诊治。“你这是极其严重的疲劳过度，必须马上住院。”院长先生说。我赶紧回到NHK，挨个儿拜访正参加的节目的导演，央求道：“我因为疲劳过度需要入院治疗，想请几天假。”可是，导演们都不肯放我走，要么说：“如果要休养，就停掉其他节目吧，这个节目请务必坚持下去。”要么说：“你走了，我们可怎么办？千万拜托了。”听他们一说，我心里也十分受用。“哎呀，看来NHK已经离不开我了。”我和大家嘻嘻哈哈开着玩笑，最终还是一头扎进了忙碌的工作。

结果，我的耳鸣和眩晕越来越厉害了。三天后的清晨，我醒来后看到自己的腿，几乎要尖叫起来。从膝盖往下的部分出现了好几处鲜红的花朵模样的血斑。既不痛也不痒，没有发烧，也没有肿胀，只是在不知不觉间，我的腿上长出了大大小小好几处血红色的斑纹。那一刻，恐惧占据了我的内心。我大声喊着，把母亲叫了过来，母亲看了我的腿后脸色惨白。我突然想起了院长先生说的那句话：你会死的。

我急匆匆赶到医院，院长先生看过后说：“你这是疲劳过度引起红细胞减少，导致毛细血管破裂。只要休息两三天就没事了，不用担心。”然而，做完检查后，我却被告知至少要住院治疗一个月。不过腿上的红色花朵的确三天就消失了。

这就是《小豆豆频道》一书中的最后一个故事。在这本书的结尾处，我这样写道：

> 医生终于允许我看电视了，豆豆（即我本人）赶紧借了一台电视，在病房看了起来。担任主持人的节目没了自己，会变成什么样子呢？我还是有点担心。时间一到，之前由豆豆主持的一档节目首先开始播放。我忐忑不安地盯着电视画面，只见一个陌生的年轻女人出来了，说道：
>
> “大家好，从今天开始，由我暂时担任本节目的主持人。请大家多多关照！”
>
> 然后节目就开始了。仅此而已。即便没有豆豆，节目也能照常进行。所有人看起来都挺开心的。豆豆还参演了一部电视剧，在剧中和渥美清先生扮演夫妻。这部剧也是现场直播，剧情会如何处理呢？豆豆心中颇为担忧。直播开始了。邻居问渥美清：
>
> “这几天怎么没见到您太太啊？”
>
> “回娘家啦。”
>
> 仅此而已。
>
> 豆豆饰演的角色究竟有没有娘家，还是个疑问。不过，这些都不是问题。不顾身体拼命要做下去的工作，只一句“回娘家啦”就打发了。其他节目也都是大同小异。豆豆这时才明白：
>
> “电视的一切都是‘一次性的’，用完就扔。”

NHK 的工作忙碌起来后，我利用录制节目的间隙稍事休息。那时我极度疲劳，已经没有力气抬头，只好用麦克风抵住鼻子，想得到片刻的轻松。我很喜欢这张照片，拍得非常好。

电视屏幕早已是一片雪花。豆豆独自一人在病房里，盯着什么都没有的屏幕看了好久。

一个月后，我出院了，又回到了以前那种极度忙碌的生活，忙着从一个影棚飞奔到另一个影棚。我受到打击是事实，但从未想过要放弃刚刚起步的电视生涯。既然把演员当作自己的事业了，就要一丝不苟地进行专业学习和训练。出院时，院长对我说："不要做自己不喜欢的工作。从今往后，请只做自己喜欢的事。"我下定决心，要铭记这句话一辈子。

写到这里，终于可以聊一聊文章开头那件事了。当时，我很想进入文学座。据我观察，与我一同出演电视和广播节目的演员中间，演舞台剧出身的演员无论台词还是形体动作都更胜一筹。于是，我也萌生了进入剧团扎扎实实学习表演，和专业戏剧演员一起演戏的想法。我的演技说不定也会因此得到提高。

当年，我因为看了歌剧电影《托斯卡》，立志做歌剧演员，便考入了音乐学校。由于自己从未想过要当演员，从来没看过戏剧。第一次看戏还是在进入 NHK 训练班之后。当时是文学座的演出，饭泽匡先生创作并导演了戏剧《二号》。从那以后，我经常去看文学座的演出，还屡次和杉村春子老师一起出演电视剧，有幸和杉村老师渐渐熟识起来。因为这样的缘分，一天，我对杉村老师说：

"我想进文学座。"

老师说："是吗？热烈欢迎啊。只要我说行，就不会有人反对。"

杉村老师对女演员苛刻是出了名的。若是谁夸赞某个女演员演技好，她会当场评论道：“那个人啊，妆画得不错。”若是有人称赞某个女演员长得漂亮，她会说：“天不予二物也。”这样一位极其严厉的老师，竟然爽快地答应了我的请求，让我欣喜不已。也许老师近距离观察过我的演技后，萌生了让我在文学座历练一下，试着表演一下西方戏剧的想法。

然而几天后，老师给我打电话，十分抱歉地说道：“对不起，有一个人反对你进来。不过，文学座新建了一座研究所，你如果能去那边进修一年，就不会再有人反对了。”于是，我一边做着 NHK 的工作，一边作为文学座附属戏剧研究所的第二期学员开始学习戏剧基础知识。在杉村老师和长冈辉子女士的教导下，我研读了斯坦尼斯拉夫斯基的著作。江守彻也是我的同班同学。

不过，我还是禁不住想：“那唯一一个反对的人究竟是谁呢？既然讨厌女演员，应该也是一位女演员吧？”然而，在我进入研究所的第二年（1963），文学座分裂了。许多我想合作的优秀演员，包括后来和我一起创建喜剧舞台并活跃二十多年的高桥昌也等人，都离开了文学座，创建了“云剧团”。

离开的不仅仅是芥川比吕志、仲谷升、名古屋章、小池朝雄这些男演员，连昌也先生当时的夫人加藤治子、文野朋子、岸田今日子等众多女演员也离开了文学座。（“云剧团”成立后不久，三岛由纪夫创作的《喜悦之琴》上演，引起了轰动，此后又有好几名演员退出了文学座。）当时戌井市郎导演来找我，说：“黑柳，要不要正式加入文学座？”我对杉村老师的尊敬之意没有丝毫改变，很是苦恼了一番。恰好电视台那边开播了《年轻的季节》和《在梦中相见吧！》这两个节目，我的工作也变得越来越忙，于是和戌井导演约定："等我要加入新剧[①]剧团时，一定加入文学座。"就这样，我又投入到电视台的工作中去了。也许我内心还是觉得，必须多多接触演技高明的好演员，互相切磋，才能真正提高自己的演技。

昌也先生等人离开文学座后，请来了法国和英国的戏剧导演，请他们来排戏，或是给演员们上表演课。我不是"云剧团"的成员，没有听课的资格。不过，我特别想知道欧洲的戏剧演员平时是如何训练的。于是，每到"云剧团"有课的日子，我都特意挤出时间，与上完课的昌也先生在离他较近的咖啡馆会合，向他询问当天讲课的内容。如今想来，当时自己真是热心好学啊。我和昌也先生曾在广播剧《一丁目一番地》中扮演过一对夫妻，拜托他做这些也不是什么难事。

以前，对于表演，我只知道 NHK 训练班教给我们的那些东西，因此觉得欧洲的表演理论既新鲜又有启发性，还十分具体，简单易懂。例如，法国导演给演员们出了这样的题目："早晨，你一觉醒来，发现自己身上长出了尾巴，你会怎么办？"毫无疑问，这样的课程可以激发学员们的想象力和创造力。昌也先生把这些都细细地传授给我，一点也不嫌麻烦。也许当时他已经有做导演的打算了。

一九九六年，昌也先生当上了银座四季剧场，也就是后来的 PARCO 乐剧场的艺术导演，随即向我发出了邀约，自那以后我们以导演和演员的身份合作了许多作品。像是爱德华·阿尔比的《三个高个子女人》，讲述希腊女高音玛丽亚·卡拉斯一生的《大师讲习班》，尼尔·赛门的《罗丝的困境》，好莱坞性感女神梅·韦斯特的传

①相对于以歌舞伎为主的日本传统戏剧，在表现形式上吸收欧洲近代的歌舞形式。

记音乐剧《迷恋金发女郎》等，每年都会一起创作一部喜剧。

演出剧场如今转移到了六本木的EX剧场。在这里排练的第一场戏剧是《难忘的四重唱》，然而就在排练开始前十天，二〇一四年一月十六日，昌也去世了。我总是对昌也说："我想一直演戏演到一百岁呢，你也要努力。"稍微年长几岁的昌也总会回答："一百岁怕是有点困难，不过我会努力的。"

前一年，PARCO乐剧场关闭时，昌也和我原本打算演出一部两人话剧《斯黛拉和乔伊》。对于昌也来说，这是他时隔三十年的舞台演出。他饰演的角色是英国作家萧伯纳，幽默感十足又擅长讽刺的萧伯纳实在太适合昌也了。我扮演的是帕特里克·坎贝尔夫人，她曾饰演萧伯纳《卖花女》（电影《窈窕淑女》原作）中的女主角。这部戏讲述的是两个人长达四十年的书信往来。

我认识昌也这么多年，却从未与他同台演出过戏剧，所以非常期待这部戏。昌也也是铆足了劲儿，早早就开始记台词，为了有足够的体力演出，还认真锻炼身体。可是，不知是不是在户外健身着了凉，他竟然患上了肺炎，住进了医院，而且病情越来越严重，到最后根本无法登台演出了。

我去医院探望他时，他说：

"太遗憾了。我真的很想演萧伯纳这个角色。"

我问道："昌也，你真的不演了吗？"

"饶了我吧！"他说。

昌也从来不会说这种矫情的话，看来他的确饱受病痛折磨。"我会请大森博史代替我出演。"他说道，随即又闭着眼睛说了一句，"请代我向大森君问好。"

大森先生毋庸置疑是位好演员。可是，走出病房的时候（真对不住大森先生），我还是忍不住说了一句：

“真没劲。”

躺在病床上的昌也听见了，小声嘟囔了一句：

“我也不想啊。”

想想也是，最窝火、最不甘心的人就是昌也了。

虽说经历了上述种种，昌也终于还是养好了病，出了院，打算担任《难忘的四重唱》这部戏的导演。在他去世前几天，我们还通过电话，他的声音依旧有些沙哑，听起来却十分精神。这部戏是再度上演，对于最后登台的《弄臣》四重唱，昌也曾说道：“能再听一次那段四重唱，心里真高兴啊。能带领大家一步步走到那里，我认为自己这个导演还是不错的。总之，希望这次彩排充满欢乐。”这部戏讲的是四个曾经在威尔第歌剧《弄臣》中一起演唱的红极一时的歌剧演员，偶然进入了一所只有音乐家入住的老人院，最后在大家的央求下，用跟以前的录音唱片对口型的方式重现《弄臣》四重唱的故事。这首四重唱被公认为最美的四重唱。根据昌也的要求，我们刻苦练习，记住了意大利语歌词，看了乐谱，最终能真正唱出这首歌曲。甚至连演唱前如何呼吸都跟着专业老师学会了，堪称完美。

昌也在电话里对我说：“我把第一次公演时稍显冗长的台词精简了一下。”

“哎呀，是缩短了我的台词吗？”

“我怎么敢删掉你的台词呢。”

我们甚至还互相开玩笑。我还向昌也控诉自己的台词太多：“我的话会不会太多了？”他反驳道：“你平时说的话比这个多多了。”无论何时，昌也说话总是这么风趣幽默，从未发过火，也从未说过刁难我的话。

《难忘的四重唱》顺利地在六本木EX剧场迎来了首场演出。因为是在新剧场演出，我无暇考虑昌也的事，一鼓作气演到了戏剧末尾的四重唱。在谢幕鞠躬的那一瞬间，眼泪突然涌了出来。昌也不在了。我抬头仰望天花板。昌也啊，你看到了吗？你在那里吗？听到我们演唱的四重唱了吗？从今往后的每一场演出，我都会像这样怀念你吗？明年演什么好呢？你虽然不在了，可还有许多年轻演员，我要尽我所能坚持下去。我们在训练场说的那些愉快的话，都会成为最美好的回忆。你对我们的要求，我从来不敢忘记。陪伴我走过漫长岁月的挚友啊，谢谢你！

据说昌也突然离世是因为呼吸衰竭。我想，在生命的气息离开昌也身体的那一瞬间，他的耳畔或许响起了那段优美的四重唱吧。

宫口精二先生在《窗边的小豆豆》书评中这样写道：

“大约是几十年前，她提出想进文学座。当时，唯独我一人持反对意见。因为我担心，她如果进来了，文学座就会坏了规矩。果不其然，她在小学一年级就被劝退了。由此看来，我当年的想法一点也没错。”

“原来那个人是宫口先生啊。”

多年的谜题终于解开了。

反对我进文学座的人竟然不是女演员，而是看起来凡事都要发表意见的宫口先生。宫口先生是文学座的创立人员，因此连说出

“绝不让一个人提反对意见”这种豪言壮语的杉村老师都束手无策。一想到开会时两位老师的样子，我就忍不住笑出声来。小学一年级时把宣传艺人叫到学校的英勇事迹，竟然绕了这么一大圈，在几十年后还影响着我的人生。

这件事我和昌也说过吗？想必他听了，一定会开心地大笑起来。

三十八岁了

虽然我放弃了进入文学座的想法，但还是在演电视之余积极地出演舞台剧。我第一次登上舞台时紧张得浑身发抖，可是身体和内心都在告诉我:“我喜欢这里！”只是我当时甚至都搞不清楚，自己究竟是适合演舞台剧，还是适合演电视，抑或到底有没有做演员的才能？也许是因为对演技没有自信吧。

最初，日本的民营电视台只有日本电视台一家，但很快便如雨后春笋般涌现出来，我和NHK签约的同时，也开始参演其他民营电视台的电视剧。

当时，电视剧特别流行，所有的电视台都在制作大量的电视剧，我的工作总是堆积如山。和向田邦子女士结识，每天出入向田女士的霞町公寓，就是在这一时期。

我辞掉NHK的工作，成为自由职业者，和参演《屋顶上的小提琴手》在日本的首演处于同一时期，都是一九六七年。当时，我在各个电视台和广播节目中都有演出，在NHK也接了一份新工作，给《雷鸟》[1]中佩内洛普一角配音。在舞台剧方面，除了《屋顶上的小提琴手》之外，还和森光子在艺术座演了《缩影》（德田秋声原作，菊田一夫改编、导演），和越路吹雪在梅田可玛剧场出演百老汇音乐剧《欢乐梅姑》，在国立剧院小剧场出演饭泽匡导演的《八美图》（罗伯特·托马斯原著）。我扮演的是最近弗朗索瓦·欧容导演的电影版《八美图》中，由芬妮·阿尔丹饰演的凯瑞特一角。凯瑞特是一名脱衣舞女郎，所以在台上表演时有这样一个场景：我披着一件白色毛皮外套，里面穿着比基尼样式的女装，走到舞台正中央时外套被人脱掉，露出半裸的身体。

筱山纪信先生看了《八美图》之后联系我，主动提出要给我拍裸体写真。像我这样既不丰满也不性感的女演员，从来没有拍过和平时风格截然不同的照片。筱山先生当时还很年轻，但已经是有名的摄影家了。我请他帮我拍了几张，其中效果最好的一张是，我用一柄白色鸵鸟毛扇子遮住胸部，整个人跳起来的照片。拍这张照片时，我的左右两侧分别站了一群小伙子，他们模仿女人的说话方式喊道："开始了哟！"然后朝天空撒了许多紫色和橙色的鸵鸟毛，随后我飞身跃起，其中一片羽毛恰巧飞到了我身体某个部位前面。就这样拍成了。漫天飞舞的羽毛中，几乎全裸的我跃在空中，看起来很健康，有些疯狂，充满活力，又透着些许悲伤，是一张非常精彩的照片。

森光子女士得知我成为自由职业者，便将她的经纪人吉田名保美小姐介绍给我。于是，我和森女士进入了同一个事务所。

---

①英国 20 世纪 60 年代红极一时的人偶剧。

我开始单干后，工作只增不减。例如去森繁剧团演出，在退出文学座的贺原夏子女士的邀约下，出演了饭泽先生导演的NLT剧团的创团首演剧目《通心粉金融》，还参演了帝国剧场的音乐剧《梦幻骑士》（主演自然是还是市川染五郎的松本幸四郎）。无论是在电视台还是舞台剧的世界，任谁来看，我的事业都是顺风顺水，如日中天。

然而，正是从这时候起，我渐渐有了想停下来休息一阵子，给自己时间慢慢思考的想法。之前我因为疲劳过度住了一个月的院，悟出了“电视（节目）说到底就是一次性的消耗品”。那段经历给我留下的印象太深了。此后我片刻也没有休息，从未放慢过工作的节奏。转眼间，离开学校走向社会已经十五年了。

自从我考进NHK，在电视这个全新的行业一路奋斗，丝毫不敢松懈，事业上得到幸运女神的眷顾，也结识了许多良师益友。然而，走到如今也有些倦怠了，而且我很想吸收些不一样的东西。电视演员是一个创造性的职业，必须时时接受新鲜事物的刺激。可是我渐渐觉得，我的每一天正变得千篇一律，毫无新鲜感可言。

就像一直高速奔驰的列车总会有离开轨道、驶入专线休整的时间，我也想要这样的休息时间。早晨起来，从容地喝一杯手冲咖啡，而不是速溶咖啡，顺便思考一下目前的工作还要不要继续做下去。或者像学生时代那样，早上醒来后伸个大大的懒腰，脑子里琢磨着：“今天做什么好呢？”总之，我想停下来喘口气。也许是多年积劳成疾，和我一路走来的电视界元老中，好几位导演都病倒了，有的做了胃部切除手术，有的得了非常严重的眩晕症。

再加上我们这些艺人和演员多少都被宠坏了。比如我走进某家店，看中了某样东西，说着“这个不错啊”拿了起来，这时才想起：“哎呀，今天身上没带现钱……”（当时还没有信用卡。）这时候，店里的人常常会说：“您要是喜欢就拿走吧，钱可以稍后再付。”这其实不是好事，长此以往会被惯坏的。人不能丧失该有的感觉。

而且，当时我虽已三十过半，但仍然住在娘家，和父母、弟弟、妹妹一起生活，很多事情一直习惯性地依赖母亲，对生活中的诸多琐事一无所知。

总之，先从工作中抽离一段时间，去某个地方尝试着一个人生活吧。去一个谁也不认识我的地方积累生活经验。否则，等到自己垂垂老矣，人生怕是会变得很艰难。所以要尝试着一个人独立生活。静静停在专用线路上的火车，乍看之下略显寂寞，也许会让人忐忑不安，可说不定会发现疾驰时看不到的风景，身边或许会有新鲜有趣的事情发生。最重要的是，等到能量积攒得差不多了，在未来的某一天，它一定又会重新飞驰起来。

我已经不停歇地工作了十五年，如果只是因为休息一两年，观众就把我忘记了，那只能说明自己的实力不过如此。我在心中慢慢酝酿着这个计划。等到时机成熟，我便向经纪人吉田名保美提出，想休息一两年。吉田小姐立即同意了。她帮我整理了已经安排好的工作（单是消化这些工作就花了一年多），从一九七一年秋天开始，我进入了休息期。

对了，还有一件事。在我饰演的众多电视剧角色中，有一个角色最具话题性。那是我进入休息期前饰演的一个阴郁的中年女人。

从一九七一年四月开始播放的NHK晨间剧《茧子一个人》中，

我饰演了一个叫田口惠的女佣人。田口惠出生于青森县八户，她的丈夫是个船员，早早就过世了，留下她一个人在罐头厂辛苦工作，养活上小学五年级的儿子和年迈的老母亲。她想多挣些钱，便来到东京，做起了女佣的工作。

我在战争中曾在青森躲避战乱，和青森也算有缘，说东北方言更是不在话下。“在青森的那段日子承蒙那么多人关照，一定要演好这个角色！”我暗下决心。可是，之前我扮演的大多是“都市里的大小姐”，像这样的“带孩子的东北女佣人”还是第一次演。我很犯愁该如何塑造这个人物。剧本里没写关于这个人的具体信息，但想到她是个非常忙碌的人，我决定将她塑造成一种不修边幅、不管不顾的形象。将一头短发烫成卷儿，洗后也不打理，就让头发蓬松着，这算得上最省时省力的造型方法了。因此，我决定戴一个这样的假发套。NHK 的床山女士（负责假发的工作人员）准确地理解了我的意图，为我做了一顶非常棒的像鸟窝一样的假发。其实，这位床山大婶本人就顶着一头像鸟窝般的乱发，我的灵感就是来自于她。

接下来，为了塑造那种不顾一切拼命工作的人的气质，我准备了一副度数极高的近视眼镜。如果是真的高度近视眼镜，我这个视力极好的人戴上了肯定会天旋地转，而且眼睛在镜头里会显得很小，面部表情也看不到了。因此我找了一副度数不太高，却有牛奶瓶底那么厚的镜片的眼镜。

只要能省钱，打扮得漂不漂亮并不重要——我觉得田口惠应该是这样的人。因此，我找了些只要能穿就行的土得掉渣的衣服穿在身上，下身则穿上用棉花做的“假肉”，让自己看起来臃肿不堪，身上仿佛堆满了像电话本那么厚的赘肉。脸上的肤色也化妆成劳动人民那种在户外暴晒而成的黝黑。考虑到她是从寒冷地区而来，特意将脸颊化得红扑扑的。总之，要让所有人都看不出这个人是黑柳彻子扮演的。这样才有趣。

化好妆之后，我看着镜子里的田口惠，十分满意："化得相当不错嘛。"我走出化妆间，恰巧碰上了《茧子一个人》的导演，赶紧和他打招呼，想听听他的感想。

"您好！"

"啊？"

他扔下一个疑问词，便不再理我，和身旁的演员聊起天来。

"咦，怎么这么冷漠？"

我心想。但我不死心，继续和他搭话。

"我说这位先生！"

他朝我看了一眼，随即露出困惑的神情，又和身旁的人聊了起来。

"我是黑柳啊！"

我只好大喊起来。导演盯着我的脸仔细打量，然后突然大喊："真是你啊！"当时，我在NHK还主持另一档叫《一〇一舞台》的歌唱节目。在那个节目里，我的造型是迷你裙配白长靴，发型则是短发波波头，两者的反差的确不小。看来导演完全没想到眼前这个为生计所累、满脸疲惫的脏兮兮的大婶，竟然会是我。这也说明我的造型是成功的。

然而，即便我装扮成这副模样开始拍摄，电视剧正式播放也是两个月之后的事了。因此除了工作人员和演职人员，其他人都把装扮成田口惠的我，当成了一个平凡得不能再平凡的脏兮兮的大婶。

我在 NHK 的走廊里和认识的人打招呼，大多会被无视。即便有回应，也很敷衍。去洗手间时，会被年轻女孩们推搡。去食堂买餐券时，当我拿出一万日元，对方会用怀疑的眼神看着我。买咖啡券时，平时总是温柔地询问我“要冰咖啡还是热咖啡”的女招待，却咣的一声将餐具扔在我面前的桌子上。

最初，我十分愤慨：一个人竟然会因为容貌和装束的不同遭到如此严重的歧视。可后来我又仔细观察，仔细思考了一下，发现似乎不是这么回事。这是因为我的工作也算是靠脸吃饭，不知不觉习惯了被人追捧，觉得周围人的态度亲切是理所当然的。女招待并不是态度恶劣，她只是默默地将餐盘放在田口惠面前，只不过是我自己觉得受到了冷遇。并非因为田口惠是个看起来脏兮兮的大婶，就遭到了粗暴对待，其实这才是最普通、最正常的态度。我意识到真正的事实是——身为艺人的我被宠坏了。

像田口惠这样的大婶，从不期待从别人那里获得友善亲切的对待。平时走路不会有人和她打招呼，所以她在楼道里总是靠边走。在洗手间被人推搡也总是默默忍受，有时候会卑躬屈膝，有时候也会笨手笨脚，她和儿子的幸福只能靠她拼尽全力来守护。如此一想，我悲伤得几乎要落下泪来。我是演员，卸妆后就不再是田口惠了。但如果一个人作为田口惠来到世上，那么她不可能轻易摆脱这种命运。然而后来，我又转变了想法。也许正因如此，田口惠这样的大婶才会加倍珍惜来自他人的善意，不管那是多么微小，她都会感激涕零。她也会时常想着回报别人、帮助别人，珍惜家人和朋友，无论生活多么艰辛都不会失去爱的能力，哪怕体会到如尘埃般渺小的幸福也由衷地喜悦。

我被疏散到青森时，有一天在一个很小的乡村车站等车。一位行脚商模样的大婶走到我身旁，看我身上虱子乱爬，觉得可怜，喃喃道："这孩子是东京来的吧？"边说边帮我抓起了虱子，然后用她的手握住我那双早已冻僵的手摩挲了一会儿，帮我暖手。大婶的手上布满了裂纹、冻伤，还贴着已经发黑的创可贴。她用这样一双饱经磨难的手为我取暖。那个时候，我亲眼目睹了许许多多这样的人，他们伤痕累累，却依然尽自己所能关爱他人。遇上田口惠这个角色的时候，我就知道，我是理解这个人物的，和她有着强烈的共鸣。

住在东京时，我家里有佣人，还有保姆，可当时我总是生病。后来，一颗颗炸弹从天而降，父亲上了战场，母亲也不知该往哪里逃，最终决定带着我们投奔一位在火车上萍水相逢的好心人。在青森避难时，我没有鞋子穿，只好每天光着脚走路。我喜欢上了光着脚扛着很重的炭包走路，挑着粪桶往地里撒肥料。原本讨厌虫子的我，可以若无其事地走进水田干活，即使腿上叮满了蚂蟥。我从未觉得这样的生活难以忍受，反而成了美好的回忆。

然而，有一件事却成了我心里一道永远的伤痕。那是在去青森避难之前，我曾经去自由之丘车站，和大人们一起挥舞着太阳旗高呼"万岁、万岁"，为上战场的士兵们送行。当时我做出这样的事，是因为听说去送行的人能得到一根烤鱿鱼腿。虽说这是饥肠辘辘的孩子面对食物诱惑时的无心之举，却成了我内心永远的痛。那天上战场的士兵，究竟有几个人活着回来了呢？学校让孩子们给士兵写信——即使孩子们并不认识那些士兵——然后装进"慰问袋"里寄往战地。“士兵叔叔，你好吗？我也很好。”一个下着雪的周日，我和我的朋友——一个男孩一起走在去教堂的路上。我实在太饿了，天气又那么冷，走着走着就忍不住哭起来。这时，一旁的巡警训斥道：“不许哭！想想那些在战场上勇敢战斗的士兵们！”我心想，啊，原来打仗的时候是不能哭的。从那以后，直到战争结束为止，无论发生什么事，我都没有再哭过。我痛恨战争，可是战争却给了我某种感受力。如果没有这种感受力，想必我也无法深刻理解田口惠这个人物。如果没有这场战争，我也不会走上演艺之路，更不会成为联合国儿童基金会的亲善大使，也许就对人生中发生的许多事看不清、参不透了。战争决不能重演，可是战争的确教会了我许多东西。

《茧子一个人》播出后大获好评，最高收视率超过了百分之五十五，田口惠也成了大明星。刚开始，导演还担心观众会抗议：为什么一大早给我们看这么个脏兮兮的老太婆！不过，自从有观众来信询问“黑柳小姐究竟演的是谁啊”，对田口惠这个人物的反响就越来越热烈。到最后，导演也转变了态度，竟然说：“妆还可以化得再脏一点。”由于田口惠太受欢迎，甚至有人建议让她一直演到最后一集。可是为了这次休养，我已经努力工作了好几年，所以还是按照当初的约定，只演了半年。一九七一年十月，我正式进入了漫长的休假。

出演田口惠这个角色，也让我深刻地体会到，不能任由自己沉浸在艺人的光环里，绝不能忘记身为一个普通人、一个女人的感情和感受力。无论喜怒哀乐都要全情投入，要活出自己独一无二的人生。可是，如果继续待在日本，似乎很难改变目前的生活。那么，我该去哪里呢？

出演《茧子一个人》的前一年，也就是一九七〇年一月到三月期间，我曾经在帝国剧院参加过音乐剧《斯嘉丽》（就是玛格丽特·米切尔的《飘》）的长期公演。我饰演的是斯嘉丽·奥哈拉的妹妹苏伦。编剧是菊田一夫。这是个大团圆的结局，在音乐剧的最后，斯嘉丽照例会说出那句著名的台词："Tomorrow is another day！"可是日语台词却被翻译成了"车到山前必有路"。饰演苏伦的我站在舞台上，每当听到斯嘉丽说这句台词，心里都觉得无比滑稽："车到山前必有路，这句话从嘴里说出来，感觉斯嘉丽突然变成了土生土长的江户手艺人。"

这部音乐剧是日美合作，除了编剧之外，负责作曲、服装、舞台装置的都是从百老汇邀请来的一流创作人。导演和编舞是乔·林顿，他曾经创作《无弦》《乔治·M!》《巴纳姆》等一系列百老汇著名音乐剧。乔的妻子伊芙琳是一位优秀的百老汇演员，在表演上很有深度。不过她更想协助丈夫的事业，便从演艺界引退了。之后，丈夫的每一次演出，她都会出现在现场，一边抽着烟一边认真观看，看着舞台一点点搭建起来，不放过一点细节。当天的工作结束后，她会和乔一起吃饭，然后给出建议——"那个地方这样做如何？""明天这样开场怎样？"乔十分信任伊芙琳，对她提出的建议总是全盘接受。

我和伊芙琳成了好朋友。伊芙琳说："回家只是睡觉而已。我从来没做过饭，因为还有许多更重要的事情要做。"我对伊芙琳坦白了自己的想法："我想暂停工作，休息一段时间。"

她说："那么请来纽约吧。我们来帮你安排。你可以去戏剧学校学习。毕竟那里有玛丽·塔卡伊啊。她是最优秀的。在百老汇，没有人能比玛丽老师更好了。我也曾经跟随她学习。最重要的是，她的人品非常出众。”

当时，日本的商业戏剧界大多是凭借人际关系决定角色分配和剧本等核心要素，我也看到过好几起例子，对这样的戏剧界已经心生厌倦。虽说还没想好暂停工作后要做什么，但说到要去纽约，从零开始，以全新的心情学习戏剧，还是很令人心动的。

可是，伊芙琳毕竟是个大忙人，也许她说这番话只是出于礼貌。伊芙琳和乔回国后，我也考虑过究竟要去哪里，但一直都没决定下来。就这样过了好几个月。一天，我收到了一封装在淡蓝色信封里的航空邮件，那是我未来的老师——玛丽女士寄来的。

亲爱的彻子，我还没有接收过亚洲学生。不过，伊芙琳对我说，你是一位很有才华的演员，想来纽约学习表演，所以我也想试着教教你。你何时来纽约呢？我的课暂时安排在今年秋天到明年的初夏。

玛丽·塔卡伊

好不容易才下定决心暂停工作，按照自己的意志决定接下来去哪里生活，却迟迟定不下目的地，最后竟然凭着一封陌生人的来信决定了……听起来也许有些荒唐，但的确是这封航空邮件让我最终决定去纽约深造。为音乐剧《斯嘉丽》作词作曲的哈罗德·罗姆先生和他的夫人弗洛伦斯女士，成了我在纽约的担保人。弗洛伦斯女士成了我“纽约的妈妈”，还为我找到了中央公园附近的一处住所，位于曼哈顿西七十四街的一居室。去美国那一年，我三十八岁。

玛丽的戏剧工作室在卡内基音乐厅后面那座大楼的一层。从我住的地方坐公交车只需要三十五美分，五分钟就可以抵达。玛丽曾经是专门教授职业演员的戏剧老师。在日本，一旦成为专业演员，除了参演每部作品时有机会接受剧作家和导演的指导外，基本上没有可以学习表演的地方。然而在百老汇，不管是多么闪亮的巨星，无论演员的演技多么出色，都会有自己的指导老师。在台上演出时，也会请老师到场观看，指出意识不到的表演缺陷，或是下意识的习惯。身处这样的环境，对演员来说实在太幸福了。

玛丽老师的班上有大约二十位学生。外国人只有我一个。虽说学生们都是专业演员，但当时美国经济并不景气，几乎没有一个人能靠演戏养活自己。我听说百老汇的演员、歌手和舞者，有百分之八十五到百分之九十处于失业状态。大家都是一边寻找演出方面的工作，一边在餐厅之类的地方打工。同学们并非全是俊男美女，既有体型高大魁梧的女孩，也有毫不起眼的像管理员一样的中年男人，还有一位像被大雨浇透似的浑身散发着悲伤气息的女士。只有一位女士参演过百老汇舞台剧。她演出的音乐剧《哦，加尔各答》虽然大获成功，却是以裸体为卖点，因此她多少有些不满，说："其实我想演《哈姆雷特》那样的戏。"不过，所有同学都是有扎实表演功底的专业演员，而且对戏剧有非比寻常的热情。奥斯卡颁奖仪式的第二天，班上一位女同学看了电视转播之后对我说：

"只要能拿到奥斯卡奖，哪怕每天学习十个小时也不觉得辛苦。谁叫我有野心呢。没办法。"

玛丽老师总是穿一身黑色服装，外套和丝袜也都是黑色的，戴着黑边眼镜，脖子上和手腕上戴着许多条细细的银项链和银手链（每当她晃动手腕都会发出沙沙的响声）。她总是不停地抽烟。她有一头银灰色头发，身材很好，极少露出笑容。她曾经是演员，出生于匈牙利，十九岁来到纽约，二十五岁第一次作为专业演员登台演出，想必当年她也有过语言不通的困扰。很快她就从表演转为教学，已经在百老汇教了四十多年表演课，英语也说得十分自然流畅，听上去和当地人没两样。她已经积累了足够的人生阅历，是一位有丰富感受力和热情的女性，同时也掌握各式各样的戏剧教学的方法和技巧。

老师用英语教授的课，我究竟能理解多深，消化到何种程度，说实话我自己也不知道。不过，玛丽老师的教学方法自始至终都是实用的、具体的。她甚至会教我们“试镜时应该站在什么位置”。仔细想想，对于使出浑身解数四处寻求机会的演员来说，学习在试镜时如何表现才能达到最佳效果，的确相当重要。

玛丽老师反复强调的一点是“强化想象力”。她总是说，在扮演一个角色时，演员能否深刻地、强有力地、自由地驱动自己的想象力，想象力能发挥到何种程度，决定着这个演员能否成为一个好演员。每当我们的想象力脱离了扮演的角色，玛丽老师都会立刻提醒我们：“不要自己乱写剧本！”再仔细教给我们应该怎么改。

一次，某个女演员表演了契诃夫四幕剧《三姐妹》开头大姐奥尔迦说的那段台词：“这个时候，在莫斯科，所有的花都开了。我多么想回故乡。”

玛丽当即询问她：

“现在，此刻，你看见了什么？你知道白桦树吗？”“在莫斯科，开的是什么花？花朵是什么颜色？”“你想回莫斯科，具体是想回哪里？那是一间怎样的房子？”

接下来，她又说了下面这番话。

“刚才，你并没有想象任何东西，只是生硬地念出了台词。我一下就听出来了。作为一个演员，不能只是稀里糊涂地念台词。莫斯科是个怎样的地方？即使你没有去过，也应该在电影和明信片上看到过吧？如果能看见白桦树，那么请想象一下，白桦树是什么样子？总之，无论什么都可以，请在脑海中将那个场景描绘出来。房子四周的风景，白桦树，莫斯科，家中的样子，你必须让这些实实在在地存在于脑海中。你想回到莫斯科家中，具体是家里的哪个房间呢？是自己的屋子吗？大家听好了——演员都是骗子，但说出的台词绝不能有假。无论是多么短小的台词，如果不能在脑海中转换成画面，那么一说出口就变成了虚假空洞的东西。”

直到现在，我在塑造角色时，都会提前做许多功课，像是扮演玛丽亚·卡拉斯，或是无家可归的女人时，我会找来关于她们的书阅读，或是听CD，看DVD，在远处悄悄地观察，直到自己满意为止。这都是玛丽教会我的。不了解就无从想象，无法想象的台词在说出口的瞬间就变成了虚无。

又有一次，玛丽老师让我表演桑顿·怀尔德《我们的小镇》中的一段台词，但是有一个要求：“不要朗读句子，只要表达感情即可，用感情来朗读。用ABCD这些字母来代替原来的台词。”原文是一段非常重要的表述，陈述真正的幸福究竟为何物。我按照玛丽嘱咐的，倾尽全力用自己的感情将那段台词演绎了出来。“时间竟然过得这么快！我们甚至都来不及好好看对方一眼。再见，妈妈、爸爸！

再见了，妈妈的向日葵，我的栗子树！再见了，我的小镇！一切都是那么令人眷恋……”我将这大段的台词都换成 ABCD 表演了出来。投入全部感情演绎完毕时，我惊讶地发现，所有人都哭了，甚至连玛丽老师的眼里都充满了泪水。

“彻子，你做得很好。演员有时候只顾着传达台词的意思，以至于无法完整地表达出感情的微妙波动。可是，只要将自己的感情完全投入进去，只要有真挚的感情，就足以打动观众了。”

玛丽用各种方法反复训练，让我们深刻了解“只顾着传达意思，忽视感情表达”这个演员的坏习惯。我还在玛丽位于七十二街的公寓里接受过她的个别指导。她能迅速明白我最需要什么，然后倾囊相授。我非常喜欢玛丽。她对待人生的笃定态度更是令我着迷。

通过在课堂上的学习，我曾经有过的疑惑——自己究竟能否继续在演员这条路上走下去——也不知不觉烟消云散了。只要有了“磨炼和勇气”这两样东西，就无往不胜。其实，我比百老汇的演员们要幸运，因为我有工作。所以我至少应该坚持磨炼自己，保持一颗勇敢的心。玛丽亚·卡拉斯曾经说过：“人生就是磨炼和勇气，剩下的全是垃圾！”

那一年，我不仅在玛丽的戏剧工作室学习，还去了舞蹈和歌唱教室，几乎每天晚上都会被叫去参加鸡尾酒宴会，去看了凯瑟琳·赫本（比我说话还快）和亨利·方达演的戏，应邀前去避暑别墅等，可以说是玩了个痛快。那一年里，我几乎没怎么一个人吃过饭。不过我倒也习惯了一个人生活。早上我通常吃一个苹果，可是因为时间太紧张，每次都是草草收拾一下就赶往玛丽的工作室。等晚上回来，发现桌子上还留着早上吃剩下的苹果皮，我吃了一惊，于是明白了：啊，原来独自生活就是这么回事。紧接着又想：的确，要是苹果皮消失了反而恐怖。我的美国妈妈弗洛伦斯总会热心地告诉我许多事——“彻子，之前那位男士向你发出了约会的邀请，你觉得如何？”“那个人对女人没兴趣。”“那个家伙总是很快就和女孩子搭上关系，你要特别留意。”

然而在纽约生活和学习的这一年，对我而言最重要的，不是去赴这几个约会，甚至也不是玛丽的表演课，而是无论什么时间，只要我愿意，就能一个人坐在中央公园的长椅上，回顾一下过去发生的事，思考一下未来的打算，或者什么都不想，只是盯着来来往往的行人发发呆。拥有这样的“时间”才是最重要的。我在纽约得到的、失去的、看到的、感受到的，以及经历过的希望和绝望，难以详细描述，但是我明白了一点——女人想在这世上生存下去，是极其不易的一件事。在那座城市的体验和经历，时至今日都深深地镌刻在我体内，鲜活如初。

一九七二年九月，我离开了纽约。和玛丽、弗洛伦斯、伊芙琳以及众多新朋友分别是非常痛苦的。我一遍又一遍地轻声哼唱着曾在《阿杨阿宁阿东》中唱的那首歌：“分别虽然悲伤，出发却令人欣喜。再见，再见，说很多很多再见，然后就打起精神出发。”

我离开日本还不到一年就决定回去，是因为朝日电视台突然向我发出邀请，问我愿不愿意去主持一档以女性受众为主的“新闻秀”。我反问了一句：“我不是家庭主妇，这样也可以吗？”在那之前，这档节目从来没有过女主持人，为了避免招致主妇的反感，连助手也都选用主妇或是居家型的人，服装则固定为白衬衫搭配深蓝色紧身半裙。因为节目在白天播出，家庭主妇是十分重要的观众群。起用我这样一个独身女子，还是一个任性地丢下工作跑到美国去学表演的女人，是十分冒险的。电视台告诉我："接下来的时代，不需要主持人有做家庭主妇的经验，站在自由自在地生存和生活的女性立场播报新闻就行了。你可以穿自己喜欢的衣服出镜。"我顿时对这份工作产生了兴趣，便接下来。这就是一九七二年十月开播的《十三点秀》。这个节目一直持续到一九七六年一月，从二月开始，《彻子的小屋》接替了它，在同一时间段开始播放。

对了，田口惠这个人物还附赠了我一个意外惊喜。

为了配合我去纽约，编剧安排田口惠当上了美国人的女佣，要跟随主人去纽约。就这样，田口惠从《茧子一个人》这部剧中消失了。没想到观众来信蜂拥而至，人们都在询问："阿惠究竟怎样了？"于是，导演紧急决定在《茧子一个人》快播完的时候，让田口惠再次登场。当令人怀念的假发、眼镜和棉花做的假肉一并寄到我手中时，我迫不及待地装扮起来，穿好衣服，将脸颊涂得通红，然后请纽约的 NHK 摄像师帮我拍了一段视频。我身上的衣服是纽约平民百货商场里的特卖品，特意挑选了美国家庭女佣平时穿的。

我们主要在第五大道和中央公园一带取景，拍摄时偶然赶上中学生放学的时间，于是也拍摄了放学的场面，还在视频里对阿惠留在日本国内的儿子洋平说："等你来了美国，就进这所学校哦。"《茧子一个人》的影像内容，NHK 几乎没有保留下来。所幸根据当时我写的文章，可以知道田口惠最后说了这样一段话（写成文字可能看不出来，阿惠在纽约说的也是东北话）："等到下次再和大家见面的时候，说不定会有一个喜欢我的人出现，说不定我会比现在更幸福。感谢大家这么长时间以来对我的喜爱。多多保重。Goodbye。"

最后，关于我的纽约之行，我还想再补充一点。

当时，我曾经去找森光子、泽村贞子以及我称为“姐姐”的山冈久乃，询问她们对我去纽约的看法。三位女士的看法完全一致：“多好的事啊，一定要去。”泽村妈妈说：“两年的时间有点长。不过没关系，尽情去做你喜欢的事吧。”山冈姐姐说：“我因为要照顾家庭，没办法出远门，请连我的那份梦想也一并实现吧。你一个人想去哪儿就去哪儿，慢慢来，不用着急回来。”由于之前没有出现过出国休养的女演员，我原本已经做好被媒体批评的思想准备，心想，怕是要被贴上“自大狂妄”的标签了。结果媒体对这件事的反应都是善意的、温和的。

我从纽约给森女士寄信，信中写道：“早上起来，喝一杯现磨的咖啡。白天就坐在公园的长椅上发呆。这样的生活，我很想请森女士也来体验一下。您要不要来住一段时间？”

我很快就收到了森女士的回信。

“我工作太忙，实在抽不出时间过去。缺钱用了就告诉我。我寄给你。”

我捧着森女士的信哭了起来，眼泪扑簌簌地落在信纸上，落在她那和娇小体型不相符的大大的字上，因为世上再没有像她这般善良又悲哀的人了。

森女士平素就乐于帮助年轻人。她吃过不少苦，便觉得“没必要让年轻人承受无谓的苦难”。她还说：“我会把我知道的告诉他们，总之就是想让孩子们开开心心地工作。年轻人若是只顾着看人脸色，发挥不出自己真正的实力，那才叫可怜。”

我从上小学起就对熊猫感兴趣，后来一直在关注和研究熊猫。

当我向森女士说起熊猫的话题时，她丝毫没有看不起我，反而听得很认真，很专注。而那个时候，整个日本还没有人知道熊猫为何物。自那以后，我便将森女士视为挚友。到如今，我们的友情已经超过五十年了。当然，森女士无论在工作上还是人生中都是我的前辈，不过，我更愿意把她当作朋友。

我和森女士有过这样的对话。“你还会结第三次婚吗？”“不，我已经受够了。对了，我好像在哪里读到过一句话：结两次婚的人是傻瓜，一次都不结的人也是傻瓜。”“咦？那你我岂不都成了傻瓜？”当时我们正在吃八朔橘。“啊，八朔橘真好吃，要不然我就和八朔协会的人结婚算了。”“彻子啊，有八朔协会这种东西吗？顶多是柑橘协会吧。”我们两个凑在一起，说的都是这种像女学生一样的话。

二〇一二年，森女士以九十二岁高龄逝世。我朗诵了这样一段悼词。

森光子女士，感谢您五十年来的善良与爱，感谢您五十年来对我温柔相待。您还记得吗？我们曾一起面对直播节目中的各种挑战。那个时候，森女士背台词背得特别快，人们都叫您“复印机”呢。当我辞掉NHK专职演员的工作，成为自由演员并四处寻找经纪人时，也是您将自己的经纪人吉田名保美小姐介绍给了我。很长时间以来，我们都属于同一个事务所。在舞台上，我更是从您那里获得了莫大的恩惠。

森女士是一位幽默感十足的女子。大约五十年前，我曾和您在艺术座一起出演德田秋声的《缩影》。那是菊田一夫先生改编的作品。我和您饰演的都是东北的艺伎。一天，在出场前，我去您的房间聊天。我说，美国有一位叫伊莎多拉·邓肯的优秀舞蹈家，一天，她脖子上缠了一条长丝巾去坐敞篷车，结果丝巾卷入车轮，把她勒死了。您听了，说道：真可怜啊。然后就轮到我们登场了。

有一场戏是在白雪皑皑的荒原上，被有钱的和尚抛弃的森女士正蹲在地上哭泣，我要过去将您扶起来。我半开玩笑地说道："为什么要在这种地方睡觉啊？"然后把您扶起来。可是，您忽然小声说了句："伊莎多拉·邓肯，伊莎多拉·邓肯。"我这才发现自己不小心踩住了您的丝巾，所以您的脖子被勒住了。这件事是我的过错，可您这瞬间爆发的幽默却令我感动不已。您就是这样的人。

我曾在纽约生活了一年，名义上是留学，其实是休养。一天，我收到了您的来信。信纸上，是和您娇小的体型极不相称的大大的字，写着"缺钱用的话就说，我寄给你"，我哭了。

《放浪记》最后演出时，我有幸参演。那时您对我说："彻子，请按照你喜欢的方式来演。不要有任何顾虑。这样我才能有所突破，有所创新。"当时《放浪记》的公演次数马上就要突破两千场了，可是您仍然努力想突破自己。

"我想和你一起吃饭，所以正在做康复训练呢。"这是我从您那里收到的最后一条信息。我当时十分期待。森女士一定能重返舞台，我曾经如此深信不疑，很遗憾。但最最遗憾的也许是您本人吧。所以，我决定这样想——就当作您睡着了，就像《放浪记》最后的一幕，您靠在书桌旁沉沉睡去……森光子女士，这五十多年来，你我就像女子学校的师姐和师妹一般亲密无间，无话不谈。感谢您五十年来对我的关照。这是我一生中最痛苦的离别。我相信，您作为演员的专业精神一定会引领我们这些后辈往前走。谢谢您。

彻子的头发

我听说有一件事现在非常流行，不禁吃了一惊。是什么事情呢？不是“彻子的小屋”，而是“彻子的头发”。也就是说，是我的发型。

听说这是从关西地区开始流行的。面向年轻女性发行的时尚杂志，用好几页篇幅介绍了我的“洋葱头”发型的梳法。此前，年轻女性的发型主要有两种：一种是将刘海斜着梳，一种是将所有头发剪成一种长度的“齐发”。总之，大多是将头发留在脸两侧的样式。而彻子的发型是怎样的呢？首先，将刘海往前梳成遮住额头的齐刘海，即“娃娃头”。然后，将其余的头发留长，全部向上梳起，在头顶挽成团子状，或是其他形状，这部分可以自由发挥。现在有好几家知名女性杂志向我要照片，或是提出想做一个洋葱头发型图解。我觉得做图解实在没必要，便拒绝了。不过这件事是一个非常有趣的现象。

最早将我的发型称为“洋葱头”的人是久米宏先生。我们在主持《The Best Ten》时，有一次久米突然对我说："你想干啥？洋葱头大婶儿！"我忍不住笑出了声，因为我的脑袋看起来的确像个洋葱。不过，我立刻毫不客气地反击道："你说我想干啥！只有一件衣服的大叔！"那个时候，久米还是TBS电视台的播音员，只有一件燕尾服。

我一直梳着这个发型上电视，原以为没有人会觉得奇怪，看来并非如此。

就在前不久，杰尼斯事务所中出演过电影主角的年龄最小的艺人森本慎太郎曾经来《彻子的小屋》做客。森本君说他平时没见过我。《彻子的小屋》播出时间是下午一点二十分，那时小学生还在上学（现在播出时间改成了中午，但问题并没有解决）。《世界不可思议的发现》则是在周六晚上九点开始播放，那个时候小学生已经睡觉了。不过，有一次森本君的学校因为流感放假，他回家比平时早了许多，便看见了电视节目中的我。据说，他问妈妈："这个人为什么梳了个蘑菇头？"原来对不经常看我节目的人而言，我的发型也可能像蘑菇，而非洋葱。然后，森本君的妈妈告诉他："你可别小看这个蘑菇头，这里面藏着糖果和米饼哦。"我觉得这位妈妈可能是看过《The Best Ten》。因为我在主持《The Best Ten》的时候，偶尔从头发里掏出糖果和米饼来。森本君来做嘉宾的那天，我恰巧也在头发里放了糖果。"今天也有。"我边说边从头发里掏出用纸包着的糖果，递给了森本君。森本君惊讶得瞪圆了眼睛。

说起"瞪圆了眼睛"，曾经做过"儿童店长"的加藤清史郎来《彻子的小屋》做客时，突然用那清脆的童声问我："黑柳女士，听说你的头发里藏着糖果，是真的吗？""哎呀，不知道今天会不会有呢？”说着，我从后脑勺掏出一块用绿色包装纸包着的糖，递了过去。“谢谢您。”加藤君边说边接过去，不过看样子还是吓到了，因为他的身体快僵住了。“对了，还有一块糖，就送给你妹妹吧。”我又从头发里掏出一颗粉红色包装纸的糖放在他手上。他一手握着一颗糖，好像真的惊到了，愣了好一阵子。

节目录完后，我回到休息室，清史郎的妈妈对我说：“这孩子好像被吓傻了，完全没反应，真是对不起。”其实我没觉得这是一件多么值得惊讶的事，反倒是其他人展现出的惊愕态度更让我吃惊。后来我问过许多人，大家都说，从头发里掏出糖果这种事一定会吓到人。于是我又开始后悔——应该先和儿童店长清史郎打个招呼的。不过，回忆一下当时的情景，儿童店长在回家时双手也一直牢牢握着那两颗糖，想必很开心。这样一想，总算稍感欣慰。后来，美国歌手 Lady Gaga 来节目做客时，不知从哪里知道了这件事，竟然从她那高高盘起的金发中拿出糖果送给了我。她这个举动真是令我又惊又喜。

宫泽理惠小姐第一次参加《彻子的小屋》时，穿了一件经典款式的怀旧风格和服，美得就像一幅画。理惠小姐梳了一个和我一样的洋葱头发髻。她说：“自从决定要来参加《彻子的小屋》，我就想好了，要梳一个和黑柳女士一模一样的小洋葱头发髻。”然后咯咯地笑了。这个发髻真是太适合她了。最令我开心的是，梳了洋葱头发髻的理惠小姐气质竟然和我十分相似。理惠小姐当时才十八九岁，可谓明艳照人。小洋葱头发型为她平添了几分俏皮。如今想来，也许从那时起，洋葱头发型就有了大红大紫的征兆。

以前，有一种发型叫“二〇三高地”。具体来说，就是将我的刘海全部梳上去的样子。叫这个名字，是因为这种高高隆起的发型，很像日俄战争时曾经发生过激烈战斗的二〇三高地。外国也有类似的发型，例如“蓬巴杜”，是将头发打蓬松后束起，在头顶松松地挽一个圆发髻。这个发型得名于路易十五的情人蓬巴杜夫人。据说是美丽时尚的蓬巴杜夫人最先开始梳这个发型，才有了这个名字。至于我为什么要梳洋葱头，则跟这些历史故事毫无关系。当年在纽约求学时，我几乎每天都穿着振袖和服出门（因为穿和服可以赢得人们的赞誉和宠爱），不知不觉就想出了这样一个发型来搭配。

一开始，我梳的是娃娃头。后来头发长长了，我便将头发向上束在一起。在纽约甚至是整个美国都很出名的美容师须贺勇介是我的好友，他曾经为杰奎琳·肯尼迪、摩纳哥王妃格蕾丝，以及戴安娜·罗斯、简·方达等女演员设计发型，并且担任过《VOGUE》《HARPER'S BAZAAR》这类时尚杂志内页和封面的发型设计。须贺先生也给了我许多建议，最终的设计便是现在这个洋葱头发型。无论穿和服还是洋装，这个发型搭配起来都很合适。

穿和服时，可以在头顶梳一个大一些的发髻，上面插上木梳或笄、发簪，立刻就变成了古典的日本风格发型。仔细想来，这个发型真是万能。如今连我也忍不住在心里赞叹。经常有人问我，这是假发吗？实际上是如假包换的真头发。只要看一看我脖颈和耳朵后面的发际线就明白了，是自己的头发，才能这样挽起来。有时候我也以不一样的发型出现，一般是戴假发，然后把长发塞进假发里。

到今年为止，《彻子的小屋》已经播出四十年了。过去的三十九年里，我的发型一直没变过。也许会有人觉得我很倔强。但我觉得，像这样的谈话节目，嘉宾梳怎样的发型都可以，但是主持人最好不要变换发型。很多时候，摄像机都是从主持人的身后进行拍摄，如果脖子被头发遮住了，即使点头赞同，观众们也看不出来。若是把头发挽上去，就可以从脖子的动作看出主持人的反应。因此，我认为这个发型很适合主持人。

不换发型的理由还有一个。如果某一天我突然梳了和平时截然不同的发型，观众们可能会想："哎呀，这个发型不适合她。""快来看呀，她的头发怎么变成这个样子了。"我和嘉宾在用心地交谈，观众却无法将注意力集中在我们的谈话上。这是我不希望看到的。我希望观众能迅速被带入进来，所以节目里变化的元素只有三项：嘉宾的穿着打扮，我的服装以及我和嘉宾之间摆放的鲜花。我相信，只要将这一点定下来，嘉宾也能安心地参加节目，会有一种真的在"彻子的家里"做客的感觉。

这就是我一直梳同样发型的原因。如果我经常变换发型，一会儿扎得高，一会儿扎得低，一会儿把头发垂下来，观众们肯定会把关注点都放在我的发型上。这就像是去剧场看戏时，演出开始后，观众们也总是喧闹一阵才安静下来。我不希望我的观众出现这种情况，所以三十九年来一直都没换发型。曾经有一位女时尚评论家在杂志上发表评论说："黑柳女士几十年来一直坚持同一种发型，这也是一种个性。"我看了这句话，心里十分高兴。而且，因为要追悼某人或是展示影像资料的缘故，有时候会在电视上播放三十九年前的《彻子的小屋》。看过的人对我说："您没怎么变啊。"这么多年，我的容貌肯定会有变化，可是发型一直保持不变，所以看起来变化并不大。如今想来，这也是保持同一发型的好处。

我主持《彻子的小屋》时，还做出了另一个决定。那就是放弃了演电视。

在《彻子的小屋》刚刚开播的时候，我和若尾文子一起出演一部电视剧。我在剧中扮演一位整天醉醺醺的艺伎。在摄影棚里，小道具师压低声音问我：

“您是不是真的喝酒了？”

我本来是滴酒不沾的人，在电视剧里喝的酒都是水，酒壶里的水也都是由小道具师准备的，这些都是早已定好的事情。所以我回答道：“怎么会！你忘了？酒壶里的水还是你装进去的呢。”可是，小道具师离开后，却对其他人说：“其实她真的喝酒了。”我愕然了。的确，我演的“微醺的艺伎”这个角色获得了大家的一致称赞，都夸我“演得好”。但没想到，身边的人竟然以为我真的喝酒了。照此推论，如果我演了一个坏女人，演得很像，看《彻子的小屋》的观众们说不定就会想：“明明是个坏女人，却在这里采访别人。”其实很早以前我就意识到，电视有这种作用。

如此一想，我便决定：今后不再拍电视剧了。于是，这部电视剧便成了我一生中拍摄的最后一部。今后，凡是在电视上露面，只能以自己本人的身份，表演则仅限于舞台剧。如今回想起来，我仍认为当时的毅然决然是正确的。只是那时，我没料到《彻子的小屋》一播就是四十年。

而且，我也没再去参加知识竞猜类节目。这种节目，即便你答对了，也不能证明你有多么聪明。可如果总是答错，观众就会觉得你很笨。如果让一个“脑子很笨”的主持人来采访嘉宾，对嘉宾也很失礼，而且很可能影响节目的公信力。所以，自从我开始主持

《彻子的小屋》和《The Best Ten》，就谢绝了所有知识竞猜类节目的邀请。

可是，我的一位老朋友重延浩先生，也是电视节目制作公司 TV MAN UNION 的社长（现在是会长）找到了我，想让我参加一档新的知识竞猜类节目。我照例回答他："我已经不接这类节目了。"结果重延先生说："这次要做的节目和以前的同类节目可不一样，不是看谁脑子聪明，而是引导人们去思考，但要求参加者掌握广博而庞杂的知识。比方说，我们要做圣女贞德这个人物，那么先介绍她的生平，这样大家就大体了解了她的一生。这期间会插入三到四个问题，只要理解了圣女贞德的人生，就能回答这些问题。节目会涉及全世界的历史和文化。"

历史一直是我的弱项。我也看过一些面向孩子的历史读物，但只了解些很浅的知识。如果学习历史成了工作，学习起来应该会更有动力吧。这么一想，我打算接受这个邀请。"如果参加这个节目，我也会学到很多历史知识吗？"

"当然。"

"如果我表现得太笨，会对不住《彻子的小屋》和《The Best Ten》的观众。所以，能否请您提前告诉我每期节目的主题呢？我想做足功课之后再去录节目。"

"没问题，没问题。"

重延先生答应了。于是，我便成了一九八六年开播的《世界不可思议的发现》的固定答题嘉宾。

就算提前知道了主题，我肯定也答不上来。既然如此，索性把自己打扮成和《彻子的小屋》及《The Best Ten》完全不同的样子，这样观众就认不出我来了。如此一想，我便穿着一身和服去参加节目。结果我的如意算盘彻底落空了。所有人都说："怎么可能认不出来？一眼就认出你来了！"

还有一件出乎意料的事。由于每次都认真预习，我的答题正确率越来越高，节目组的工作人员也渐渐不愿告诉我主题了。

"这期的主题是爱迪生。"我得知后便去查阅相关知识，发现了一则趣事。爱迪生原本是一名发送摩斯密码的技术员，曾用摩斯密码在恋人的手心写下"我们结婚吧"。当时只觉得这个故事挺有趣的，谁料到节目组竟然把这则轶事编成了题目。后来，这种偏题层出不穷。

而且，他们告诉我题目的方式也发生了变化。例如，以前遇到关于埃及艳后的主题，会直接告诉我是埃及艳后，可是到了南丁格尔那一期，却告诉我："下一期是关于克里米亚战争的。"这简直是拐弯抹角的提示嘛。不过，在查阅克里米亚战争的资料时，我自然也会了解南丁格尔的故事，所以我的正确率仍居高不下。结果，到了下一期阿兹特克文明，他们对我说："是关于中南美洲的。"做迪士尼那一期时，他们竟然告诉我是"关于美国的"，给我的提示越来越模糊，越来越暧昧。

如此一来，我也没办法了，只好仔细研究《世界不可思议的发现》的预告短片。每次都要自己推理一番："啊，这次应该是阿兹特克文明。"如果我的解答太完美，就会有人对出题的人和导演提出抗议，所以节目组更是使出浑身解数，让我答不出来。

平时我都是让事务所的人去图书馆帮我借书，偶尔也自己去市中心的大型图书馆借书预习。有一次，我伸手去拿和某个主题相关的书，突然听见啪的一声，站在我身边的一位年轻女子将手中的一本大书掉在了地上。她目不转睛地看着我。我不禁有些纳闷：我在图书馆出现就那么奇怪吗？我边在心里嘀咕边走开了。没想到，她竟然是《世界不可思议的发现》出题组的成员！她慌慌张张地向大家汇报："这次的题目得赶紧换，黑柳女士已经找到我用来出题的那本书了。"（我并不认识出题组的人。）最终，她的担忧并没有变成现实。那期的题目是关于中国菜的，我只答对了一题。

还有一次，我因为联合国儿童基金会的工作去非洲出差，中途要在巴黎转机。在飞往巴黎的班机上，我遇上了节目的"神秘猎人"（外景主持人）竹内海南江先生。节目的海外采访做得十分认真，每做一个主题都要花上大约两周的时间，竹内先生经常在全世界飞来飞去。我随口问了他一句：

"咦，这不是海南江君吗？这是要去哪儿啊？"

我并没有别的意思，可是竹内先生听了，微微一笑，摆了摆手，同时身体还往后缩了缩，答非所问地说道：

"不去哪儿、不去哪儿。"

后来，我在戴高乐机场又发现了几位《世界不可思议的发现》的工作人员，于是又问道："你们去哪儿啊？"

结果大家异口同声地回答：

"不去哪儿，不去哪儿。"

我感到滑稽：什么叫"不去哪儿"，至于这么防着我吗？其实他们当时正在去葡萄牙采访的路上。这也是后来我去录节目的时候才知道的。

"都已经遇上了，告诉我你们去葡萄牙又有何妨呢？"我忍不住抱怨道。

“那可不行。要是把葡萄牙这个信息透露给你，你肯定去查阅日葡关系方面的资料。我们太了解黑柳女士了。”

然而，我的光荣战绩也就止步于此了。最近几年，问题都变成了“三选一”的选择题，我的答题正确率直线下降。“三选一”的形式是熟知我性格的节目组想出来的对策，为的是阻止我答题过于完美。我并不擅长三选一，因为我喜欢自己思考，得出结论，却不善于将思考的结果往别人想出来的答案上套。还有一个原因，节目组会在选项中设下陷阱，引诱我去选择某个选项。我性格中有率真单纯的一面，每次必定中计。野野村真觉得：“三选一，不就意味着有百分之三十答对的机会吗？”看来他似乎很喜欢不用动脑筋的选择题。可惜我最不擅长的就是选择题。

再回到彻子的头发这个话题。一直为《周刊朝日》最后一页彩页画插画的山藤章二先生，在倒数第二页还开设了“肖像漫画私塾”。我记得有一次，他的学生画了我的肖像漫画，山藤先生评价道：“一说到黑柳女士，大家可能觉得只要把洋葱头画出来就可以了，就足够像了。不过，我希望你们也能把她的脸好好画出来。”的确有那种只凭发型就能认出我的肖像漫画。

和田诚先生也曾为我画过好几幅肖像画。我记得很久以前，有一次我和他见面，顶着一头蓬松的卷发出现在他面前，他吃惊地问：“啊？你换发型了？”“没有没有，这是假发。”他听了，似乎松了一口气：“啊，太好了。因为我刚画了一幅黑柳女士的画，画的就是洋葱头发型。”据说和田先生画的洋葱头是仔细观察过的，因此相当生动。

时隔多年，“彻子的头发”突然流行起来。由此看来，有些潮流要经过几十年才会流行起来。因此，我想告诉那些“想掀起某种热潮的人”：

“不要着急，慢慢来。”

仔细想来，我小时候研究过的“熊猫”就是这样。我本以为熊猫不会有出头的日子了，可是三四十年后，熊猫却突然引起了世人的关注。回想起来，熊猫刚来到日本时，恐怕整个日本没有人比我更了解熊猫了。

我和熊猫的相遇，是在上小学低年级的时候。我的叔父从美国回来，送了我一个熊猫玩偶当礼物。二十世纪三十年代，美国某位探险家的夫人在中国捕获了一头熊猫，带回了美国。这是活生生的熊猫第一次走出中国。在芝加哥的一所动物园，这头大熊猫被命名为“苏琳”，迅速风靡整个美国。人们还制作了熊猫玩偶，叔父买了下来，送给我当礼物。就这样，我知道了熊猫的存在。

在当时的日本，还没有人知道熊猫这种生物。我第一眼看到这个头部占身体三分之一大小的毛绒玩具，就喜欢上它了。不过，我一直以为这只黑白花色的小熊是只存在于想象中的动物。我到现在还保存着这只毛绒玩具，它的整个后背都是黑色的，看来，当时的美国人也不了解大熊猫。

等我长大了，偶然得知在中国有一种叫熊猫的动物，看了照片后，发现它和我那只玩偶长得特别像，总觉得像是同一种动物。我没想到，世界上竟然真的有这种动物！

此后，在关于熊猫的信息极度匮乏的日本，我一次次地跑到银座的耶拿书店和日本桥的丸善书店，寻找刊载熊猫照片的欧美写真集和杂志。一旦找到了就买下来，把可爱的大熊猫照片和介绍熊猫的文章剪下来贴成剪报。即便如此，当时一年也只能找到一张图片。于是，我对尚未谋面的熊猫的思慕愈演愈烈。

有时候，人们会问我："成为电视演员后，你觉得最幸福的事情是什么？"我一般会回答："能和动物园园长平起平坐了。"我还是个孩子的时候，就独自研究熊猫，小时候每次去动物园，都特别想去问园长或饲养员有关熊猫的事情。没想到我勉勉强强成了电视女演员之后，竟然在电视节目上和杂志访谈中见到了园长，甚至能请求他："您能否调查一下有熊猫的中国动物园的相关情况呢？"真的像在做梦一样。每当这时，我就打心底觉得："啊，能进入 NHK 工作真好！"

终于，只看照片和百科词典再也满足不了我对大熊猫的好奇了。"我要亲眼看一看活生生的大熊猫！"一九六七年，我来到了伦敦动物园，生平第一次见到了活生生的大熊猫。那是一只叫"奇奇"的雌性大熊猫。

到了动物园后，我实在太想、太想见大熊猫了，一颗心扑通扑通狂跳不止，反而不敢立刻去看。我故意先去别的动物那里转悠，故意走得很慢，按捺着内心越来越强烈的焦虑，缓缓地向熊猫房舍移动。终于，我看到它了！在耀眼的绿色草坪一角，我看到了这个小生灵的身影。好可爱啊！简直是超乎想象地可爱！

其实，之前我一直对自己说："哪怕不如想象中的可爱也没关系。"然而，真正的熊猫比我想象的可爱一百倍！我忍不住哭了起来。它的腿怎么那么短，几乎完全被大大的屁股遮住了。整个身体圆滚滚的，从后背到屁股的部分，看起来是那么柔软。最让人受不了的是，明明正面和侧面都那么可爱了，但只看屁股也能可爱到令人窒息。而且，它真的和叔父送给我的熊猫玩偶一样，脑袋占了整个身体的三分之一。它的一举手一投足，每一个表情，甚至它的存在本身都让我感动得一塌糊涂。“这么多年来，我一直对熊猫情有独钟是值得的。”一股自豪和欣慰之情油然而生。而且，动物园想让奇奇体验一段跨国婚姻，特地从莫斯科动物园运来了雄性大熊猫安安。我简直太幸运了，人生中第一次见到大熊猫，就一下见到了两只。从那天起，我对熊猫的爱更坚定了。

这件事还有一段小插曲。永六辅先生在同一时期去莫斯科出差。我这个熊猫专家自然知道莫斯科动物园有一只名叫安安的大熊猫，便死乞白赖地央求永先生：

“请您务必要去看安安啊，务必帮我拍照片，拜托了！拜托了！拜托了！”

善良的永先生特意跑到动物园去看熊猫。可是他不会说俄语，而且跑遍了整个动物园也没看到安安的影子。再加上那天刮暴风雪，他差点在动物园冻死。而当时我却在伦敦为熊猫发狂，早已把拜托永先生的事情忘得一干二净。直到他事后找我抱怨，我才想起有这么一回事。

自那以后又过了五年，一九七二年，美国的尼克松总统访问中国，之后，中国向华盛顿动物园赠送了两只大熊猫——玲玲和欣欣。当时我正好在纽约留学，心想：“这简直是命中注定的缘分。”立刻飞奔到动物园去看熊猫。

这个时候，大熊猫仍然是全美国的超级大明星，周末每天有七万人来观看，工作日每天也有三万五千名游客蜂拥而至。我去的那一天，笼子外面照例排起了长队。按照规定，每个人只能停留三十秒。不过我对工作人员央求道："我是从日本来的熊猫专家，能不能让我多看两眼？"结果我破例被允许进入栅栏里面，蹲在那里观察了许久。欣欣是一只雄性大熊猫，非常害羞，性格细腻敏感，喜欢一个人安静地待着。玲玲比欣欣大半岁，胖乎乎的，是个淘气鬼，总是做一些滑稽的举动，怪不得饲养员给她起了个外号——"小丑姑娘"。

两个小家伙的房间用厚厚的墙壁隔开了，目的是阻止它们来往。因为它们现在还是孩子，这么做可以避免它们在长大之前讨厌对方。玲玲的房间里，栽在花盆里的竹叶都被啃光了，整个花盆被打翻在地，里面的泥土撒得满屋都是。欣欣的房间则干净整洁得很，看不到一点垃圾。这两只性格迥异的熊猫后来生了五个宝宝。然而，熊猫宝宝们只存活了几天，就离开了这个世界。所幸玲玲和欣欣都很长寿，一直活到了九十年代。

怎样才能让熊猫也来日本呢？就在我为此烦恼的时候，在大熊猫被送到华盛顿动物园的同一年，中国与日本也恢复了邦交，并将一对大熊猫——兰兰和康康赠送给了日本。

当时，我已经回国，听说这个消息后再也坐不住了，马上开始调查：它们何时来日本？要怎样过来？最后终于弄清楚了——兰兰和康康将从中国乘坐飞机抵达羽田机场，再换乘汽车，以每小时四十公里的车速前往上野动物园。得知这些后，我更加坐不住了。到了那一天，我算好时间，对导演说："我有重要的事情处理，今天要提前下班。”然后从电视剧的排练现场溜了出来，一路狂奔到了动物园的后门。我是真心想欢迎大熊猫来到日本，而且迫切地想早点看到它们，哪怕只看一眼也好。

在上野动物园门口等待大熊猫到来的人，只有我一个。我孤零零地站了一会儿，三个在附近玩耍的孩子凑了过来，除此之外再没有别人。之前我看新闻，说是力力和真真来日本时，有好几百人在上野守候。可是兰兰和康康来的时候，动物园门口一个人都没有，也正因如此，动物园的工作人员看见我站在那里，特意将我领到了像是事务所的房间里，还为我泡了一杯热茶，关切地问道："在外面站着一定很冷吧？"（当时是十一月。）兰兰和康康是装在大集装箱里运送过来的，所以到最后我也没见着它们。不过，一想到动物园里终于有了熊猫，大熊猫终于来到了日本，我就欢欣雀跃。直到最近我才知道，上野动物园一直保存着当时我在后门守候熊猫到来的照片。

大熊猫向公众展出后，在日本大受欢迎，我也迫不及待地向小学四年级的孩子们提问："关于熊猫，你最想知道什么？"当时，大人们想知道的问题一般有三个："熊猫是只有中国才有吗？""是珍稀物种吗？""它们是吃竹子吗？"然而，孩子们感兴趣的却是另一个问题：

"熊猫（的毛）为什么是黑色和白色的呢？"

这个问题，连动物学家也很难回答，至今都没有找到答案。我一直觉得，孩子有种能在不经意间触碰到问题本质的神奇能力。

熊猫是黑白两色的原因，有一种说法较有说服力。它们长期生活在石山和雪原上，为了保护自己，渐渐地演变成了黑白色这种保护色。但这种说法也不是定论，因为在竹林中，黑白两色反而很扎眼。不过，有一点是确定的。熊猫双眼周围那片黑色椭圆形下垂区域，是为了避免被雪地刺伤眼睛，相当于墨镜的作用。这和有的棒球选手把眼睛下面涂黑是一个道理。

每一只熊猫的个性都不尽相同，黑白毛色的图案、黑眼圈下垂的角度、嘴巴上扬的方式、两只耳朵的距离和形状，甚至身体的弧度都不一样，表情和性格也完全不同。而且，它们非常擅长独自玩耍。我见过世界各国的熊猫，无论在何时何地，它们都是自个儿开开心心地玩耍，而且也没什么警惕心。也许是一直生活在没有天敌的环境里，它们总是一副悠然自得的样子。上野动物园的康康，每天早上如果饲养员本间先生不来叫，它是不会起床的，还经常睡得迷迷糊糊。明明是野生动物，却要人类来叫醒！

前几天，因为拍摄电视节目的需要，我去了上野动物园，见到了力力和真真。拍摄的时候别提有多高兴了。等到拍摄结束，导演笑眯眯地对我说："黑柳女士，你知道今天你说了多少次'可爱'这个词吗？一百八十二次！"听了这话，我不禁开始反思：我的词汇也太贫乏了！不过，据说数一数前来观看熊猫的其他游客说的"可爱"，平均下来至少也有七十次。从开始排队到走到笼子前，再走开，在如此短暂的时间里竟然说了七十次"可爱"，算下来差不多一秒钟说一次。我因为拍摄的关系比其他游客待的时间长，所以才说了一百八十二次。不管怎样，再也没有动物比熊猫更适合"可爱"这个词了。

不管是发型还是熊猫，我从未主动宣传过。然而，时隔三十年，却在最意想不到的时候忽然获得了世人的关注，这真是一个有趣的现象。“桃色幸运草 Z[1]”的姑娘们和我一起工作时，全都梳了洋葱头。

如果年轻的姑娘们全都梳着“小洋葱头”发型参加成人礼，那一定很有趣。希望明年的成人礼能实现这个愿望。

①日本偶像组合，于 2008 年成立。

某位喜剧女演员之死

年轻一些的人，或许对贺原夏子这个名字已经感到陌生了。她原本是文学座的女演员。一九六三年，芥川比吕志和高桥昌也等人离开文学座，创建了“云剧团”。就在同一年，文学座再次分裂，她和三岛由纪夫、中村伸郎等人一起离开。不久后，贺原女士离开三岛等人，创建了 NLT 剧团，专攻喜剧，而且是法国喜剧。一九九一年二月二十日，贺原女士离开了人世。

“我从未经历过死亡。所以，一想到自己要死了，反倒有些兴奋。我演过不少死亡结局的角色。只要真正死上一回，就能明白自己演得对不对了。然而，明白了又能怎样呢？反正已经死了。”

这是贺原女士得知自己患上癌症时，写在小小的笔记本上的一段话。也是她对陪在身边的一位剧团女制作人说过的话。贺原女士直到生命的最后一刻都是如此。在谈论起自己的死亡时，她自始至终没有逞强，没有自暴自弃，没有调侃自嘲，一直很冷静，甚至非常坦然。我从未见过在死亡面前如此泰然自若的人。

“我从未经历过死亡。所以，一想到自己要死了，反倒有些兴奋。”

说出这句话的贺原女士，曾经肚子里积了四升腹水，忍着癌症的剧痛在台上表演，令剧场中的观众捧腹大笑。她自始至终没说过一句泄气的话，直到去世前一个月，还一直坚持登台演出。

“哪怕有一位观众知道我病了，我也会立刻停止表演。我是个喜剧演员。要是哪一天观众开始同情我了，我的表演生涯也就结束了。”

贺原女士明确向我告知她的病情，是在她去世前一年的十月初。我在文学座的研究所学习过，勉强算是贺原女士的后辈。不过，贺原女士创建喜剧剧团 NLT 的时候（1968），我曾在首场公演《通心粉金融》中客串过她的女儿，因为我也很喜欢制作上乘的喜剧。这部戏的导演是饭泽匡先生。森雅之也出演了，扮演一位总是吹奏长笛的不可思议的放贷人。这部剧还获得了艺术祭奖，大大鼓舞了贺原女士。森先生扮演的放贷人总以极低的利息把钱借给真正需要用钱的人，从别人那儿收钱暂存时，却总是给对方很高的存款利息。这个放贷人随时可能破产，但连神父也从他那里借钱，所以梵蒂冈和罗马的警察也在戏里登场了。然而不知为何，最终获得胜利的却是这个从未想过要赚钱的放贷人。《通心粉金融》就是这样一部精彩绝伦的喜剧。

自那以后，我出演过好几部 NLT 剧团的喜剧，在《屋顶上的小提琴手》和《梦幻骑士》的首演中，我又凑巧与贺原女士同台演出。就在贺原女士去世前几年，我还曾经出演 NLT 剧团的剧目《妮诺契卡》，并且连着好几年，和贺原女士一起参加巡演。我们二人的关系可以说十分要好。所以，那一年的一月、二月、三月、五月，我和她也照例参加了《妮诺契卡》的巡演。不过在五月之后，一直到我得知那件事的十月，我们一直没有见面。

那一年的十月，我恰巧在银座四季剧场演出尼尔·赛门的喜剧《谣言》。首演那日，贺原女士也前来观摩。当天的演出结束后，在一楼大厅举行宴会，她也参加了，并且在麦克风前致辞，说“戏很有意思，笑了很多次”。

当时我看着贺原女士，心想，怎么看起来清瘦了些？不过，贺原女士原本就爱穿一些款式奇特的服装，所以我不太清楚她的体型如何，转念又想：也许是我想多了吧。后来，闲聊的时候，贺原女士小声对我说：“有件事想同你说，任何时候都可以。等你有时间了联系我吧。”

大约过了五天，我在入场前有一段自由时间，便联系了她，还开车去她家门口接她。我将车停在大路上等她，只见她像往常一样，头上戴着领巾状的发带，下身穿着一条刚过膝盖的少见的短裤，足以展现她颇为自豪的美腿。明明是十月，她却光脚穿着凉鞋从家里走了出来，还和一位牵着狗的大婶在路边谈笑风生，看样子是住在附近的邻居。我心想，看来觉得她变瘦了是我的错觉。我们去了四季剧场地下的意大利餐厅，虽然时间还早，还是决定索性把晚饭吃了，便并排坐下来。贺原女士的样子看不出和平时有什么不同。我们聊了会儿其他演员的八卦，我问她：

“你找我到底有什么事啊？”

“哦，对了，差点把重要的事给忘了。”

说着，贺原女士停下正将前菜送往嘴边的手，对我说道：

“后年和大后年的《妮诺契卡》巡演，已经定下来了，是吧？我知道你肯定会出演。万一，我是说万一我去不了，你也会去吧？”

贺原女士在这部戏里饰演一位俄罗斯的女大公，是那种穿戴着动物皮毛、浑身珠光宝气的漂亮贵族太太，她对这个角色颇有微词：我不喜欢这个人物，还是更喜欢脏兮兮的角色。所以我当时想，看来她是不想演，于是问她：

“我当然会去啊。你为什么不去呢？是因为讨厌那个角色吗？”

“当然不是，因为我可能演不了了。”

随后，贺原女士便将她三个月前做了开腹手术的事情告诉了我。

“一开始是肚子疼，我想可能是妇科病，去医院做检查。结果医生说，必须立刻手术。我大吃一惊，可是也没办法，只好让医生开刀。打开一看，可不得了，肚子里全是癌细胞，已经没法下刀了。到最后医生什么也没切，又立刻把肚子缝上了。”

有那么一瞬间，我以为贺原女士在说别人的事，因为没有人会用这样的语气谈论自己的事。“你在说谁？”

听我这么问，贺原女士笑了。

“真讨厌，说的就是我啊！”

“已经没救了”，“立刻又把肚子给缝上了”——这些句子经常出现在人们悄悄议论某个得了癌症的人的对话中，我还是第一次听见这种话从本人口中说出来。贺原女士见我一脸茫然地看着她，又说：

“你知道的，我一直是孤身一人。所以我对医生说，我的病究竟有多糟糕？请直接告诉我吧。我身边也没有其他亲人了，不会被吓到的，请直言不讳。我还经营着一个剧团，还有许多事情要处理，所以请坦诚地告诉我，我的身体究竟是什么情况？”

意大利面端上来了，可我连碰都不想碰。贺原女士说了句“哎呀，看上去很好吃呢”，接着又说：

“我又问医生，我还能活多久？可是医生就是不肯明说。我又问道，明年一月在博品馆要上演一部名叫《毒药与老妇》的戏，我无论如何都要参演，到时候我的身体状况允许吗？一月份正好是我做完手术后六个月。医生考虑了一会儿，说：‘估计不行。’”

我不知道该说什么好。因为我听明白了——按照医生的预测，贺原女士的生命只剩下不到三个月了。见我沉默了，贺原女士说：

“吃意面吧，再不吃就凉了。”

然后她大口大口吃了起来。我突然觉得很好笑。

“贺原女士，三个月前被切开肚子，又被告知‘你已经没救了’的人，谁会像你这样坐在这里狼吞虎咽地吃意面？你真是个怪人！”

听了这话，贺原女士笑了。

“是啊，的确很奇怪。所以医生一开始说‘一月的演出恐怕去不了’，可后来又说：‘你这个人是个怪人，可以试试看，说不定能演呢。’所以我决定，还是试一下。”

她的声音一如既往地有些沙哑，不过听上去很有精神。

“疼吗？”我问。

“疼。这个很麻烦，尤其是一到深夜疼得厉害。但习惯就好了。习惯之后，反倒稀松平常了。”

她继续若无其事地说道：

“不过，知道这件事后，要是在店里看到漂亮的鞋子，刚想买，可转念一想，买了也没几天可穿了，最终还是决定不买了，所以整个人都变小气了。”

这个时候了，她还想着逗我。

“我不想让观众知道我病了。演员U女士病重后还坚持登台演出，观众们都蜂拥到剧场看她，还担心她会不会今天就死在舞台上。我不喜欢那样。我不需要别人的同情，因为我是做喜剧的，绝对不能把自己软弱的一面展现给观众。”

这顿饭，贺原女士和我一样吃得很香。吃完饭后，她抽着最喜欢的香烟，目光望向远方，对我说：

“这件事我还没对任何人讲，所以请你不要告诉剧团里的人。《妮诺契卡》的巡演，我总算可以放心了，对吧？”

“对。”我答应着。那个时候，贺原女士怎么看都不像是一个将死之人，因为她有一种神奇的爆发力。虽说在电视上，她擅长扮演平民大婶，可实际上她是个身材极好的美人，包里总是装着一身泳衣，在拍摄间隙，一有时间就跳进泳池里游泳。这些大家都不知道。记得有一次去亚马孙拍摄，她又说，自己跑到亚马孙河里游泳了。“你就不怕有食人鱼吗？”我吓得不轻。“嗨，到时候再说呗。那里的河水太纯净了。”她一脸平静地说道。所以当时我就总往好处想：贺原女士这么强大，肯定会有办法的。

第二天，我从自己的衣服里挑了几件冬天穿的又厚又轻的，可以遮住贺原女士消瘦身材的夹克和裤子，送到了NLT剧团。因为贺原女士说过“自己变瘦了，想隐藏这一点很不容易”。之后，我很快接到了贺原女士的电话。

“干吗要对我这么好？”

我一时说不出话来。

“因为，我喜欢贺原女士啊。”

我能说的，只有这句话了。

然后，新年到来了。我因为要参加年末的电视节目，变得十分忙碌。再加上我的心灵挚友——纽约著名发型设计师须贺勇介，在我和贺原女士见面前的九月罹患癌症去世，我不得不赶往纽约这个伤心之地，整理寄宿在他家时留下的行李。之前的二十年间，每次去纽约我都住在须贺先生家里。于是很长一段时间，我都没有见到贺原女士。

一月中旬，我回到日本，便立刻联系她。NLT 的工作人员说：“贺原女士参加《毒药与老妇》的巡演去了。”

太好了！她如愿以偿了！我放下心来。然而实际情况是，她虽然参加了演出，病情却以出人意料的速度在迅速恶化。这是贺原女士自己也没想到的。

除了 NLT 剧团的制作人高岛女士，贺原女士没和任何人提起自己得病的事。她还拜托剧团里一位演技很好的女演员木村有里，来代替她参加平时的排练。她是想着自己万一在演出时身体不行了，就让木村小姐上场。虽然指定了代演，但贺原女士同时也是导演，并没有引起大家的怀疑。在此期间，她的腹水每天都在累积，即便去医院将腹水抽出来，很快又会累积到四升，有四个容量一升的玻璃瓶那么多。

《毒药与老妇》的主角是两个老太婆。另一位主演是淀薰女士。首演那天是一月五日。舞台上的贺原女士看上去神采奕奕，可是身体上的疼痛却与日俱增。吃了止痛药之后会眩晕，感觉地面像波浪般摇晃，所以在演戏的过程中，贺原女士从不吃止痛药。这样一来，当剧痛来袭时，她有时会听不见对手的台词，甚至眼前突然一片空白。最要命的是，在舞台上下台阶时，肚子里的四升腹水特别重。有一个演员负责在台阶上抓住贺原女士，贺原小声拜托他："不要碰我的肚子，不要碰！"即便如此，剧场天天都座无虚席，笑声响彻观众席。可是，一旦退下舞台，贺原女士立刻蜷缩着身子，痛苦地咳嗽，甚至还会呕吐。一到出场的时候，她又打起精神上台去了。淀薰女士说，每次她和贺原女士手牵手走上舞台时，贺原女士的手一会儿像寒冰一样冷，一会儿又像火烧一般滚烫，她当时十分害怕。

终于有一天，贺原女士请代演的木村小姐上场了。她一定是痛苦到了极点。在她死后，我才知道，她将那段日子记录了下来，每天只写几行，写在了她手包里的小笔记本上。

"首演总算是坚持到了最后，虽然很疼、很痛苦"，"腰要断了"，"白天晚上两场公演完成了，肚子快要涨裂了"，"好痛苦，好疼，疼得满地打滚（深夜）"，"闭幕演出，终于结束了"。

即便请人代演，贺原女士也在休息室里把耳朵贴到扬声器上，认真地听舞台上木村小姐说的台词，确认观众在什么地方笑。到了第二天，贺原女士又登台了。

博品馆捧腹大笑的观众里，却有人在号啕大哭。她们就是济生会医院的护士们。护士们轮流来看戏。病房里的贺原女士只是个普通的老太婆。可是，舞台上的贺原女士是那么可爱、风趣，充满了活力，甚至在台上欢蹦乱跳。女演员这个职业竟然是如此痛苦吗？那位病人究竟是如何做到的？剧场里所有人都在笑，唯独护士们在哭。

贺原女士曾对我说："虽然我很努力，可还是觉得自己像是在欺骗观众，心里很难受。”不过，竟然没有一个人察觉出贺原女士病了，甚至连资深的老戏迷都没看出来。负责代演的木村小姐比贺原女士年轻，大概四十岁，即便健康如她，一连在舞台上站三个小时也累得精疲力尽。贺原女士究竟是凭借怎样的精神力量才坚持下来的呢？总之，博品馆剧场每天两次的公演，贺原女士都没有缺席，一场不落地演到了最后。

贺原女士将《毒药与老妇》的主要演员召集到附近的咖啡馆，然后用一贯的讲话方式说道：“我呢，现在是癌症晚期。”

有些人已经隐隐觉察出她的身体状况不太好，可面对这突如其来的噩耗，也震惊得说不出话来。人们哭了起来。贺原女士像是要安慰大家似的，说道：

“我已经享受到了足够的快乐，满足了。”

博品馆的公演结束后，贺原女士回到医院抽出了肚子里的腹水，然后又踏上了《毒药与老妇》在中国地方和四国巡演的旅程。当时她已经极度虚弱，腹痛如绞，身体状态差到了极点。可是她觉得如果不去，对不起邀请方的一片赤诚，还是出发了。

首先是尾道。第一幕结束时，贺原女士下场后昏倒了。木村小姐在贺原女士休息室的镜子前化好妆，从昏倒的贺原女士头上取下假发，从她的身上把衣服脱下来，穿戴在自己身上，从第二幕开始代替她登台演出。“简直像地狱一般。”木村小姐后来回忆道。贺原女士醒来后，仍然坚持要听扬声器。木村的老妪也是演得出神入化，大部分观众一开始并没有注意到演员更换了，直到广播里说：“由于贺原女士身体不适，我们更换了演员。”观众们这才恍然大悟。从尾道到下一站松山的一个半小时路程，需要乘坐水翼艇前往。上下摇晃的水翼艇把贺原女士折磨惨了，况且当时还是寒冷的一月。即便如此，贺原女士也没抱怨过一句。在松山，她演了三天。松山的最后一场公演是一月二十日。这也是贺原女士人生中最后一次站在舞台上。

随后，又乘坐三个小时的巴士前往高知，在高知进行了五天的公演。从这个时候起，贺原女士第一次对登台表演产生了不安。高知方面的负责人深表理解，决定请代演上台。不过，贺原女士并没有赶回东京。她强忍着剧烈的腹痛，蜷缩在阴暗寒冷的花道[①]里，观察木村小姐等人的表演，将注意事项做了笔记。她还记下了对其他演员的点评。为了让木村小姐和自己表演时一样将观众逗笑，贺原女士一直在指导她。木村小姐也没有让她失望。

“我死后，巡演也要继续。我会以导演的身份继续观看大家的表演，直到最后。千万不要取消演出，拜托了。还请大家原谅我的任性。”虽然没有说出口，可是贺原女士一定是怀着这样的心情与各地观众见面的。就这样，贺原女士直到去世前一个月都在登台表演，最后的一个星期，虽然无法登台演出，却以点评和指导的方式完成了《毒药与老妇》的巡演。

我不禁思考，贺原女士这种强大的精神力量究竟从何而来？可以确定的是，她的母亲与她坚强的性格不无关系。如今想来，在我和贺原女士最后一次一起参加巡演时，不知为何，她总是在车上和我聊起母亲。每次说到最后，她一定会说：“那样的母亲我都忍过来了，其他的事情又算得了什么呢？”

---

①歌舞伎剧场中，贯穿观众席到舞台的通道。

一九二一年，贺原女士出生在一个大资本家家庭，是家中的独生女。从小学到女子学校，上的都是有贵族小姐学校之称的东洋英和。在这所学校就读的还有大她好几届的校友，后来成为她在文学座的前辈的长冈辉子女士。遗憾的是，在贺原女士七岁时，她那为人善良的父亲事业失败，家业迅速倾塌，她的父母也离婚了。贺原女士被母亲带走，来到母亲位于麴町的娘家，过起了寄人篱下的日子。之前，贺原女士住在巨大的豪宅里，日常生活有佣人伺候，所以在家中很少和母亲见面，甚至连被母亲抱过的记忆都没有。不过，总算有一张母亲抱着她的照片，至少在小时候，母亲是抱过她的。

回到家乡以后，贺原女士不知不觉承担起了所有家务。做饭、打扫、洗衣、叠母亲的衣物、给母亲梳头，都由身为女儿的贺原女士一力承担。母亲什么都不会，也从没打算去做这些事。可是，母亲却精通各项技艺，像是长歌、舞蹈、义太夫净琉璃、台球、围棋等。结婚以后，她曾经包下天皇乘坐过的带有展望车厢的火车，带着许多艺伎，一路弹着三味线，一直行驶到九州，做派可谓奢华至极，而且还与不少男人交往过。

贺原女士的这位母亲，眼睛很大，鼻梁很高，是一位美人。若是有人说贺原女士“长得像妈妈”，她会立刻火冒三丈，强烈否定：“开什么玩笑！我怎么可能长那样一张脸！”年轻的贺原女士在外出前换上和服，对着镜子打扮停当，正要出门，被母亲看到了。母亲噗地笑出了声，说道：

“真丢人啊！把自己弄得这么丑，竟然还有脸出门乱晃！真是恬不知耻！”

贺原女士曾经气愤地对我说：“这是一个母亲该对正当妙龄的女儿说的话吗？”可是，她看上去并不恨自己的母亲。然而，母亲对贺原女士的恶言恶语却远不止这些。

“你长了这么一张丑陋的脸，就不应该出来见人！况且你的脑子也笨得可以。愚蠢的人就应该统统杀掉！你脑子笨这一点像你的父亲，长得丑也是遗传你父亲！”

母亲喜欢美男子，所以出入家中的卖鱼的、卖豆腐的、木匠，都是美男子。

有一次，母亲病了。年轻的贺原便满大街去找母亲喜欢的那种美男子医生，终于找到了一位，请来了家里，没想到母亲的心情特别差。

“我不喜欢那样的，胖乎乎的。而且他也不是二十岁啊！”

她一面痛苦地喘息着，一面发牢骚，最后还不忘补充一句：“我喜欢身材修长的男人。”

战争期间，母亲去参加一位亲戚的法事。结果她喝醉了，开始无理取闹，坚持要坐车回家。因为是战时，很难找到车给她坐。最后不知是谁叫了一辆消防车，母亲便坐着红色的消防车回家了。贺原女士看到这一幕时也惊呆了。

贺原女士进入文学座以后，有时候回到家已经是半夜一点钟了，可她的母亲还在饿着肚子等她回来做饭，什么也不吃，什么也不做，只是呆呆地等贺原回来。而且，这位母亲只吃刚做出来的热乎乎的米饭。贺原女士无论多么疲倦，也只能赶紧去淘米，蒸饭。如果是出去巡演，在出发前给她盘好的头发，过了一周，她也不打理，连一根发卡都不会插，只等着贺原女士回来。

贺原女士将全部收入都交给了母亲。新剧女演员的收入少得可怜。但这位母亲从未说过一句感谢的话，只是一味地抱怨："怎么这么少！"殊不知贺原女士连内衣都舍不得买一件，生活得十分拮据。

即便如此，将薪水交给母亲，贺原女士还是很开心。母亲既漂亮又聪明，是个万人迷。可是，她却一直在折磨贺原。无论贺原女士多么尽心尽力地照顾她，她从未给过好脸色。贺原女士刚上小学时，有一次和母亲还有阿姨们去海边玩。大家买了柠檬汽水喝。贺原女士也分到了一瓶。母亲看了看自己的汽水，说："啊，怎么这么浑浊，我才不要喝这种呢。"然后把贺原女士的汽水换了过来。

"小孩子又不懂这些，没关系。"

结果，贺原女士喝了之后，得了严重的结肠炎。这位母亲大发雷霆："都怪你自己不小心！"贺原女士竟然也不觉得母亲换了自己的汽水有什么不对，反而觉得很丢人："都是我的错，是我喝了那种浑浊的东西。"只是一味地责备自己怎么这么不小心。

还有一件发生在战争时期的事情。有一天，贺原女士家里弄到了当时很难弄到的猪肉，可是拿到手的时候已经臭了，坏掉了。结果这位母亲竟然命令贺原："猪肉扔掉太可惜了，你把它给我吃掉！说你呢，快吃！"猪肉已经臭不可闻，贺原女士实在没办法，只好憋着气把肉吃掉了。人的身体真是坚强。也不知是不是吃的时候太紧张了，这一次竟然没有吃坏肚子。这次的事情是例外，别的时候，只要是喜欢吃的东西，母亲都是一个人吃光。有时候贺原女士也想吃，但总会本能地忍让，从来没主动要过什么东西。

贺原女士曾经想过成为一名画家。她在文学座的美术领域也十分活跃，无论是小道具还是服装，她都颇为擅长制作。母亲只要一看到贺原女士在制作这些东西，就会嘲讽她："你就是只猴子，只有爪子灵巧，脑子里一片糨糊！"看到她在雕刻，就说："别总扑在这些不挣钱的行当上，有本事弄点发明什么的。"总之是否定她的一切。

这位母亲还有一个十分罕见的癖好，她讨厌第六代菊五郎的舞蹈。有一次，贺原的一位女性朋友来她家玩，不小心说了句"我喜欢菊五郎的舞蹈"。结果，母亲瞥了一眼这位朋友带来的糕点，说："这种东西就是乡下人吃的玩意儿。你拿回去吧！"贺原女士整日里提心吊胆。

母亲对鲜花也是极度厌恶。"花这种东西，纯粹是浪费，完全没有意义！"用贺原女士的话说："母亲在情绪方面只有两三岁幼儿的水平。"不过，在上了年纪后的某一天，母亲终于说了一句："哎呀，这花可真漂亮。"结果下一秒她就用力把花攥在了手里，都捏烂了，完全不知道控制情绪和拿捏分寸。

不过，这位母亲又是一位罕见的懂得享受生活趣味的人。向贺原女士推荐文学座的不是别人，正是她。

"听说成立了一个叫'文学座'的剧团，有久保田万太郎坐镇，你可以去那里。"

贺原女士进入文学座时年仅十八岁。她饰演的第一个角色是四十岁，扮演比自己年长的杉村春子的母亲。

在我们眼中，贺原女士成熟沉稳，她母亲却总是说："这孩子总是唯唯诺诺的，真没出息。"可是，贺原女士时时刻刻都想着如何让母亲满意，即便母亲偶尔问她："你想要什么？买给你。"她也总是琢磨母亲的心思：母亲想买什么给我呢？

也许是由于这种反作用力，贺原女士仿佛拥有双重人格。在女学生时代，她是不良少女，还是坏孩子的头儿。她曾在众人面前宣称："我想当建筑工地的现场监工！"老师的话她从来不听，还要在手上戴上指节套环，去和麻布中学的男生打架。可同时她又是一个文学少女，读起书来如痴如狂。一回到家，却又变得对母亲言听计从。她的母亲在三十五岁变得身无分文，又离了婚，把所有的焦虑和不满都发泄在了贺原身上，其中也许还包含着对丈夫的憎恨。

贺原女士曾经深有感触地对我说过一番话。

"我的性格这么要强，都是拜我母亲所赐。如果不是身体结实，我绝对活不到今天。毕竟那样的母亲我都忍受下来了。我的母亲是那种时时刻刻都要成为主角的人。从小到大，我活着的唯一目的就是讨好母亲。你能想象吗？我一直管自己的母亲叫'夫人'。我就像是母亲的仆人。母亲也把这看作理所应当。我从来没有顶过嘴，一次都没有。她提的每一个要求，我都满足了。我并没有勉强自己。如果不为她做些什么，我就很痛苦。可是，我并没有从母亲那里得到过一丝一毫的爱。（这样的关系）很奇怪吧。

"总之，我这一生就是两个字：忍耐。既然能忍受那样的母亲，其他事情也就不算什么了。母亲实在是太自私太任性了，所以我发誓，绝对不要变成像母亲那样任性的人。《屋顶上的小提琴手》重新上演的时候，母亲去世了。那个时候，我竟然有一个念头：啊，这下终于能做自己想做的事情了！"

一想到贺原女士从七岁起就倾尽全力安慰母亲，所做的每一件事都是为了得到母亲的爱，我心中就涌起无限的悲哀与怜惜。

在四国巡演的时候，她曾对剧团的人说：

“我一直觉得，从成长过程来看，自己或许是一个不幸的人。但现在，我平生第一次觉得，自己是个幸福的人。现在是我人生中最幸福的时刻，因为有这么多人担心我，为我竭尽全力，为我哭泣。”

贺原女士这个人，一向只知道对别人好，却很少向别人敞开心扉，接受别人的善意。

一月末，几乎是从四国爬着回来的贺原女士立刻住院了。幸运的是，这次止痛药没有和身体发生排斥反应。虽说脖子上挂了许多管子和药袋子，好在疼痛止住了，整个人总算有了些生气。然而，肚子里仍旧积了许多腹水，她最自豪的腿也肿了足足三倍。即便如此，贺原女士也不曾休息。她选定了剧团今后三年的演出剧目，甚至开始创作剧本。由于她是孤身一人，为了让自己名下的剧团排练场留存下来，她抓紧时间办理手续，将剧团最资深的演员川端槙二和制作人高岛纯江收为养子。她还给七十名剧团成员中的二十位主力演员写了信，信中充满了真挚的感情，向他们表达感谢，并提出忠告。这样一个连睁开眼睛都痛苦无比的重症病人，很难想象她是如何握笔写信的。然而，贺原女士把这些事情一件一件都做完了。

我去医院看她的时候，她刚刚戴好了假牙，正在狼吞虎咽地大口咬着她最爱吃的麦当劳鱼肉汉堡。“我一直想这么吃来着。”她开心地说。吃完汉堡，贺原女士对我说：“我在《妮诺契卡》里扮演的角色，打算请剧团里的目黑幸子小姐来演。我已经和导演饭泽匡先生说好了。”看到她连这些都安排好了，我心中涌起无限悲哀。

“如果明年您身体好转了，我们一定要再次同台演出。”

听了我的话，坐在病床上的贺原女士摆了摆手，眼神突然认真起来，说了一句：

“怕是不行了。”

她并没有说“我也想”，“要是能活到那个时候就好了”之类宽慰人的话，然而也没有流露出害怕的样子。

这是她离世两天前发生的事。临终前几个小时，她没法自己吐痰了。护士试着用机器抽痰，可是没成功。贺原女士却很享受地抽起了烟，说是“要吓唬吓唬痰”。这个时候，她已经有了尿毒症。

后来，她一直闭着眼睛，陪在身边的年轻人便用汤匙将柠檬蜂蜜喂到她口中。过了一会儿，年轻人又觉得还是吃些凉的东西好，便又喂她吃了冰激凌。结果贺原女士突然睁开了眼，说道：“你怎么往别人嘴里乱塞东西啊，一会儿是酸的一会儿是甜的。”

原来人在临终的时候仍然有味觉。这是贺原女士教给我的。

很快，血压下来了。医生问高岛女士：“怎么办？”高岛问：“贺原向您嘱咐过什么话吗？”“她说，多余的事情一概不要做。”“那就按照她说的办吧。”

这一大，我本来要按照和贺原女士的约定，带奶油焗烤通心粉给她吃。前一天晚上，贺原女士给我打了电话。她是为了感谢我送东西给她。我往护士站送了睡衣和发带，特地选了那种可以遮住她肿胀腹部的睡衣，她的头发总是支棱着，我便选了好几种不同颜色的漂亮发带让她用。

“为什么要对我这么好啊？对了，明天别忘了给我带奶油焗烤通心粉哦。”

贺原女士的声音像是在撒娇。那是我第一次听见她撒娇。直到现在，那个声音仍旧盘旋在我耳中，不时勾起我对她的思念。

贺原女士在死前一分钟仍然有意识。她看见接到病情突然恶化的通知火速赶来的川端先生，脸上露出了微笑。她曾说："一会儿我还要把剩下的烟抽完呢，烟把儿那里最香了。"然而，她终究没能把剩下的香烟抽完。上午九点十四分，贺原女士走了。她走得干净利落，对世间没有半点留恋。她刚刚满七十岁。做事从不拖延的她，连葬礼的安排都交代好了。"葬礼越短越好，因为我太害羞了，不知道该带着什么样的表情去死。"

这是一位将喜剧视为生命的女演员，留在世上的最后一句话。

两位喜剧作家的父母

二〇一〇年春天到夏天，井上厦先生和塚公平先生相继离开了人世。

我与井上先生很早就认识，对彼此也十分了解。在我心目中，他一直非常强健结实，所以接到讣告时，我完全不敢相信，心中满是震惊。他的性格既有极其细腻的一面，也有不为任何人动摇的坚毅刚强的一面，着实令人称奇。

我和井上先生初次相识是在五十年之前，《葫芦岛漂流记》开播几年前。后来，我们成了朋友，一直保持着联系。我和井上先生相识相知这么多年，印象最深刻的就是他对自己母亲的讲述。据井上先生说，这位老夫人是个极其有趣的人，甚至比小说里虚构的人物还精彩，可算是把“活得比小说还传奇”这句话实现了。更令我惊讶的是，他在讲完母亲的传奇经历后，竟然对我说：“你要不要亲自和她聊一聊？”

很多人都知道，井上先生小时候是在儿童福利院长大的（用他自己的话说是“孤儿院”）。我很久以前就听说，他是由福利院里优秀的天主教神父和哥哥带大的。不过，我并不知道他的母亲仍然健在，而且做梦也没想到，井上先生会主动提出让老夫人来《彻子的小屋》接受访问。

一天，老夫人果真来《彻子的小屋》做客了。那是在一九八三年。之前听井上先生说，她曾经在建筑工地当过工头，我一直以为她是擅长体力劳动的人。然而，出现在我眼前的这位夫人一身洋装，手捧《圣经》，像我的祖母那样宁静安详。然而，从她口中说出的话却达到了幽默的最高境界——井上先生的确没有说谎，哪怕是再沉重的话题，经她一说，听的人也不由得开怀大笑。

夫人的丈夫是一位作家，撇下她和孩子们早早离开了人世。增（井上先生母亲的名字）夫人也曾悲叹过，哭了许多天，又迅速振作起来，命令孩子们：“去池塘里捞些柔软的水草。”

增夫人有药剂师执照，当时虽然是战争时期，她还是能搞到油纸和纱布。利用这些原材料，增夫人发明了一种以藻类为填充物的女性生理带，取名为“增子生理带”开始销售，还想出了广告词——“只要戴上了它，你可以尽情地跑，尽情地跳！水谷八重子也在用哦！”这下果然大卖。增夫人赚了不少钱。

据井上厦先生讲述，虽说是赚了些钱，可那里毕竟是东北乡村。在当地的村子里，若是有人赚了钱，惯常的做法是将浪曲师①请到家中来演出，再将村民们叫来，好酒好菜款待一通。于是增夫人也请了一位男浪曲师到家中来演唱。

①演唱浪花调的艺人。浪花调是日本的一种大众曲艺，用三味线伴奏，由一位演员以通俗易懂的曲调说唱故事。

没过多久，增夫人就把浪曲师演唱的一般的浪曲都听完了。然后她命令浪曲师演唱她自己创作的《南丁格尔物语》和《马克思物语》。浪曲师却因此心生厌恶，竟然在某天和一位深受增夫人信任、堪称她"左膀右臂"的女人一起卷走了她的所有钱财，私奔了。增夫人悲叹不已，整整三日卧床不起，随后再次迅速振作起来，带上厦君和哥哥去追这对男女。"那种胆小如鼠的家伙，肯定不敢走远！"后来打听到不远处新开了一片很大的建筑工地，增夫人便闯了过去。果不其然，浪曲师和"左膀右臂女"就躲在这里，钱财已经被他们挥霍光了。愤怒的增夫人将二人赶走，然后开始经营拉面店。最后，增夫人成了建筑工地上的工棚老板，负责工人们的伙食和住宿，迫不得已（没时间照顾孩子），便把井上厦兄弟送入了福利院。这些都是增夫人在《彻子的小屋》亲口告诉我的。讲述这些时，她十分平静。井上先生身上的幽默感、强大的反抗精神和旺盛的好奇心，以及后来为维护世间和平所做的种种努力，都是受到他母亲的影响。

我一直想着要找个时间好好写一写井上先生。井上先生非常尊敬饭泽匡先生，曾经与我约定："我收集了许多饭泽匡先生的剪报，将来打算写一篇《饭泽匡论》，或是饭泽先生的传记。"然而，他终究还是没能完成，就这样匆匆离我们而去了。我很想读呢。现在我只能说：井上先生，你再也不用担心截稿日期了。在我们下次见面之前，你都可以慢慢地写剧本了。（井上先生拖稿是出了名的，他甚至自称"迟笔堂"，我也被他折磨过！）

可是，井上先生，我很悲伤。

我是塚公平先生创作的戏剧的忠实粉丝。早在二十世纪七十年代中期，他的戏以每场九十九日元的价格在青山路小剧场上演时，我就经常去观看。塚先生非常会讲故事，他的作品有一种独特的幽默感，介于漫谈[①]和落语之间。他曾经说过：“那些都是我瞎编的。”不过，我却知道他写的都是真事。每次我去问他，都会被他逗得狂笑不止。讲故事给我听的塚先生也总是开怀大笑。

塚先生去世时，所有报纸在介绍他的生平时，都将《蒲田进行曲》视为他的代表作。这部作品最初创作出来时是一部剧本，后来改编成了小说，甚至被拍成了电影。

事实上，《蒲田进行曲》是塚先生看了《彻子的小屋》之后获得灵感创作出来的。在他告诉我这件事之前，我毫不知情。我十分尊敬塚先生这种明确标示作品灵感来源的做法，但还是有些震惊——把话说得这么清楚，真的没关系吗？

一九八二年，塚先生凭借《蒲田进行曲》获得直木奖时，我邀请他来《彻子的小屋》做客。结果，塚先生得奖前的人生实在太有意思了，我们越聊越兴奋，时间过得飞快，转眼就到了节目结束的时候。这时塚先生突然对我说：“《蒲田进行曲》是我看了《彻子的小屋》之后写出来的。”有一天，他偶然看到做过配角演员的汐路章在《彻子的小屋》里，讲述他在电影里表演“摔下楼梯”戏份时的故事，突然灵光一现，当即决定：“就是它了，就把这段故事写成剧本。”

“我立刻去见了汐路先生，采访了他，将汐路先生当作安次的原型，创作了这部作品。”塚先生说。其实，他本来不必在获得直木奖

①曲艺形式之一，以世相等为话题，带有讽刺批评意味的轻松巧妙的说话艺术。

后特意在电视上说这件事。之后，每次上电视，他都会不厌其烦地说明："我是看了《彻子的小屋》才创作了这个故事。"这件事也让我明白，塚先生始终用善意的目光关注着那些不为世人瞩目的配角演员。

塚先生看到的汐路章出演的那期节目，是一九七九年《彻子的小屋》刚开播不久的一期。有关"摔楼梯"的戏的采访，大致情况是这样的。

"我出生于京都太秦制片厂正对面的一户人家，所以从小就喜欢电影。我家附近有一座以前的电影明星——'大眼珠阿松'（尾上松之助）的铜像，那座铜像立在一株松树下面，眼睛上很快就会缠满蛛丝，所以我每天都去给铜像掸蛛网，擦拭干净，不间断地擦了许多年。就（喜欢电影）喜欢到这个程度。我出演的电影大概有两千多部，扮演的全都是被杀死的角色，几乎从来没扮演过杀死别人的角色。"汐路先生说。

我问他："您最有名的一段戏要属'池田屋事件'中从楼梯上滚落的戏份了吧？"

听了这话，汐路先生很开心地说：

"是啊。那个时候有许多大作。在那部电影里，我演的是勤王志士，还是被杀的角色，是被新选组杀死了。当时和我演对手戏的都是老前辈，像是市川右太卫门、片冈千惠藏、进藤英太郎、山形勋，所以我非常紧张。我从楼梯上摔下来时，因为是一镜到底的长镜头，除了主摄像机以外，还有其他的大型摇臂摄像机（可以从上往下移动拍摄）跟踪拍摄。

“楼梯一共有十三级台阶，最下方用水泥固定住了。按照剧情，我会被千惠藏先生砍下楼梯。我站在楼梯的最上面。这个位置相当高。因为是拍电视剧，为了看起来更有效果，台阶也做得比普通楼梯要高大。连我从上面往下看一眼也觉得害怕。不过，被对方的刀砍下楼梯时，我不会往下看。不回头，不往下看，直接让自己摔下去。因为这个时候，看与不看，报酬会有很大不同。这涉及报酬的多少，绝对不能看。刀砍下来，就直挺挺地摔下去，从楼梯上一路翻滚下去，脑袋先着地，然后整个身体重重摔在地上，抽搐几下死掉。这个时候，导演的声音响起：‘Cut！’

“大家看我一动不动地躺在地上，大概以为我真的死了吧。我睁开眼睛时，发现他们的脑袋正好在我头上围成一圈，就像在水井边探头探脑窥探水面一样。好几百万的人呢。”

我吓了一跳：“那里竟然有那么多人吗？”

汐路先生听了笑着说：

“不是的，我是说片冈千惠藏、市川右太卫门他们。”

“啊，您说的是片酬啊。那些拿百万片酬的演员担心您，就围过来看您是什么状况，是这样吗？”

“对，就像在看一口井似的。”

“掉下来的时候，难道一点都不疼吗？”

“当然疼了，多少还是有些疼的。我都是算好的，但偶尔也有失算的时候。其实是靠着脊梁骨的某个地方来缓冲的。如果失去平衡，碰到了其他地方就会疼。不过危险津贴，也就是报酬还是相当多。往下看和不往下看，这笔钱的金额会有很大差别。你究竟值多少钱，就在此一举了。

“在五所平之助导演的影片《萤火》中，我只签了摔楼梯的戏份，凭借这份合约参演了松竹电影制片厂的作品。那场戏拍了一遍又一遍。某天拍摄结束后，我收到了一个红包。当时，一万日元的纸币刚刚出来，我收到的那个红包，里面就装着一张万元大钞。我激动得浑身发抖。还收到了一块表，说是危险津贴。以前，我家里没有这东西，自然很高兴。虽然没有表，可我从未迟到过。因为看看天色、光线变化，或是太阳，自然就知道时间了。我看着家里柱子的影子，就知道：啊，现在是这个点儿了。自从我收到这块表，反而迟到了两三回。”

塚先生就是看了这段访谈之后，去见了汐路先生。

“这样的人非常可爱。”塚先生说，“名字不会出现在电影海报上的人们……”

就这样，满溢着塚先生才华的作品《蒲田进行曲》问世了。无论是舞台剧、小说还是电影，都好评如潮。对汐路先生而言也是一件好事。汐路先生早早就离开了我们，于一九九四年逝世，享年六十六岁。塚先生曾说，报纸刊登的讣告上明确写着：他是《蒲田进行曲》中安次的原型。“这样很好。”

塚先生还同我讲了许多其他的事情。

托《蒲田进行曲》的福，剧团成员再也不用穿着卡通人偶装去打零工了。

“现在电影和电视上那些片酬一千万的配角演员，当年都穿着卡通人偶服去东北地区巡演过。我当然也和他们一起干过这种事，我的角色是奥特曼，演员们扮演奥特曼的敌人，反派外星人。有时候台上有八位演员，台下却只坐着六位观众。当时，在东京常常饿肚子。来到东北之后，早中晚三顿饭都能吃上，大家自然高兴得不得了。到最后大家都变胖了，我的奥特曼的拉链都拉不上了，就被换下场了。

“不过，我剧团里的演员如果在电视上走红了，我就把他们转给其他制片公司，像是风间杜夫、平田满、三浦洋一、根岸季衣都是如此。因为我不想靠着从电视那里挣来的钱养活剧团。首先，看电视会让人变笨。‘要是看了一个小时的电视，就得赶紧看两个小时的书。’这是我祖母说的，连她都明白这个道理。看电视就是会让脑袋变笨，更别说演电视了，变蠢的速度肯定更快。你相信吗？读剧本时，这些家伙竟然不会读汉字。我可不想从做这种工作的人手里收取佣金。”

塚先生这样描述自己和戏剧、文学的关系。

“我出生在九州的深山里，在那里长大。我曾经很喜欢那里。虽然是个小山村，却保留着传统。女人不能在男人前面入浴，而且只能在男人吃完之后，躲在阴暗的角落里吃饭。你看，这是不是日本最美的姿态？哥哥吃的是鲷鱼，我却只能吃青花鱼。我就是在这种环境中长大成人的。所以来到东京后，我的世界被颠覆了。

“父亲以前的工作是制作支撑煤矿矿井的框架。后来煤矿业衰落了，从大城市派来了管理人员。管理人家里有一个可爱的女儿，也转到我们学校来了，她那里有薄如纸片的香皂，还有香水铅笔等新鲜玩意儿。然而，劳动人民的孩子却总是欺负她。我很想帮她，可总是不知不觉就站到了劳动者一方。这便是我文学事业的起点。开玩笑的。

“我和戏剧的相遇就是在那个时候。成绩很差的鱼铺家的哥哥，昨天还和我一起玩月光假面超人，等到村子开敬老会时，就扮成旦角（女形）表演起了《妇系图》，发出女人的声音，像模像样的。我心中不服：‘连算数都算不好的人，搞什么嘛！’（塚先生的成绩全是五分。）不过，我也觉得变成另外一个人还挺有趣的。那个时候，我对学问和爱情都一窍不通。

“书倒是读了一些。町里小小的书店只有文学全集，这反倒成全了我。我读完赫尔曼·黑塞的《在轮下》，写的读后感得了第一名，还让我画了‘感想画’。赫尔曼·黑塞的感想画。这个也拿了第一名，虽然想来有些滑稽。

“我的父亲是个有趣的人。我第一次见剧作家饭泽匡先生时特别兴奋。小时候我天天守在收音机前听先生创作的《阿杨阿宁阿东》，是忠实粉丝。我甚至把先生加进了给自己写的年谱里。所以我当时既开心，又感动，给父亲打电话说：‘我见到饭泽先生了！’结果父亲对我说：‘别担心，将来你一定会超越他的。别着急，慢慢来。’是不是很奇怪？父亲就是这样一个怪人。

“我上中学时，读了《共产党宣言》，想加入共产党，就去告诉父亲。当时父亲刚刚镶了金牙，特别开心，连睡觉时也张着大嘴，特意露出嘴里金光闪闪的大牙。我回家看到这样一幕场景，加入共产党的事情就没来得及告诉他。

“我打电话给父亲，告诉他我开始创作戏剧了，结果他说：‘什么？是要在花生姐妹后面跳舞吗？’”

我和塚先生都爆发出一阵大笑。

然而，这位老父亲没来得及读塚先生的书，也没来得及见证他的工作成绩，就离开了人世。塚先生总是为此感到遗憾。

塚公平这个笔名之所以用平假名来写，是因为塚先生的母亲来自韩国，没有机会上学，不认识汉字，为了让母亲也能读懂自己的名字，就选择了用假名书写。他的母亲经常说：“要是我能认字的话，就能看懂你的书了。”

等到母亲认得平假名和片假名了，有一天，周刊杂志上刊登了一篇文章，标题由平假名和片假名组成：“塚公平是同性恋？”恰好都是母亲认得的字，母亲很担心，哭着问塚先生：“你是同性恋？妈妈心里真难受。”其实那篇文章完全是一派胡言。

我听说塚先生一直从病榻上打电话到排练场，指导演员们的排练。他训斥起演员来十分严厉，可是，我几乎从未见过像他这样的人，自始至终都用纯净善良的目光守护着演员，用善意的目光解读人类。继井上厦先生之后，我又失去了一位不屈服权威、热心关照弱小的重要的喜剧作家。

大幕拉开之时

二〇一一年初秋，杉浦直树先生去世了。至此，我在演艺圈的家人们全都离我而去了。这里所说的演艺界的“家人”，包括我的“妈妈”泽村贞子女士、“哥哥”渥美清先生、“姐姐”山冈久乃女士，还有“诚哥哥”杉浦先生。这些就是我全部的“家人”。

我称呼杉浦先生为“诚哥哥”，是因为渥美清先生在我之前和杉浦先生一起出演过电视剧，两人成了好朋友，渥美清先生一直“诚公，诚公”地叫他，我就随着叫开了。我一直以为诚公是他的真名，杉浦直树是艺名。可是，当我在报纸上看到他的讣告时，才知道杉浦直树原来是他的真名。我大吃一惊，连忙打电话给杉浦夫人（两人几年前才结婚），询问这件事。根据夫人的讲述，“诚公”这个名字是杉浦先生在和渥美清一起演出的电视剧中扮演的角色的名字。(其实我是忘记这件事了。后来我们打算在《彻子的小屋》做一期追悼杉浦先生的节目，便找出以前的节目录像看，才发现当时我就问过杉浦先生，为什么渥美先生叫您“诚公”。杉浦先生回答道，因为在福田阳一郎创作的电视剧里，[1]他饰演的角色名叫诚一郎，自那以后，他就叫"诚公"了。那部电视剧是五十年前拍摄的。看到精神抖擞的杉浦先生出现在录像里，我心中涌起无限眷恋。）

杉浦夫人还说："我还听说了渥美先生怀疑黑柳女士和杉浦关系的那件事。"这件事情的经过是这样的。

渥美先生自从主演《利先生之歌》这部电影，去非洲拍摄以来，就喜欢上了非洲，经常去非洲旅行。长期不在国内时，渥美先生会将代官山的公寓借给杉浦先生暂住，就像电影《公寓春光》（比利·怀尔德导演，杰克·李蒙、莎莉·麦克琳主演的电影，讲的是男主人公为了出人头地，将自己公寓的钥匙借给上司，供他们与情妇幽会的故事）那样。当时渥美先生和杉浦先生都是单身。

某天晚上，我们几个经常一起吃饭的人照例大吃大喝，又聊了一通，之后向来滴酒不沾的我开着自己的车送杉浦先生回家。杉浦先生对我说："你知道渥美君在代官山的公寓吧？就把我送到那里去吧。"我便照做了。

车开到公寓门口，杉浦先生从副驾驶席上走下车，又绕到驾驶席这一侧，靠近车窗，俯身对车里的我说道：

"你不上来坐坐？"

"不去。"

我回答得很干脆。杉浦先生又指了指我的胸前，说道："那……可以把这个送给我吗？"那天，我在胸前别了一朵粉色的玫瑰假花。我忽然觉得有点浪漫，就把那朵花给杉浦先生了。

---

①指 1964 年的《四重奏》，讲述四个男人组成四重奏乐团，计划盗出埋藏在银行地下的财富的故事。

后来，过了一阵子，我见到了回国后的渥美先生。若是把他当时问我的话一字不差地记录下来，就是这样的：

“大小姐，你和诚公做了吧？”

说话时，他那双细细的眼睛里闪现出淘气孩童般狡黠的目光。我吃了一惊，反问他：“为什么这么说？”原来我佩戴的玫瑰花留在了渥美先生屋里，所以他才开始怀疑我和杉浦先生。后来，误会总算解除了。可是，渥美先生总是把玫瑰花事件拿出来一遍遍地说，来取笑我。杉浦夫人也从杉浦先生那里得知了这件事。

我和杉浦先生第一次见面，是在大约六十年前。

那时我刚刚在 NHK 出道，白得了一个“头号电视女演员”的名号，虽然也在演电视，不过最主要的工作还是广播电台。首先，那个时候大部分家庭还没有电视，连我家里也没有。这时，我接到了一个梦幻般的工作邀请，是请我去做时装表演秀的主持人，从京都开始，一路转战关西、山阳、九州的各大城市。那是一家叫 SKIYARN 的毛线公司举办的针织服装秀。我出生于东京，上小学时战争爆发，上女校时又赶上了战后的混乱时期，没有参加过修学旅行。唯一一次出远门就是去青森避难，从未经历过真正的旅行。这次竟然能去向往已久的京都，甚至还能去更远的九州，我简直欣喜若狂。

冬季的某一天，我踏上了去往京都的旅途。以前，我只在画中、相片上和电影里见过京都，一想到如今能亲眼目睹她的芳容，我就兴奋得睡不着觉，天还没亮就起床了，然后去了清水寺。清晨的清水寺，没有一个游人，清冷的空气令人身心舒畅。

我是在基督教家庭长大的，接受的教育也是西式教育，从来没进过寺庙，所以对去寺庙参拜的规矩一窍不通。不过我心想，既然好不容易来到了这里，一定得好好拜一拜。然后，我心里琢磨着，应该先进正殿吧？于是脱了鞋，走进了古朴庄严的大殿。正殿里光线昏暗，凝神细看的话，能看见一尊高大气派的祭坛。我走近祭坛，看到上面摆着一尊看上去十分珍贵的佛像。佛像前面放着一个厚厚的巨大红坐垫，我不假思索地坐了上去，开始虔诚地祈祷，又看到眼前还摆着漂亮的钲和木鱼，心想，既然来了，就敲敲看吧。一敲，果然是十分难得的好声音。哇，在这里许愿一定灵验！于是我左敲右敲，忙不迭地许愿祈祷。这时，忽然有人从后面拍了拍我的肩膀。我回头一看，只见一位身披华丽袈裟的老僧人站在面前，缓缓说道：

“能麻烦您让一下吗？”

他身后站着一群身披各色袈裟的僧人，看样子是来做早课的。我故作镇静，答道：“没问题。那么，这里就交给您了。”说完，将坐垫让给了那位看上去地位最尊崇的僧人。僧人们想必被惊得目瞪口呆了吧。走出正殿，我看到陆陆续续有人进寺参拜了。他们立在殿外的功德箱前，摇响铃铛，虔诚地礼拜。我这才明白，其实不用脱鞋进殿，在外面参拜就可以了。

这就是我与京都的第一次亲密接触。后来，我顺利结束了主持人的工作，坐上了返回东京的夜班火车。我登上火车，一眼就看到车厢尽头的连廊里站着一个人。他正侧身站着，竖起大衣的衣领，双手插在口袋里。是杉浦先生。“哇，名人！”我在心中暗自惊叫。杉浦先生当时已经出演过好几部电影，正在和山田五十铃女士传绯闻。杉浦先生并没有看向我，所以我也没有和他打招呼，而是径直朝自己的卧铺车厢走去，爬到床上，舒舒服服地睡了一觉，回到了东京。

又过了一阵子，我和渥美先生、永六辅先生、小泽昭一先生、三木纪平先生，渐渐习惯了在工作结束后去六本木一家叫“鮨长”的寿司店里聚上一聚。杉浦先生也是那家店的常客，再加上他和渥美先生是好朋友，所以不知不觉地，我和他也逐渐变得亲近。毕竟大家几乎每天都去那家店晃，很快就熟络起来了。

除了我们之外，还有许多人光临“鮨长”。当时每天晚上都来的有纪伊国屋书店的社长田边茂一，还有ALMOND[①]公司的社长泷原健之。在这里，三岛由纪夫曾经热切地表达想将森茉莉的《枯叶的寝床》拍成电影的强烈愿望。我还看见过演员芥川比吕志。

我们这群人总是兴高采烈地谈天说地，似乎永远都不觉得烦，也不好好吃东西，这可愁坏了店老板。无奈之下，他只好又建了一层楼，对我们说：“不吃饭的人请到二层去。”大家听话地爬到二楼去，等到肚子饿了，就喊：“老板，来几个烤饭团！”也不管人家的菜单上有没有这道菜，想吃什么就肆意瞎点。老板嘲讽我们：“过一阵子你们是不是还想吃意大利面啊？”

就这样，我和杉浦先生渐渐成了无话不谈的好朋友。大概过了十多年，有一天，忘记是为什么了，杉浦先生忽然问我：

“你还记得我们第一次见面时的情景吗？”

“咦？第一次见面，是在哪里来着？”

我忍不住反问道。杉浦先生回答说：

①日本著名西式糕点品牌。

“那天晚上，在京都，你穿着一件黑色的长外套，登上了火车。”

那天晚上我的确穿了一件黑外套。而且我很喜欢那件外套。听他这么说，我还是挺吃惊的。

“没错，我当时看见你，心想，我竟然碰上了一个名人。不过，你似乎并没有看见我，而且我和你这个名人也不认识，于是我就回到自己的卧铺车厢去了。我不知道你当时也看见我了。”

听我说完这句话，杉浦先生用他那好听的声音回答说：

“当然看到了啊。”

这种时候，有人会说“因为你很漂亮”，或是“你引起了我的注意”。可杉浦先生从不说这种话。我虽然很开心，一方面又不得不惊叹和佩服：“原来如此，不愧是情场高手！”若是普通人，关系亲近之后，一般都会迫不及待地告诉对方：“那个时候我看见你了。”杉浦先生却在十年后才提起这件事，真不可思议。

我怀着对杉浦先生的满腔敬意，将这件事告诉了渥美先生。哥哥的脸笑成了一朵花儿：“诚公就是这样的人。他一直都在留意女人。”

那段时期，杉浦先生曾经邀请我去他的家乡爱知县冈崎市，拜访过他的家人。那天，我们像往常一样在“鮨长”聊到很晚。我随口说了一句：

“对了，明天我要去静冈县出差。工作是后天早上才开始，只要明天晚上到就行。”

“我老家在冈崎，你明天要不要顺便去冈崎看一看？我家有很多种鲤鱼，可以给你看的。咱们在东京站集合，一起出发吧。”

“我还没去过冈崎呢。那就去一趟吧。”

我们约好之后，我便回家了，因为杉浦先生肯定又是喝酒喝到凌晨才回家，这是他的习惯。所以我对他说的话半信半疑，“明天他真会出现吗？”还好，约定的时间一到，他准时出现在了东京站。说几句题外话。杉浦先生爱喝酒，是那种能一直喝到深夜甚至凌晨的人。可是，拍摄时他从未迟到过，台词也记得很准，真是不可思议。

冈崎的公园里有杉浦先生祖父的石碑。据说就是这位老先生让冈崎通上了电灯。而且，杉浦先生家里果然有许多鲤鱼。在一个游泳池般的巨大水槽里，大大小小的鲤鱼自由自在地游来游去。据说这是他父亲开发出来的兴趣爱好，杉浦先生自己也喜欢鲤鱼，很了解这方面的知识，还热心地教我辨别鱼苗好坏的方法。后来，我每年十月都在银座的剧场表演戏剧（主要是喜剧），很想邀请杉浦先生出演，但无论我和高桥昌也导演怎么邀请他，他都会支支吾吾地拒绝：“嗯……十月恐怕不行啊，十一月倒是可以。”每年都是如此。貌似他十月也没参加别的演出啊。我心中十分纳闷。后来才明白，他每年十月要去新潟（锦鲤的产地）购买大量的鲤鱼，忙得很。于是大家打趣道：“原来是为了鲤鱼啊，那就没办法啦。”

在冈崎，我还见了杉浦先生的父亲，见到了杉浦经营一家时尚咖啡店的哥哥，还见了他的妹妹。我还登上了冈崎城，一边俯瞰着整个城市，一边听他的父亲滔滔不绝地讲述冈崎空袭的那段历史，我时不时地回应道：“哎呀呀，真是太不容易了。”后来，杉浦先生回想起当时的样子，说我的回应实在是太敷衍、太不走心了，还笑着学我：“哎呀呀，真是太不容易了。”

后来，又过了好几年，杉浦先生住进了高轮的酒店。他把自己的鲤鱼养在酒店的池塘里，每天从房间眺望池塘，欣赏池中的鲤鱼。不记得从哪一年开始，杉浦先生、渥美先生、名古屋章，以及导演兼编剧福田阳一郎（福田先生是杉浦、渥美、名古屋共同主演的电视剧《四重奏》的导演和编剧），还有我五个人，在杉浦住的酒店的和室里开起了定期聚会。

我们倒也没有什么特别的目的，每两个月或三个月聚一次，大抵是中午相聚，聊一聊最近各自看的戏剧、电影，有趣的事，听过的落语、模仿秀、冷笑话等。说白了，就是聚在一起聊天。这样的聚会让我想起以前在“鮨长”（老板早去世了，如今店铺也关门了）二楼的快乐时光。大家吃着杉浦先生为我们准备的饭菜（有时我们会聊上一整天，一日三餐都在这里解决），杉浦先生和名古屋先生喝着酒，我和渥美先生、福田先生不喝酒，只聊天，到晚上十一点左右解散。这个聚会持续了十多年，一直到渥美先生去世之前，其间从未间断过。

杉浦先生钟爱罐装和平香烟，名古屋先生也是烟不离口，福田先生更是个重度烟鬼。我对泡在二手烟里本来没什么感觉，然而也忽视了一个细节。不知从何时起，渥美先生一到晚上就打开窗户，坐在窗边眺望外面。现在想来，应该是他肺的情况已经开始恶化，尽量让自己远离二手烟。

我问他：“哥哥，你在看什么呢？”他只是回答：“大小姐（渥美先生直到最后都称呼我为‘大小姐’），我没看什么。这里有很多树，真不错呢。”如今想来，我们对哥哥做了很过分的事。可哥哥就是这样的人，他绝不会对大家说：“不好意思，你们能不能想办法散一散屋里的烟？”

一九九六年，我的哥哥渥美清和妈妈泽村贞子相继离世。一九九九年，姐姐山冈久乃去世，二〇〇三年名古屋先生去世。二〇〇六年，杉浦先生脑梗塞发作病倒了。以诚哥哥的美学观念，他迅速关闭了个人事务所，与相处多年的经纪人道别，然后消失在大家的视野中。他甚至没有将自己的联系方式告诉任何人。我给他写了信，寄到他住的酒店，却没有回音。（他过世后，夫人告诉我："他看了黑柳女士的信，非常开心。"我才知道他收到了我的信。）

二〇一〇年一月，我收到了福田先生的电话。"杉浦正在努力接受康复治疗，不过看样子还需要一段时间才能恢复。在高轮酒店参加聚会的成员，也就你我二人的身体还算健康了，等什么时候一起吃顿饭吧。"说完这番话三个月后，福田先生去世了。我想，在他打那个电话时，他就清楚自己的身体状况了。又过了半年，池内淳子女士也去世了。几十年前，我和池内淳子女士，还有山冈姐姐曾经一起约定："等咱们老了，一定要去同一所老人院。"

山冈女士是成熟稳重的大姐，她说道：

"我们进入老人院之后，洗衣、打扫和做饭都归我。我会修洗衣机，也会做饭。池内女士虽然出演过味噌汤的广告，看起来很像是烹饪高手，实际上并非如此。如果早上起来味噌汤还没做好，她就会不高兴。所以呢，池内女士就当缓和气氛的那个人吧。至于你嘛——"

山冈姐姐看着我。

"就负责让大家开怀大笑，给大家鼓劲儿打气，没问题吧？"

"当然没问题！"我立刻回答。

在我们三人一起出演的脱口秀节目上，我还特意说过："将来我们要进同一所老人院。"更是在心中期盼着那一天的到来。然而，山冈姐姐却突然去世了。池内女士和我仿佛一下子成了孤儿，心里没着没落的，不知该如何是好。说好要给我们做饭的那个人不在了。即便如此，池内女士还是安慰我说：

"不急，我们慢慢想。我已经从世田谷搬到六本木了，我们可以一起散步，边走边商量这件事。"

她说这话时，美丽的脸庞呈现出安详的神情。然而，我还没来得及和她散步，她就匆匆离我而去了。得知池内女士逝世的消息时，我的心被巨大的悲痛淹没。我从未经历过像那一刻那样刻骨铭心的悲伤。三个人一起进老人院的愿望永远无法实现了。

最后，终于连诚哥哥也离开了我。就在不久前，大家还聚在酒店的和室里，天南海北一聊就是几个钟头。而如今，四个人都不在了，那样的日子仿佛是一场梦。我一直觉得，向田邦子女士在诚哥哥的身上看到了她理想中的父亲形象，无论是相貌、性格还是气质。（诚哥哥在向田女士创作的电视剧《阿吽》和《父亲的道歉信》中展现了令人难忘的演技。）然而，即便我如今想问个清楚，向田女士也已经不在了，一直坚持制作向田电视剧的久世光彦先生也不在人世了。

随着年龄的增长，亲人和朋友会一个一个离你而去，自己会变得越来越寂寞——从我年轻时起，就一直有人这样对我说。我也的确在人生路上陆陆续续失去了许多朋友。即便如此，我还是会乐观地想："的确有些寂寞，可是……"然而，当诚哥哥也离我而去的时候，我才真真切切地感受到那句话的分量。"果真是这么回事啊。"

原本，我以为会这样想——渥美清哥哥，诚哥哥，姐姐，昌也先生，名古屋先生，池内女士，大家其实都还想多工作一段日子的，所以我要活得更久一些，健健康康地活着，努力工作。可直到现在才明白，我根本不会这么想。他们太无私、太伟大了，甚至让我们这些留在世上苟且偷生的人羞于产生这样的想法。

同代人，或许该说是和自己气味相投的人们，在不知不觉间陆续离开人世。也许长大和变老，就意味着要不断品尝这样的寂寥。这种感觉就像是小时候，和小伙伴们一起在公园玩，玩得入了迷，还想继续玩下去，可突然发现已经是傍晚了，四周渐渐被黑暗包围，偌大的公园里就剩自己孤零零一个人，不知该如何是好，很无助，很绝望，像是心里有一部分被掏空了，出现了一个很大的洞，却没有东西能填满它。就寂寞到了这个地步。

得知诚哥哥的死讯时，我想起了华兹华斯的诗，是在伊利亚·卡赞导演，娜塔利·伍德和沃伦·比蒂主演的电影《青春梦里人》的结尾处出现在画面上的一首诗。这部电影讲述了一对原本拥有美好未来的恋人，却渐渐走上截然不同的人生道路的故事。那个时候既没有DVD也没有录像带，为了记下这首诗，我整整一天都坐在电影院里，将那部电影看了好几遍。回家后，我把这首诗写在了笔记本上。可是，当时我太年轻了，并没有理解这首诗的真正含义。

我在纽约留学时的担保人——我的美国妈妈弗洛伦斯和她的丈夫哈罗德·罗姆是伊利亚·卡赞的朋友，在晚餐的宴席上，我见过他好几次。在二十世纪五十年代麦卡锡主义盛行的时候，卡赞被“非美调查委员会”盯上，最终他出卖了朋友。弗洛伦斯曾经说过，她至今都不明白才华横溢的卡赞为什么要做那样的事。之后，卡赞陆续拍出了《伊甸园之东》《码头风云》和《青春梦里人》这几部电影。我见到的卡赞，无论何时总是寡言少语，仿佛是因为自己过去的行为，一直在世人面前抬不起头来。写有《青春梦里人》那首诗的笔记本，还收藏在我家中。

草原的光辉，花儿的荣光
纵使那逝去的岁月一去不复返
我们也无需叹息
而应重新寻回
那隐藏在深处的力量

我在京都站登上夜行列车，第一次见到诚哥哥时，他就像是春天的草原一般——阳光如瀑布般倾泻下来，温柔的风吹来，茂密的青草随风摇曳，盛放的鲜花肆意散播着香气，一切都散发着最灿烂的光辉，仿佛在说：看啊，这是我最美的年华！

不过，我并不想重新寻回那段“光辉”。我们不应该为已逝的时光而悲叹，也没必要悲叹。我有时候会想，我在表演喜剧时，如果能早一些明白如今经历的这种痛彻心扉的寂寥，就能更好地理解和把握人生之路上的种种变故，也就能找出“隐藏在深处的力量”，从而找到更好的表现方式了。我希望能做到这一点。而且，无论经历过多么悲伤、多么寂寞的事情，我希望喜剧人都能笑着活下去。迄今为止，我一直是这样做的。我相信，这是活下来的人的使命。

今年，喜剧的大幕依旧会拉开。每次演出的首演日，当幕布升起，我登上舞台，那一瞬间总是令我无比恐惧。这是一种极致的孤独。我每次都在心中默默感慨。这种时候，我会在心中虔诚祈祷："艺术之神啊，请赐予我力量吧！"然后，我会想象，那些我喜欢的人们、那些理解我的人们就坐在观众席上。那些我提到过的演艺界的家人，中村八大先生、坂本九君、森繁久弥先生、森光子女士、我在百老汇的老师玛丽·塔卡伊女士，还有其他许多许多前辈、友人，以及没有列出名字的许许多多重要的人，我会对他们说："请坐到观众席上，观看我的演出吧！"然后，我便走上舞台。

图书在版编目（C I P）数据

豆豆一个人 /（日）黑柳彻子著；孙雅甜译．-- 海口：南海出版公司，2018.7
ISBN 978-7-5442-9166-8

Ⅰ．①豆… Ⅱ．①黑… ②孙… Ⅲ．①随笔－作品集－日本－现代 Ⅳ．① I313.65

中国版本图书馆 CIP 数据核字（2017）第 321313 号

著作权合同登记号　图字：30-2017-157

豆豆一个人
〔日〕黑柳彻子 著
孙雅甜 译

出　版　南海出版公司　(0898)66568511
　　　　海口市海秀中路 51 号星华大厦五楼　邮编 570206
发　行　新经典发行有限公司
　　　　电话 (010)68423599　邮箱 editor@readinglife.com
经　销　新华书店

责任编辑　翟明明
特邀编辑　褚方叶
装帧设计　韩　笑
内文制作　田晓波

印　刷　北京中科印刷有限公司
开　本　850 毫米 ×1168 毫米　1/32
印　张　8.25
字　数　124 千
版　次　2018 年 7 月第 1 版
印　次　2018 年 8 月第 2 次印刷
书　号　ISBN 978-7-5442-9166-8
定　价　45.00 元